Le Réalisme, c'est émonder les arbres,
le Surréalisme, c'est émonder la vie.
(*La Révolution surréaliste n° 1*, 1er décembre 1924)

L'acte surréaliste le plus simple consiste,
revolver au poing, à descendre dans la rue
et à tirer au hasard, tant qu'on peut, dans la foule.
(A. Breton, *Manifeste du Surréalisme*, 1924)

Le surréalisme est l'inspiration reconnue,
acceptée et pratiquée,
non plus comme une visitation inexplicable,
mais comme une faculté qui s'exerce.
Normalement limitée par la fatigue.

D'une ampleur variable selon les forces individuelles.
Et dont les résultats sont d'un intérêt inégal...
Si vous écrivez selon une méthode surréaliste
de tristes imbécillités, ce sont de tristes imbécillités.
(Aragon, *Traité du style*, 1928)

Loire
L'Indre

Le surréalisme ouvre les portes du rêve
à tous ceux pour qui la nuit est avare.
Le surréalisme est le carrefour des enchantements
du sommeil, de l'alcool, du tabac, de l'éther, de l'opium,
de la cocaïne, de la morphine;
mais il est aussi le briseur de chaînes;

nous ne dormons pas, nous ne buvons pas,
nous ne fumons pas, nous ne prisons pas,
nous ne nous piquons pas et nous rêvons,
et la rapidité des aiguilles des lampes introduit
dans nos cerveaux la merveilleuse éponge défleurie de l'or.
(*La Révolution surréaliste* n° 1, 1er décembre 1924)

max ernst

Jean-Luc Rispail, enseignant à l'université de Tours, est l'auteur de nombreux articles concernant les revues surréalistes (*La Révolution surréaliste, Le Surréalisme au service de la révolution*) et d'études sur l'image de l'intellectuel durant l'entre-deux-guerres. Son dernier ouvrage publié sur ces questions s'intitule *Politique, poétique, polémique* (Editions Sladkine). Jean-Paul Brighelli et Christian Biet, auteurs avec lui dans la collection Découvertes Gallimard d'un *Dumas* et d'un *Malraux*, ainsi que du *Mont-Saint-Michel,* pour Brighelli, et des *Miroirs du soleil,* pour Christian Biet, l'ont assisté dans la rédaction de ce livre. Ensemble ils ont publié aux éditions Magnard une anthologie novatrice du XXe siècle.

1er Dépôt légal : mai 1991
Dépôt légal : janvier 1992
Numéro d'édition : 54771
ISBN : 2-07-053140-6
Imprimerie Kapp Lahure Jombart, à Évreux

LES SURRÉALISTES
UNE GÉNÉRATION ENTRE LE RÊVE ET L'ACTION

Jean-Luc Rispail
assisté de Christian Biet et Jean-Paul Brighelli

DÉCOUVERTES GALLIMARD
LITTÉRATURE

Il y eut 14-18. Une génération entière sacrifiée à des finalités incertaines. «Nous autres civilisations, écrit Paul Valéry, nous savons maintenant que nous sommes mortelles.» Dans ce contexte de sang et de boue naissent Dada, puis le surréalisme, «à la façon de deux vagues dont tour à tour chacune va recouvrir l'autre».

CHAPITRE PREMIER

DE DADA AU SURRÉALISME (1916-1924)

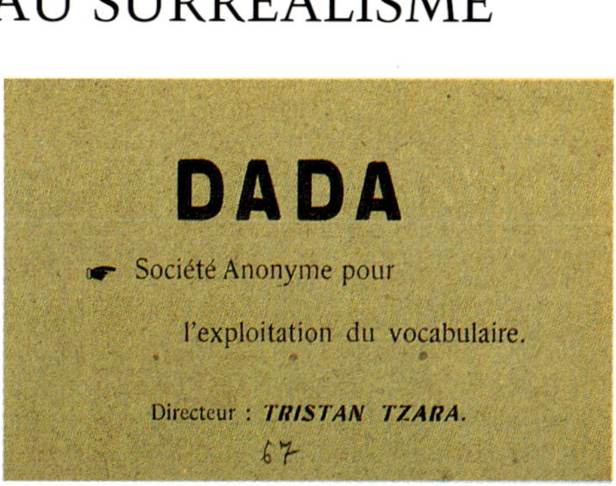

«La désorganisation, la désorientation, la démoralisation de toutes les valeurs admises sont pour nous tous d'indiscutables directives», écrit Tristan Tzara dans *Essai sur la situation de la poésie*. A gauche, un détail de *La Guerre*, par Otto Dix.

Hans Arp, Tristan Tzara et Hans Richter en 1918 à Zurich, ville de naissance du mouvement Dada.

8 février 1916, Dada naît, en pays neutre

Là-bas c'était Verdun qui commençait. Pendant ce temps, au cabaret Voltaire, à Zurich, Tristan Tzara, Hans Arp et quelques autres ont ouvert un dictionnaire, pris au hasard le premier mot venu : Dada. Qu'est-ce que Dada? «Dada ne signifie rien.» En 1918, Tzara affirme haut et fort la vocation nihiliste de Dada : dégoût, négation, abolition et destruction sont les armes du combat. Et, dans les marges de ce manifeste du vide érigé en art de vivre, un mot maintes fois répété : *crier*.

Il existe d'autres légendes autour de la naissance de Dada. N'a-t-on pas raconté que Lénine, qui passait par Zurich, assista à un spectacle burlesque offert par Tzara et ses amis. Déchaînement des acteurs, hurlements de rire du révolutionnaire qui se tapait sur les cuisses en hurlant : «Da! Da!» D'où le nom... Histoire certes apocryphe, mais ô combien dadaïste.

> Chaque spectateur est un intrigant, s'il cherche à expliquer un mot : (connaître !) **Expliquer** : ☛ *Amusement des ventres rouges aux moulins de crânes vides.*
>
> *TRISTAN TZARA*

Des artistes aux goûts étranges venus d'ailleurs

Sont alors réunis en Suisse de très nombreux intellectuels pacifistes aussi bien français qu'allemands. Au côté de Tzara, Richard Huelsenbeck, entre autres, qui édite à Berlin *Der Dada*, revue parfaitement iconoclaste.

On ne pardonnera pas toujours facilement, même après le traité de Versailles et les appels de Briand à l'Europe unie, le mélange de nationalités de Dada puis du groupe surréaliste : même si la base est française, Max Ernst est allemand, Hans Arp aussi – étant né à Strasbourg en 1886 –, Francis Picabia est vaguement cubain, Man Ray américain, René Magritte belge, Roland Penrose anglais, Giorgio de Chirico italien, Salvador Dali et Luis Buñuel espagnols, Tzara roumain... C'est justement ce caractère cosmopolite qui donne aux deux mouvements, dès l'origine, un impact international. Pour la première fois, les idées naissent en passant les frontières.

8 février 1916 : dans dix jours un certain André Breton, externe à l'hôpital militaire de Nantes, aura vingt ans

Mi-vosgien du côté paternel, mi-breton par sa mère, André Breton, né par hasard à Tinchebray-sur-Orne, où son gendarme de père a été affecté, a fait ses

Du Cabaret Voltaire aux tracts-papillons, les manifestations Dada de Zurich, de 1916 à 1918, laissaient rageurs et stupéfaits leurs spectateurs à la morale assise.

Berlinois, Richard Huelsenbeck fut l'animateur de la revue *Der Dada*, qui parut vers 1918-1920.
On le voit ici à Prague en 1920, avec Raoul Haussmann, plasticien dadaïste, sculpteur et auteur de collages.

études à mi-chemin des deux provinces : à Paris. Il a commencé médecine quand la guerre éclate : chance (relative), il est dans un premier temps versé à l'hôpital de Nantes («peut-être avec Paris la seule ville de France, dira-t-il dans *Nadja*, où j'ai l'impression que peut m'arriver quelque chose qui en vaut la peine»). La guerre, il ne la connaît de près qu'en 1917, quand trop de médecins sont déjà morts au front pour qu'on fasse la fine bouche sur qui extraira les prochaines balles.

Mais Breton n'est pas parti d'un cœur léger défendre la civilisation contre la barbarie. Tous ses goûts l'appellent magnétiquement vers d'autres champs que les champs de bataille. C'est à peine s'il écrit déjà : le futur archonte du surréalisme est encore, pour l'essentiel, un lecteur infatigable. Depuis trois ans, il fréquente Paul Valéry, s'entretient avec Apollinaire, lit Mallarmé et Rimbaud. La guerre le forme aux révoltes politiques («transformer le monde», dit Marx), les mots aux révoltes logiques : «changer la vie», écrit Rimbaud. «Ces deux mots d'ordre pour nous n'en font qu'un», ajoute Breton.

La formation psychiatrique qu'il reçoit alors lui ouvre les voies tracées par Charcot et par Freud : l'exploration de l'inconscient, le discours de la folie, le discours sur la folie occuperont toujours une place importante dans les préoccupations de Breton. Et l'amour.

L'année 1918

Tzara publie en 1918 son *Manifeste Dada* à Zurich. Il rencontre aussitôt l'approbation vigoureuse de Francis Picabia, qui soutient dans sa revue *391* des thèses similaires. Les deux hommes se rencontrent, et le n° 8 de *391* est publié conjointement aux n°s 4-5 de *Dada*.

Pendant ce temps, on enterre, le 13 novembre 1918, au cimetière du

Mobilisé sans enthousiasme en 1915, André Breton est affecté au service de santé à l'hôpital de Nantes. Il y fait la connaissance, en 1916, de l'«humoriste» Jacques Vaché, blessé durant la bataille de Champagne, qui l'aide à remettre en cause la lignée poétique dans laquelle il s'enfermait.

Père-Lachaise, celui qui inventa le mot surréalisme, en sous-titre de sa pièce iconoclaste *Les Mamelles de Tirésias*, – Guillaume Apollinaire. La foule avinée parcourt les rues en chantant «A mort Guillaume!» Et les quelques amis présents à l'enterrement ne comprennent pas tout de suite qu'il s'agit du Kaiser, et non du poète.

L'homme de toutes les revues

Breton collabore à *391* et à Dada, mais il a déjà sa propre revue, *Littérature*, qu'il dirige conjointement avec Louis Aragon et Philippe Soupault. Valéry a donné le titre, mais cesse assez vite d'en cautionner l'esprit. La «première série» (qui paraît de mars 1919 à août 1921) est ouverte à des écrivains aussi divers qu'André Gide (qui, quelques années plus tard, se fera traiter d'«emmerdeur» par Aragon dans le *Traité du style*...), Léon-Paul Fargue, Paul Valéry, André Salmon. Les grands noms cautionnent (involontairement souvent) les provocations les plus obscènes : «C'est nous les assassins – De tous vos petits nouveau-nés [...] Voici Dieu à cheval sur un rossignol – Il est beau, il est laid – Madame, ta gueule elle sent la laitance de souteneur. Le matin – Car le soir on dirait le cul d'un ange amoureux d'un lys» (Georges Ribemont-Dessaignes).

Et pourtant, à la même époque, Breton fréquente encore Valéry, dont l'écriture et les préceptes sont aux antipodes de ces expériences destructurées : hésitation entre *Monsieur Teste* et l'asile de fous.

La revue *391* est celle de Francis Picabia. Peintre déjà connu, ami d'Apollinaire et de Cravan, jouant sur la mécanique en la poétisant, révolté contre l'art, appuyé par Duchamp et son humour dévastateur, il est d'emblée intéressé par le mouvement Dada. Pour marquer sa rencontre avec Tzara, il publie un numéro de *391* à Zurich.

Dégoût dadaïste.

Tout produit du dégoût susceptible de devenir une négation de la famille, est *dada*; proteste aux poings de tout son être en action déstructive : **dada** ; connaissance de tous les moyens rejétés jusqu'à présent par le sexe pudique du compromis commode et de la politesse : **dada** ; abolition de la logique, danse des impuissants de la création : dada ; de toute hiérarchie et équation sociale installée pour les valeurs par nos vallets : DADA ; chaque objet, tous les objets, les sentiments et les obscurités, les apparitions et le choc précis des lignes parallèles, sont des moyens pour le combat : DADA; abolition de la mémoire : DADA; abolition de l'archeologie : *DADA* ; aboliton des prophètes : DADA, abolition du futur : DADA , croyance absolue indiscutable dans chaque dieu produit immédiat de la spontanéité : DADA ; saut élégant et sans préjudice, d'une harmonie à l'autre sphère ; trajectoire d'une parole jettée comme un disque sonore cri ; respecter toutes les individualités dans leur folie du moment : sérieuse, craintive, timide, ardente, vigoureuse, décidée, enthousiaste ; peler son église de tout accéssoire inutil et lourd ; cracher comme une cascade lumineuse la pensée désobligente ou amoureuse, ou la choyer — avec la vive satisfaction que c'est tout-à-fait égal — avec la même intensité dans le buisson, pur d'insectes pour le sang bien né, et doré de corps d'archanges, de son âme. Liberté : DADA DADA DADA, hurlement des couleurs crispées, entrelacement des contraires et de toutes les contradictions, des grotesques, des inconséquences : LA VIE.

crier! CRIER!

TRISTAN TZARA.

Le n°3 de la revue *Der Dada* (décembre 1918), dans lequel le tract ci-dessus figure, entièrement dirigé par Tzara, se démarque de toute esthétique, mais laisse la place à la liberté, l'invention et la spontanéité.

Peut-être l'encouragement décisif viendra-t-il de sa maîtresse d'alors, Georgina, qui dans une crise de jalousie réduit en cendres tout ce à quoi il tenait : des livres d'Apollinaire dédicacés, des dessins de Jacques Vaché, des œuvres de Derain, Modigliani, Marie Laurencin... «Les graffitis qui enchantent les petits garçons ne sont jamais que des cœurs et des triangles entourés de feu.»

«Pourquoi écrivez-vous?»

C'est le sujet de la grande enquête que lance *Littérature* pour dénoncer les impostures des «belles-lettres». Puis Dada meurt, et la revue – qui avait publié les *23 manifestes Dada* – un temps, se tait.

Une nouvelle série (de mars 1922 à juin 1924) introduit de nouveaux noms, Jacques Baron, Giorgio de Chirico, Joseph Delteil, Robert Desnos, Max Morise, Roger Vitrac, et de plus en plus souvent, Paul Eluard et Benjamin Péret. On y raconte ses rêves, on fait état de discussions sur les sujets les plus divers.

Depuis sa rencontre, en 1907, avec Apollinaire, Marie Laurencin vit avec lui une liaison passionnée et joue le rôle d'inspiratrice. Henri Rousseau les a immortalisés dans le tableau ci-dessous : *La Muse et le poète.*

Breton, Eluard, Tzara et Péret à l'époque de *Littérature*.

Littérature est le laboratoire principal de l'expérimentation surréaliste. Le terrain aussi des premiers règlements de comptes : «Dada s'étonne de ne plus avoir pour lui que de pauvres diables qui, retirés dans leur poésie, s'émeuvent bourgeoisement au souvenir de ses méfaits déjà anciens.»

Les quatre mousquetaires du surréalisme

«Le ciel de naissance de Baudelaire, qui représente la remarquable conjonction d'Uranus et de Neptune, de ce fait reste pour ainsi dire ininterprétable. De la conjonction d'Uranus avec Saturne, qui eut lieu de 1896 à 1898, et n'arrive que tous les quarante-cinq ans – de cette conjonction qui caractérise le ciel de naissance d'Aragon, celui d'Eluard et le mien – nous savons seulement par Choisnard que, peu étudiée encore en astrologie, elle "signifierait suivant toute vraisemblance : amour profond des sciences, recherche du mystérieux, besoin profond de s'instruire"». Dans le *Second Manifeste du surréalisme*, Breton notera (et ce n'est pas pour lui un détail biographique) cette corrélation astrale qui réunit les ciels des surréalistes déjà les plus célèbres. C'est aussi le ciel de naissance de Soupault.

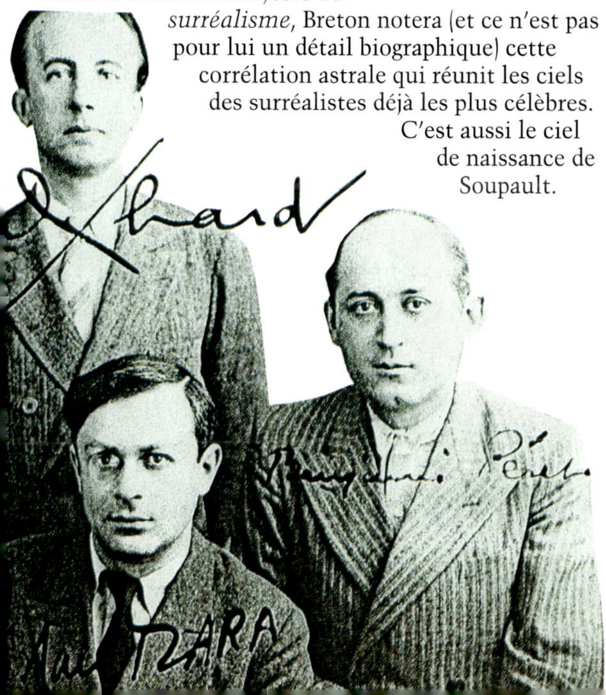

«Durant des années, chaque œuvre de Picabia fut un défi somptueux au déjà ressenti, au prévu, au permis, une merveille d'irrévérence, une quête toujours heureuse de ce qui peut faire fusée dans l'inconnu» (André Breton, *Le Surréalisme et la peinture*, 1950). Après avoir rompu avec Dada, Francis Picabia s'attaqua à son tour au surréalisme naissant, par la création de l'éphémère mouvement «instantanéiste», et en stigmatisant dans *391* «le surréalisme crucifié».

“Il est très important de lire entre les lignes la chaleur de la vie. De la réalité quotidienne les poètes cherchent à extraire le suc. Ce qui ne se voit pas est aussi important que ce qui se voit.”

Jacques Baron, à propos de *Littérature*

Philippe Soupault (à gauche) et André Breton composèrent au cours du printemps et de l'été 1919 *Les Champs magnétiques*. Ces cahiers d'écriture automatique à quatre mains, emplis de propos «aussi désaffectés que possible», ouvrent la voie à la remise en cause du langage dans la poésie, et y instaurent un nouveau rapport avec le réel.

Breton, Soupault : tous en scène!

LES CHAMPS MAGNÉTIQUES

par ANDRÉ BRETON et PHILIPPE SOUPAULT

Par Apollinaire, en 1917, Soupault connaît Breton, puis, par celui-ci, Aragon. Et c'est avec Breton qu'il rédige, d'une écriture quasi-automatique, *Les Champs magnétiques*, en 1919. Breton estime même que c'est Soupault qui fait, au fil du livre, surgir le plus «d'êtres menaçants et de conjonctures troublantes».

S'il vous plaît (1920), de Breton et Soupault, drame en quatre actes dont trois ne furent qu'imprimés, manifeste sur scène le ton lyrique, la production d'images gratuites, l'incohérence des *Champs magnétiques. Vous m'oublierez* (mai 1920), des mêmes auteurs, est une sorte de sketch qui met aux prises trois personnages, sous le signe de Lautréamont, un Parapluie (Soupault), une Machine à coudre (Eluard) et une Robe de chambre (Breton). Nous sommes en pleine période Dada et l'objectif est avant tout la provocation. Objectif atteint : le public bombarde les comédiens d'œufs, de tomates et de biftecks et vocifère, les bras en l'air. D'autres sketches suivent, plus influencés par l'esthétique Dada que déterminant un véritable courant surréaliste...

Si Soupault quitte Dada en 1922, c'est pour importer dans le mouvement surréaliste naissant un esprit irréductiblement indocile. Inconciliable, on s'en doute, avec les sirènes de Moscou; et lorsqu'en 1926 presque tous les surréalistes adhèreront au Parti communiste, Soupault, dissident par principe, s'exclura de lui-même du mouvement. (Breton bien

Présenté au festival Dada de 1920, *Vous m'oublierez* (ci-dessous), des mêmes Breton et Soupault. La scène est, naturellement, une table de dissection avec un dispositif conçu par Picabia : des murailles de fausse verdure s'élèvent en gradins, imitant un jardin à la française; le grand orgue de la salle Gaveau supporte un immense tuyau de poêle zébré coiffé d'un parapluie ouvert sur lequel on peut lire la signature du décorateur : Francis Loustic. Sur scène traînent des paquets portant les noms Tzara, Aragon et Soupault.

Dans le tableau, Max Ernst, représente les «amis» du groupe surréaliste en 1922. L'année précédente, ce dadaïste qui travaillait avec Arp dans Dada-Cologne a rencontré Eluard et Breton. Inaugurant la mode des portraits de groupe, des liste des membres dûment accrédités, il fait ici figurer, numérotés de 1 à 17 : René Crevel, Philippe Soupault, Arp, Max Ernst, Max Morise, Fédor Dostoïevski, Rafaele Sanzio, Théodore Fraenkel, Paul Eluard, Jean Paulhan, Benjamin Péret, Louis Aragon, André Breton, Bàargeld, Giorgio de Chirico, Gala Eluard et Robert Desnos.

René Crevel
Philippe Soupault
3 Arp
4 Max Ernst
5 Max Morise
6 Fédor Dostoïewski
7 Rafaele Sanzio
8 Théodore Fraenkel
9 Paul Eluard
10 Jean Paulhan

12
13
15
16
11
14
17
11 Benjamin Péret
12 Louis Aragon
13 André Breton
14 Baargeld
15 Giorgio di Chirico
16 Gala Eluard
17 Robert Desnos
Décembre
1922

C'est l'époque où Louis Aragon (à gauche, photographié par Man Ray) est le «double» spirituel de Breton, avec lequel il partage responsabilités et pouvoir au sein du groupe surréaliste. Tous deux provoquent la rupture avec Dada.

plus tard se réconciliera avec lui : n'avaient-ils pas, ensemble, emprunté à Apollinaire le mot «surréalisme»?)

Le futur fou d'Elsa

Aragon a rencontré Breton à l'hôpital du Val-de-Grâce et deviendra son double dans toutes les principales activités du groupe. Jusqu'en 1930, jusqu'à sa rencontre avec Elsa Triolet, et sa découverte conjointe de l'URSS. Pour le moment il est ce grand jeune homme qui avouera, dans une enquête sur la sexualité publiée par *La Révolution surréaliste* en 1928 : «Je n'ai jamais que des érections incomplètes.»

Grain d'aile

Eluard, Eugène Grindel de son vrai nom, est issu des mêmes milieux de petite bourgeoisie que ses amis. A Davos, en Suisse, où il soigne une hémoptysie, il rencontre la littérature (Nerval, Rimbaud, Lautréamont, Apollinaire...) et l'amour, sous les traits d'Héléna Dmitriovna Diakonova – en abrégé : Gala. Il a les mêmes lectures, les mêmes préoccupations que ses futurs amis : toute une jeunesse née dans une France revancharde, belliciste et volontiers raciste, dans laquelle ils ne se reconnaissent pas.

Puis la guerre. L'horreur. Eluard est gazé, les bronches ravagées. Il meuble de poésie sa longue convalescence (*Le Devoir*, 1916; *L'Inquiétude*, 1917; *Poèmes pour la paix*, 1918). Breton raconte dans *Nadja* (1928) : «Le jour de la première représentation de

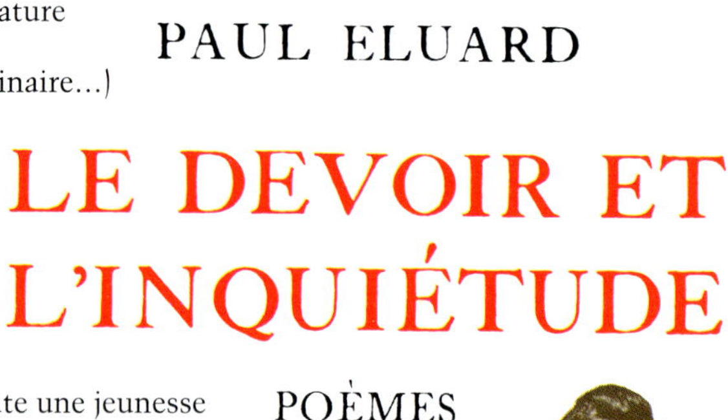

Un Eluard heureux, que Gala a rejoint au sanatorium de Clavadel, où il est en train d'écrire *Le Devoir et l'inquiétude*.

Maurice Heine, auteur de ce *Phénomène de l'extase,* aime surprendre au congrès de Tours (1920) qui voit la création du Parti communiste; il s'est rendu célèbre en ponctuant la lecture de sa motion d'ultra-gauche de coups de revolver... à blanc.

Couleur du temps, d'Apollinaire, au Conservatoire Renée-Maubel, comme à l'entracte je m'entretenais au balcon avec Picasso, un jeune homme s'approche de moi, balbutie quelques mots, finit par me faire entendre qu'il m'avait pris pour un de ses amis, tenu pour mort à la guerre. Naturellement, nous en restons là. Peu après, par l'intermédiaire de Jean Paulhan, j'entre en correspondance avec Paul Eluard sans qu'alors nous ayons la moindre représentation physique l'un de l'autre. Au cours d'une permission, il vient me voir : c'est lui qui s'était porté vers moi à *Couleur du temps.*»

Jacques Doucet, couturier et amateur d'art, engage Breton comme bibliothécaire et conseiller artistique, puis Aragon. La publication d'*Un Cadavre* consommera leur rupture.

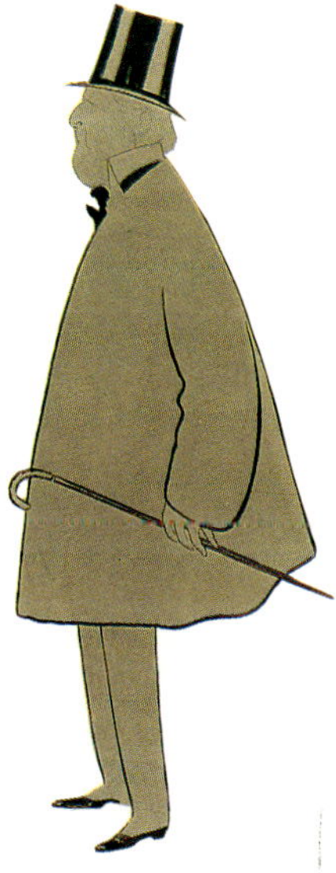

La bibliothèque de l'honnête surréaliste

De juillet 1921 à août 1925, Breton remplit auprès du couturier-mécène-amateur d'art Jacques Doucet la fonction de bibliothécaire et de conseiller artistique. Ses lettres au couturier sont les reflets très probables de ses goûts littéraires : pêle-mêle, les magiciens de l'humour et du roman noirs, Swift, Radcliffe, Restif de La Bretonne, Sade (dont les éditions procurées et préfacées par Maurice Heine à partir de 1926 seront précieuses), Marat, Lewis, Mathurin, Borel, Rabbe, Bertrand, Lacenaire, Sue..., des écrivains romantiques et symbolistes (Young, Byron, Hugo, Nerval, Lermontov, Miçkiewicz, Baudelaire, Cros, Rimbaud, Lautréamont, Nouveau, Ghil...), des contemporains plus ou moins maudits (Jarry, Apollinaire, Roussel, Cravan, Reverdy...), mais aussi des classiques et des philosophes que seuls des esprits superficiels qualifieraient d'inattendus (Racine, Pascal, Leibniz, Fichte, Hegel...).

A ces grands ancêtres viennent, en 1950, s'ajouter tous ceux que, dans l'*Anthologie de l'humour noir*, Breton annexe peu ou prou à un mouvement surréaliste déjà assez âgé pour goûter la nostalgie : Lichtenberg, Fourier, De Quincey, Poe, Forneret, Carroll, Villiers de l'Isle-Adam, Nietzsche, Huysmans, Allais, Brisset, etc. Et même André Gide, pour son *Prométhée mal enchaîné* – œuvre de jeunesse, il est vrai.

un

COUTEAU

sans lame, auquel manque le

MANCHE

G. CH. LICHTENBERG

De même qu'on se cherche des ancêtres dès lors qu'on a conscience d'être né, de même les écrivains et les peintres surréalistes semblent reconnaître dans la littérature ou la peinture des aïeux qui les légitiment.

Eloge des fous et des primitifs

Cependant, l'art surréaliste n'entend pas se nourrir de culture officielle : l'innocence créatrice des aliénés, les primitifs et les autodidactes sont aussi dans leurs origines. «Sans insister sur le caractère parfaitement génial des manifestations de certains fous, dans la mesure où nous sommes aptes à les apprécier, nous affirmons la légitimité absolue de leur conception de la réalité, et de tous les actes qui en découlent»,

déclareront en 1925 les surréalistes dans la *Lettre aux médecins-chefs des asiles de fous*. C'est dit; et Breton le répétera, «l'art de ceux qu'on range aujourd'hui dans la catégorie des malades mentaux constitue un réservoir de santé morale». De là l'admiration pour les assemblages plastiques des malades et leur élévation au rang d'objets surréalistes.

Aux étranges étrangers du dedans, souvent considérés comme trop solitaires, correspondent les «sauvages» d'outremer, pris dans une production de groupe, la tribu. L'Afrique étant déjà reconnue par les expressionnistes et les cubistes, il reste l'Océanie, plus poétique parce que moins réaliste. Les Océaniens ont à leur actif

Lichtenberg, auteur d'aphorismes (page de gauche) et physicien allemand du XVIIIe siècle, fit, par son humour noir, le régal des surréalistes.

La photo de cet assemblage réalisé par des aliénés parut dans le n°12 de *La Révolution surréaliste* (décembre 1929), en illustration d'un article intitulé «Mobiles inconscients du suicide».

Charles Cros, Alfred Jarry, Freud, Arthur Rimbaud..., le goût de l'énumération apparaît dans le photomontage ci-dessus intitulé «Qu'est-ce que l'humour noir?»

la pratique d'une mythologie intacte et une attitude jugée créatrice. «Pour eux, comme l'écrit Vincent Bounoure, comme dans l'activité paranoïa-critique, il n'est pas de réalité qui ne soit prête à glisser vers une autre plus révélatrice.»

L'idée que l'art peut ne pas s'apprendre si l'inconscient ou l'imaginaire collectif peuvent s'exprimer, que l'invention et la force des aliénés et des Océaniens peuvent aller droit à l'immédiateté poétique, s'étend alors aussi bien aux médiums (d'où l'écriture et le dessin automatiques) que, dans une moindre mesure, aux individus dépourvus de toute formation artistique, qu'ils soient facteurs (le facteur Cheval), quincailliers (Crépin), ou mineurs (Lesage). En effet, les surréalistes admettent plus difficilement la spontanéité du génie plastique que le recours à la «dictée des esprits», à l'hypnose, au rêve éveillé, moins teintés, à leur goût, d'idéalisme romantique.

Caricaturiste du XIXe siècle, Grandville est le dessinateur du rêve, l'inspirateur d' Ernst et de Bataille. A gauche, une gravure extraite du *Magasin pittoresque*.

Comme plus tard Michel Leiris qui se livrera à diverses études ethnologiques à travers l'Afrique, Breton se passionna pour les arts des populations primitives. Il réunit une collection de masques, notamment océaniens comme celui-ci.

Les surréalistes ont-ils des ancêtres?

Dès lors comment concilier l'admiration et la reconnaissance de l'innocence créatrice des aliénés, des primitifs et des autodidactes avec une revendication d'ancêtres, en particulier dans la peinture? C'est que, plus qu'une recherche de filiation, les surréalistes se livrent à un jeu d'échos qui confirment la puissance du mythe, du mystère et du rêve comme forces de création.

Nicolas Flamel et ses figures alchimiques («Ne dirait-on pas *le* tableau surréaliste?» demande Breton), Jérôme Bosch, inquiétant transcripteur de

symboles et de rêves, sont évidemment les premiers cités. Et dans leur constante curiosité, les peintres et les écrivains surréalistes cherchent non des maîtres, mais des correspondances capables de souligner, chez les grands anciens, l'intrusion du rêve ou de l'inquiétante étrangeté, quitte à vouloir ignorer les traditions qui l'avaient permis. Ucello et ses batailles, Arcimboldo et ses visages, Piero di Cosimo, Monsu Desiderio (François Nomée) et, plus tard, Goya, Blake ou Friedrich sont cités comme des moments de trouble et d'intérêt, plus pour l'artiste du XXe siècle ou le spectateur moderne que pour leurs contemporains. Seul Füssli, le romantique, prend une place à part, puisqu'il figure l'angoisse ou l'espace du sommeil et explore l'onirisme.

«D'où venons-nous ? Que sommes-nous ? Où allons-nous ?»

L'interrogation de Gauguin frappe l'art moderne et ne laisse pas les surréalistes indifférents, d'autant que

« Naïf », le Douanier Rousseau est surtout le peintre qui exalte l'univers onirique. Témoins *La Guerre ou la chevauchée de la discorde* (ci-dessus, 1894), ou plus tard le tableau de 1910 intitulé *Rêve*. Breton écrira en 1928 : « Rousseau a le pouvoir insigne, sinon de faner presque toute la peinture derrière lui, tout au moins de faire apparaître comme dérisoires les moyens artistiques qui s'enseignent et dont la codification tend à instaurer une perfection toute formelle sur les ruines de l'inspiration. » Il parlera à son propos d'« une branche toute nouvelle – appelée à faire souche – d'un arbre merveilleux qu'on tenait pour mort ».

le peintre des Tahitiennes figure à leurs yeux une reconquête possible du pouvoir poétique des mythes océaniens chers à leur sensibilité. Ce travail sur

l'innocence primitive et sur les mythes fondamentaux, doublé d'une interrogation métaphysique, Breton le retrouve d'une manière ou d'une autre chez Gustave Moreau qui sait, comme il le dit lui-même, «rendre en quelque sorte visibles les éclairs intérieurs qu'on ne sait à quoi rattacher, qui ont quelque chose de divin» et chez Arnold Böcklin qui «complète, au confluent des civilisations germanique et méditerranéenne, l'investigation de Gauguin et de Moreau. Lui aussi tente, parfois avec bonheur, de retrouver, grâce à certains éclairages, certaines attitudes, certaine mise en place, la signification durable de la Fable» (José Pierre). Dans leur quête de la modernité («il faut être absolument moderne», disait Rimbaud), les peintres et les artistes surréalistes mettent en listes ceux en qui ils se reconnaissent : outre les grands anciens, on l'a vu, ils citent l'expressionnisme d'Edvard Munch, de Nolde et de Kubin, le modern'style de Klimt, de Toorop et de Gaudi et sauvent la magie de Seurat de leur indifférence envers l'impressionnisme.

Picasso, précurseur et exemple admiré, côtoie les surréalistes entre 1924 et 1937.

«L'insurrection commence vers 1910»

C'est à l'année 1910 que Breton, dans *Le Surréalisme et la peinture* (1928-1965) attribue les changements radicaux de la peinture moderne, avec le cubisme, en France, et l'art non figuratif en Allemagne.
Picasso sait, le premier, non sans provocation, rendre

A gauche, *Pasiphaé*, de Gustave Moreau, au centre *Dans le gris*, de Kandinsky, ci-dessous *l'Idole à la coquille* de Gauguin.

l'objet extérieur méconnaissable, en proie à l'imagination du peintre et du spectateur : «Heureusement, le cubisme ne fut pas seulement cette géométrie jalouse. Il y passe assez tôt des élans lyriques qui en brisent la rigueur.» Et pour la première fois, les tableaux semblent représenter des formes et des êtres affranchis de tout modèle réel, propres à faire rêver.

Kandinsky, dans le même temps, fait éclater un lyrisme qui correspond trait pour trait aux définitions du premier *Manifeste* et donne l'écho oriental à Picasso «tout imprégné de culture occidentale». L'art de Kandinsky «le plus philosophiquement fondé depuis Seurat», est celui du rythme, de la vision, de la fougue qui permettent à l'abstraction de s'approcher du modèle intérieur et de la simple image de soi.

Chagall, dès 1911, ignore les lois de la pesanteur et s'en remet au rêve, un rêve parfois éloigné de ceux

“ L'œil admirable de Kandinsky, à peine voilé derrière le verre, forme avec celui-ci un cristal pur, scintillant sous un certain angle de toutes les irisations du rutile dans le quartz.» «La découverte du musée Gustave Moreau, quand j'avais seize ans, a conditionné pour toujours ma façon d'aimer.”

André Breton, *Le Surréalisme et la peinture*

g. de Chirico
1914

qu'affectionneront les surréalistes mais un rêve qui laisse des traces : sur ses toiles, les violonistes, les ânes et les coqs volent dans des lieux improbables et permettent une fusion magique, touchante, de la poésie et des arts plastiques.

Mais surtout, les années 1912-1917 marquent l'avènement de Chirico. Symbolisme menaçant, places désertées, irruption des tours et des cheminées dans l'espace des arcades, traversée de locomotive, ombres de personnages, statues mélancoliques : ses tableaux sont des mises en scène intérieures, ses personnages des masques et des mannequins. C'est une tragédie qu'on va jouer, dictée par la pensée, figurant le désert interne des hommes et des choses. Ainsi naît la peinture métaphysique, dans l'espace intérieur, de plus en plus clos, dans lequel se fixent ses personnages. Et curieusement, cette tragédie sera celle d'Apollinaire, poète et «homme-cible».

Chirico représente Apollinaire avec une cible sur la tempe (à gauche), cette tempe qui, deux ans plus tard, en 1916, sera atteinte par un éclat d'obus... De peintre de l'espace intérieur il devient médium, peintre-automate qui transmet ce que l'autre lui dicte et accomplit.

Marcel Duchamp, est le dadaïste de New York. Foncièrement indépendant, il participe de loin aux activités surréalistes. C'est lui qui introduit les *ready-made* dans les musées en prévoyant de limiter leur nombre. La pelle à neige au titre également prémonitoire (*In advance to the broken arm*) est de 1915.

La nature «dans son rapport avec le monde intérieur de la conscience» : l'objet surréaliste

«Véritable oasis pour ceux qui *cherchent* encore», comme le dit Breton dès 1922, Marcel Duchamp peint successivement, entre 1911 et 1912, le *Nu descendant l'escalier* et *Mariée* qui deviendra onze ans plus tard *La Mariée mise à nu par ses célibataires mêmes* : l'art et ses symboles précèdent de peu les traductions de Freud. En outre, il invente l'objet surréaliste avant même la naissance de Dada en fabriquant dès 1913 ses premiers *ready-made*... un porte-bouteille agrémenté d'une inscription perdue, une pelle à neige intitulée *In advance to the broken arm :* le ready-made est un objet paresseusement et insidieusement modifié de façon à dépasser sa signification

initiale.
Dans *La Peinture au défi* (1930), Aragon y voit l'une des plus hautes expressions du «merveilleux», mise en cause de la réalité au nom d'une réalité nouvelle. L'objet, dit Duchamp, est «basé sur l'indifférence visuelle en même temps que sur l'absence totale de bon ou de mauvais goût». Même principe dans les tableaux cruellement détournés de leur destination initiale : *La Joconde* devient *L.H.O.O.Q*, par la simple adjonction d'une moustache.

Comme on ne peut détruire le monde, on conteste la réalité de ses objets. Ainsi Duchamp taille de faux morceaux de sucre dans du marbre, pour décevoir l'attente de ceux qui les prennent en main – ou les plongent dans leur tasse. Et cette déception est censée détruire l'essence objective du sucre…

"Beau comme la rencontre fortuite d'une machine à coudre et d'un parapluie sur une table de dissection."
Lautréamont, *Les Chants de Maldoror*

Paul Roux, dit Saint-Pol-Roux, encore surnommé «le Magnifique», devant son manoir de Coecilian, près de Camaret.

Ancêtres fondateurs et génies méconnus

Quels sont les meilleurs romanciers et poètes méconnus de 1895 à 1914? Le journal *L'Eclair* pose la question en septembre 1923. Les dadaïstes, à qui on ne demande rien, répondent : Lautréamont, Jarry, Nouveau, Apollinaire et Saint-Pol-Roux.

Mieux que des ancêtres : des parents proches. Lautréamont, ou l'esthétique pervertie : «...beau comme la rencontre fortuite sur une table de dissection d'une machine à coudre et d'un parapluie» écrit-il au sixième chant de *Maldoror*. Jarry, «celui qui revolver», dit Breton. Germain Nouveau, ou la démesure de la piété : «Sa première crise mystique

en 1879 le surprit en train de manger, le jour du vendredi saint, une entrecôte qu'il avait tenu à découper lui-même dans une boucherie» (*Anthologie de l'humour noir*). Apollinaire, bien sûr. Et Saint-Pol-Roux : né en 1861, Saint-Pol-Roux a reçu Breton en 1923 dans son manoir de Coecilian, dit aussi le Manoir brûlé, sur la presqu'île de Camaret.

Séduits par le «poète magnifique» qui vit là seul avec sa fille Divine, choqué de l'oubli général, Breton et les surréalistes concoctent un vibrant hommage qui paraîtra le 9 mai 1925 dans *Les Nouvelles littéraires*.

«Que pourraient bien attendre de l'expérience surréaliste ceux qui gardent quelque souci de la place qu'ils occuperont dans le monde?»

Le surréalisme n'est donc pas – surtout pas – une école littéraire. Il n'est «pas intéressé à tenir grand compte de ce qui se produit à côté de lui sous prétexte d'art, voire d'anti-art...»

Il a d'un côté hérité du négativisme de Dada : «Plus de peintres, plus de littérateurs, plus de musiciens,

En créant le ready-made, ici le *Porte-bouteille* (1914), Marcel Duchamp installe une trentaine d'objets au rang de véritables œuvres d'art. Gag? Paresse? Théorisation de la paresse? En tout cas procédé qui déconcerte les spectateurs, qui déstabilise la position sacrée de l'art en jouant sur l'idée qu'on produit du nouveau sans avoir à le créer, sans avoir à se prendre pour Dieu.

❝ Par l'honneur qu'il fait aux choses en les nommant, et la couleur de sa parole et la forme de ses mots, et le jour et la nuit autour de ses images, et l'univers multiplié dans ses poèmes, Saint-Pol-Roux [page de gauche] nous montre la réalité de l'irréel. Sur les miroirs mystérieux de sa poésie, vivent et muent tous les ciels, tous les vents, tous les orages du merveilleux.❞

Jacques Baron, in *Les Nouvelles Littéraires*, 9 mai 1925

plus de sculpteurs, plus de religions, plus de républicains, plus de royalistes, plus d'impérialistes, plus d'anarchistes, plus de socialistes, plus de bolchéviques, plus de politiques, plus de prolétaires, plus de démocrates, plus de bourgeois, plus d'aristocrates, plus d'armées, plus de polices, plus de patries, enfin assez de toutes ces imbécillités, plus rien, plus rien, rien, *rien, rien, rien.*» (Francis Picabia, *Littérature*, première série, n° 13, 1920. Ce même numéro publie les *23 manifestes Dada* signés par Aragon, Breton, Tzara, Arp, Eluard, Soupault... Toute l'architecture du mouvement surréaliste est déjà là.)

D'un autre côté, le surréalisme abandonne assez vite la pure révolte de Dada. Pendant qu'en Russie les bolchéviques élaborent, paraît-il, un homme neuf, que les psychanalystes (on dit alors psycho-analystes) envisagent de faire sortir les fous des asiles et, ô merveille, donnent la clef des songes, le surréalisme construit, à sa manière, un imaginaire nouveau.

N° 9-10 — Troisième année 1 Octobre 1927

LA RÉVOLUTION SURRÉALISTE

ECRITURE AUTOMATIQUE

« L'idée de surréalisme tend simplement à la récupération totale de notre force psychique par un moyen qui n'est autre que la descente vertigineuse en nous »...

Hans Arp est à la fois graphiste, sculpteur et poète. Expressionniste, Dada, surréaliste, il restera toujours en marge des querelles.

CE QU'IL Y A D'ENIVRANT DANS LE MAUVAIS GOUT, C'EST LE PLAISIR ARISTOCRATIQUE DE DÉPLAIRE. BAUDELAIRE

CONFIGURATION

Les cheveux blancs des pierres, les cheveux noirs des eaux, les cheveux verts des enfants, les cheveux bleus des yeux.
les eaux ferment leurs yeux car du ciel tombent des pierres et des enfants.
aux pierres aux eaux aux enfants et aux yeux tombent les cheveux.
les pierres ont dans leur poche droite du beurre et dans leur poche gauche du pain et chacun les prend avec grande considération pour des sandwiches.
les sandwiches en pierre portent une raie à droite les sandwiches en eau portent une raie à gauche et les sandwiches en enfant portent la raie au milieu.

Hans Arp

Son champ d'intervention : le langage, chargé d'exprimer au-delà du réel l'essence même des choses. «La terre est bleue comme une orange», dit Eluard. «Ceci n'est pas une pipe», surenchérit Magritte.

La grammaire des rêves

Le surréalisme des débuts est d'autant moins une école littéraire qu'il fait appel à des techniques qui n'ont alors aucun statut littéraire. Le sommeil hypnotique, l'écriture automatique, les textes collectifs, les collages et les «cadavres exquis» sont tous interrogations du hasard objectif, moyens de connaissance de la réalité et du psychisme, et la «beauté» qui pourrait en résulter est le produit stupéfiant d'une activité inconsciente occultée par des siècles de rationalisme. «Fiez-vous au caractère inépuisable du murmure.»

Comme dans *Les Champs magnétiques*, les mots n'ont plus leur triviale, utilitaire fonction de communication, mais sont «des tremplins à l'esprit» : les scripteurs deviennent les outils de cet «autre» qui est l'expression la plus authentique de leur «je». Moins «qui suis-je?» que «qui je hante?», comme le soulignera Breton au début de *Nadja*.

“ Rien de tout cela n'est une pipe; mais un texte qui simule un texte; un dessin d'une pipe qui simule un dessin d'une pipe; une pipe (dessinée comme n'étant pas un dessin) qui est le simulacre d'une pipe (dessinée à la manière d'une pipe qui ne serait pas elle-même un dessin). Sept discours dans un seul énoncé.”

Michel Foucault, 1973

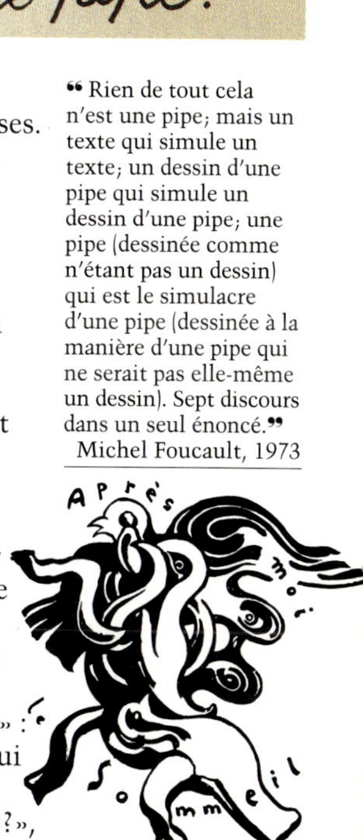

Breton en reviendra : «Si l'effort du surréalisme, avant tout, a tendu à remettre en faveur l'inspiration [...], si, d'autre part, la psychanalyse, au-delà de toute attente, est parvenue à charger de sens pénétrables ces sortes d'improvisations [...], il faut avouer que la pleine lumière est loin d'avoir été faite sur les conditions dans lesquelles, pour être pleinement valable, un texte ou un dessin "automatique" devrait être obtenu» (*Le Message automatique*, 1933).

“Mes tableaux sont des images. La description valable d'une image ne peut être faite sans l'orientation de la pensée vers sa liberté.”
René Magritte

A travers le miroir

Lorsqu'en 1924 Breton définit le surréalisme dans le premier de ses *Manifestes*, l'expérience est donc depuis longtemps sur les rails – puisqu'il se risque à la cerner de mots. De quoi s'agit-il? «Tout porte à croire qu'il existe un certain point de l'esprit d'où la vie et la mort, le réel et l'imaginaire, le passé et le futur, le communicable et l'incommunicable, le haut et le bas cessent d'être perçus contradictoirement. Or, c'est en vain qu'on chercherait à l'activité surréaliste un autre mobile que l'espoir de détermination de ce point.»

L'inconscient a son mot à dire dans la dialectique hégélienne : la voie surréaliste est une somme d'expérimentations psychiques sur divers types de supports visant à abolir les contradictions mutilantes de la réalité. Ce qui permet au surréalisme de s'affranchir justement de cette dialectique. Le surréalisme disqualifie le monde objectif. Il est, en transportant l'esprit hors de l'homme, une quête de la liberté.

Pour passer entre les gouttes de la dialectique, Magritte décrète *Les vacances de Hegel* (ci-dessus).

«Lâchez tout»

Si Breton a contre Tzara la plume acerbe, c'est au nom des principes : «Lâchez tout. Lâchez Dada. Lâchez votre femme, lâchez votre maîtresse. Lâchez vos espérances et vos craintes. Semez vos enfants au coin d'un bois. Lâchez la proie pour l'ombre. Lâchez au besoin une vie aisée, ce qu'on vous donne pour une situation d'avenir. Partez sur les routes.» Ainsi, dans la logique surréaliste, le geste le plus poétique

Application immatérielle de l'écriture automatique par la technique de la photographie lumineuse, Man Ray invente le *Space Writing*.

Rigaut, qui signe «Et maintenant réfléchissez les miroirs», n'adhèrera jamais au surréalisme. Dadaïste, collaborateur de *Littérature*, il se jettera dans la mondanité avant de se tirer une balle dans le cœur, le matin du 6 novembre 1929.

de Rimbaud fut son départ pour l'Abyssinie.

Les difficultés matérielles bloquent finalement la publication de *Littérature*. Le nouvel organe du groupe, *La Révolution surréaliste*, paraît le 1er décembre 1924. Commencent alors une exploration méthodique du monde des rêves, et un recours systématique à l'écriture automatique. Le surréalisme, pour les cinq ans à venir, va se confondre avec sa revue.

et maintenant,
réfléchissez
les miroirs.

J. RIGAUD

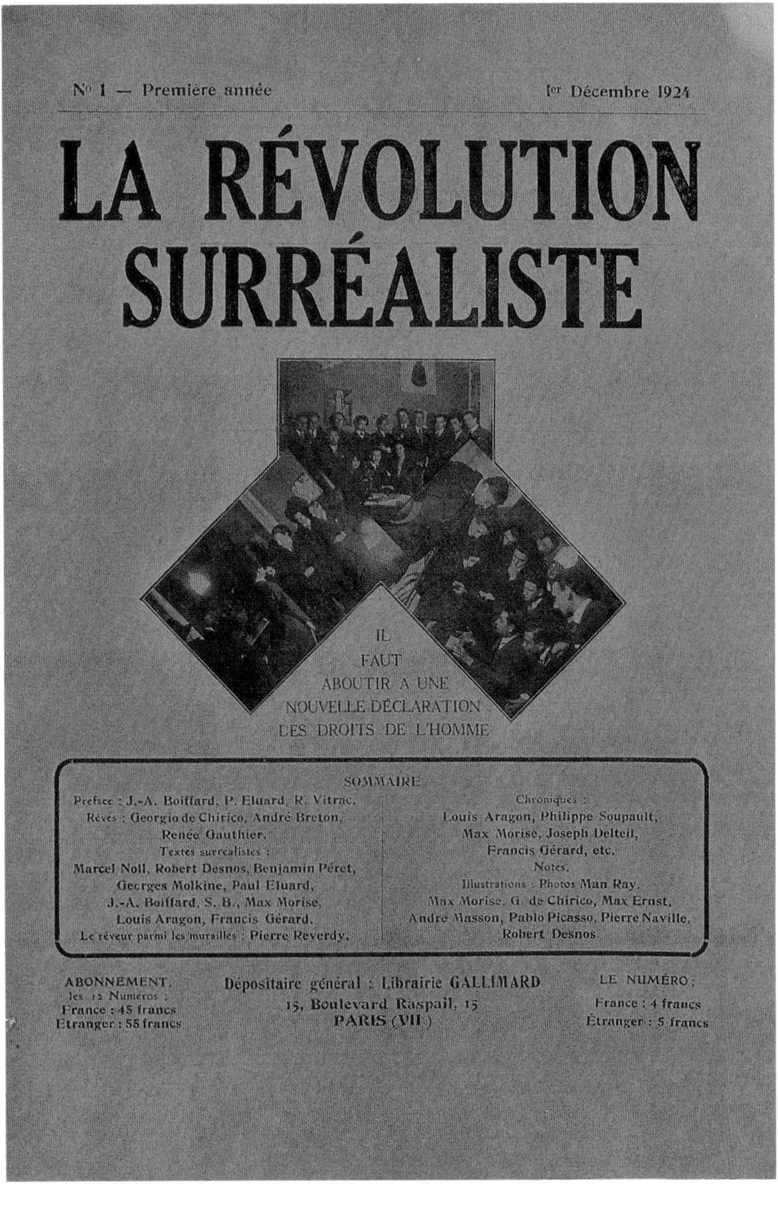

N° 1 — Première année 1er Décembre 1924

LA RÉVOLUTION SURRÉALISTE

IL
FAUT
ABOUTIR A UNE
NOUVELLE DÉCLARATION
DES DROITS DE L'HOMME

SOMMAIRE

Préface : J.-A. Boiffard, P. Eluard, R. Vitrac.
Rêves : Georgio de Chirico, André Breton, Renée Gauthier.
Textes surréalistes :
Marcel Noll, Robert Desnos, Benjamin Péret, Georges Molkine, Paul Eluard, J.-A. Boiffard, S. B., Max Morise, Louis Aragon, Francis Gérard.
Le rêveur parmi les murailles : Pierre Reverdy.

Chroniques :
Louis Aragon, Philippe Soupault, Max Morise, Joseph Delteil, Francis Gérard, etc.
Notes.
Illustrations : Photos Man Ray.
Max Morise, G. de Chirico, Max Ernst, André Masson, Pablo Picasso, Pierre Naville, Robert Desnos.

ABONNEMENT,
les 12 Numéros :
France : 45 francs
Etranger : 55 francs

Dépositaire général : Librairie GALLIMARD
15, Boulevard Raspail, 15
PARIS (VIIe)

LE NUMÉRO :
France : 4 francs
Étranger : 5 francs

Le 12 octobre 1924, Anatole France meurt. «Le cercueil, placé sous le grand dais noir brodé d'argent, disparaît littéralement parmi les fleurs amoncelées.» Ainsi pleure la presse officielle. Mais Philippe Soupault : «Puisqu'il ne s'agit aujourd'hui que de déposer une palme sur un cercueil, qu'elle soit aussi lourde que possible et qu'on étouffe ce souvenir.»

CHAPITRE II
LA RÉVOLUTION SURRÉALISTE (1924-1933)

Les funérailles d'Anatole France précèdent de peu le premier numéro de *La Révolution surréaliste* (décembre 1924), et inaugurent le temps des prises de position radicales : «Nous sommes certainement des Barbares puisqu'une certaine forme de civilisation nous écœure» (*La Révolution d'abord et toujours*).

Avez-vous déjà giflé un mort ?

Un cadavre, tract collectif, rassemble plusieurs des futurs grands noms du surréalisme et paraît quelques jours après les obsèques. Comment ne pas haïr («Tes semblables, cadavre, nous ne les aimons pas», écrit Paul Eluard) un écrivain consacré dont le patronyme évoque si bien la patrie ? «Ce n'est qu'une France qui vient de mourir, il y en a plusieurs, il y en a qui naissent, étranges et terribles» (Drieu La Rochelle).

Affaire de générations : «Encore un qui a vécu en cet âge d'or, d'avant la guerre, à quoi nous ne comprenons rien» ; affaire politique aussi, jeunes insurgés contre «le littérateur que saluent à la fois aujourd'hui le tapir Maurras et Moscou la gâteuse» (Aragon) : «Avec France, c'est un peu de la servilité humaine qui s'en va», renchérit Breton. Affaire de sensibilités, enfin : «Nous avons soif et nous avons faim. Anatole France, c'est le régime des hors-d'œuvre !» (Joseph Delteil).

UN CADAVRE

Il était devenu si hideux, qu'en passant la main sur son visage il sentit sa laideur.

A. FRANCE (*Thaïs*)

«Avec France, c'est un peu de la servilité humaine qui s'en va» (André Breton). Ci-dessus le tract publié après les obsèques.

Surréalistes d'autrefois et de naguère

Dans le premier *Manifeste du surréalisme*, Breton, après les définitions, donne, comme dans tout dictionnaire, des exemples. «Ont fait acte de surréalisme absolu MM. Aragon, Baron, Boiffard, Breton, Carrive, Crevel, Delteil, Desnos, Eluard, Gérard, Limbour, Malkine, Morise, Naville, Noll, Péret, Picon, Soupault, Vitrac.» Après ce certificat de bonnes vies et mœurs surréalistes, il précise : «Ce semble bien être, jusqu'à présent, les seuls, et il n'y aurait pas à s'y tromper, n'était le cas passionnant d'Isidore Ducasse, sur lequel je manque de données. Et certes, à ne considérer que superficiellement leurs résultats, bon nombre de poètes pourraient passer pour surréalistes, à commencer par Dante et, dans ses meilleurs jours, Shakespeare.» Suit une énumération d'auteurs précisant en quoi chacun d'eux est rattachable au surréalisme.

Par la suite, ce goût des listes ne quittera jamais Breton : mais tandis que sur elles les contemporains se raréfient, l'arbre généalogique se ramifie sans cesse. La récupération compense les exclusions.

Jacques Prévert devant le 54, rue du Château, en 1925.

Les jeunes gens de la rue du Château

C'est encore l'époque où tout le monde, ou presque, s'aime. Marcel Duhamel (qui en 1945 aura l'idée de la Série Noire) héberge Jacques Prévert et Yves Tanguy au 54, rue du Château, à Paris. « Le non-conformisme absolu, l'irrévérence totale et aussi la plus belle humeur y régnaient. Dans un angle tapissé d'affiches de cinéma – regards de vamps et colts braqués – s'encastrait un petit bar toujours très bien pourvu. Sept ou huit chats, pour lesquels on était aux petits soins. Il y avait aussi des grenouilles derrière des verres

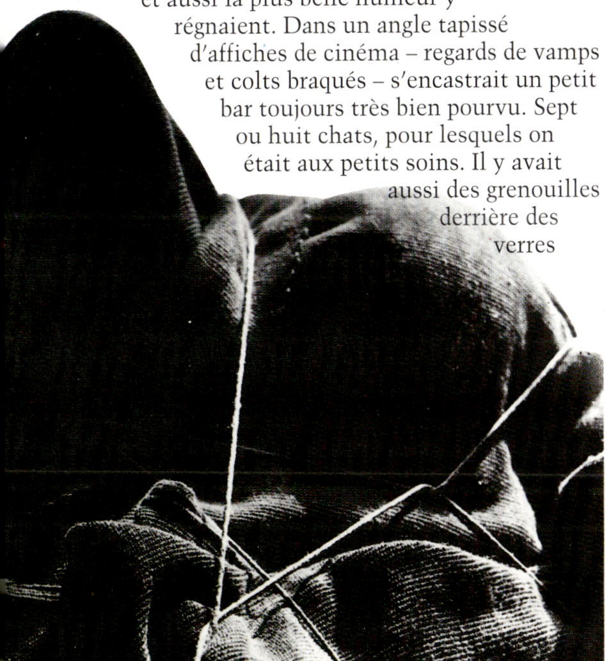

« Surréalistes» de jadis et naguère : Fantomas, Dante et Jules Verne, rassemblés par Max Ernst dans la même nacelle; ou le comte de Lautréamont, Isidore Ducasse, l'auteur des *Chants de Maldoror*, dont Man Ray a photographié *L'Enigme* (à gauche), et dont André Breton écrit : «Les mots de folie, de preuve par l'absurde, de machine infernale qui ont été employés, voire repris, à propos d'une telle œuvre, montrent bien que la critique ne s'est jamais approchée d'elle sans avoir à signer tôt ou tard son désistement» (*Anthologie de l'humour noir*).

glauques... Là fut le véritable alambic de l'humour, au sens surréaliste» (Breton, *Entretien radiophonique*, 1952).

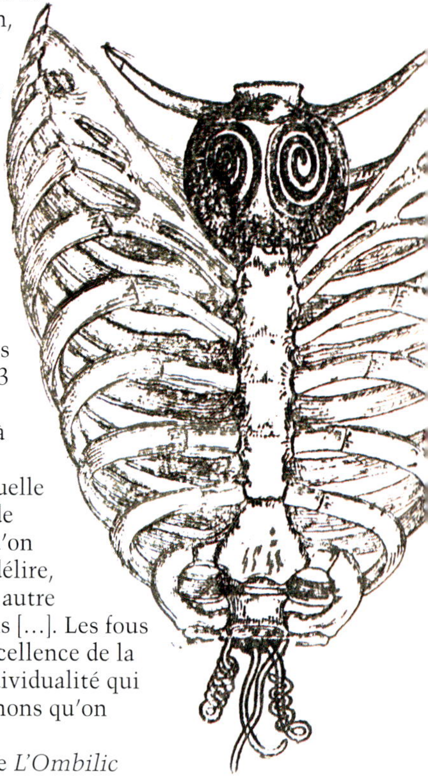

«Lettre aux médecins-chefs des asiles de fous»

Les surréalistes ont à l'égard de la psychiatrie une relation ambiguë, mi-attraction, mi-répulsion. Artaud, qui aura toute sa vie à fréquenter ces gens infréquentables, les plus grands psychiatres de l'époque, est plus affirmatif, avec des accents que ne désavoueraient pas les anti-psychiatres contemporains. Il proteste dans le n° 3 de *La Révolution surréaliste* : «Nous nous élevons contre le droit attribué à des hommes, bornés ou non, de sanctionner par l'incarcération perpétuelle leurs investigations dans le domaine de l'esprit. [...] Nous n'admettons pas qu'on entrave le libre développement d'un délire, aussi légitime, aussi logique que tout autre association d'idées ou d'actes humains [...]. Les fous sont les victimes individuelles par excellence de la dictature sociale; au nom de cette individualité qui est le propre de l'homme, nous réclamons qu'on libère ces forçats de la sensibilité.»

La même année 1925, Artaud publie *L'Ombilic des limbes* et *Le Pèse-nerfs* : «Je n'ai visé qu'à l'horlogerie de l'âme, je n'ai transcrit que la douleur d'un ajustement avorté. Je suis un abîme complet.» Atteint selon ses termes d'une «effroyable maladie de l'esprit», hanté par le sentiment de sa propre destruction, il écrit en 1929 *L'Art et la mort* : dès lors il n'est plus, pour ses ex-amis, qu'une «charogne» et pour Breton un «abstentionniste social».

Un théâtre surréaliste?

Le surréalisme est à cheval entre un ancien monde où le théâtre était le lieu privilégié des provocations et des scandales, et une modernité où ce rôle est plus volontiers dévolu au cinéma. Et les relations des surréalistes avec le théâtre seront toujours ambiguës.

Alfred Jarry, l'ancêtre. Ubu, le personnage grotesque inventé par Jarry, hante à jamais la mémoire surréaliste.

Légèrement décalé, Raymond Roussel. Les surréalistes admirent *Impressions d'Afrique* (1910) et ses «procédés antilogiques» (prenez un mot, cherchez son presque semblable,

Antonin Artaud, photographié par Man Ray et filmé en Marat par Abel Gance, est avant tout, bien que poète, homme et théoricien de théâtre, et donc en marge du courant surréaliste.

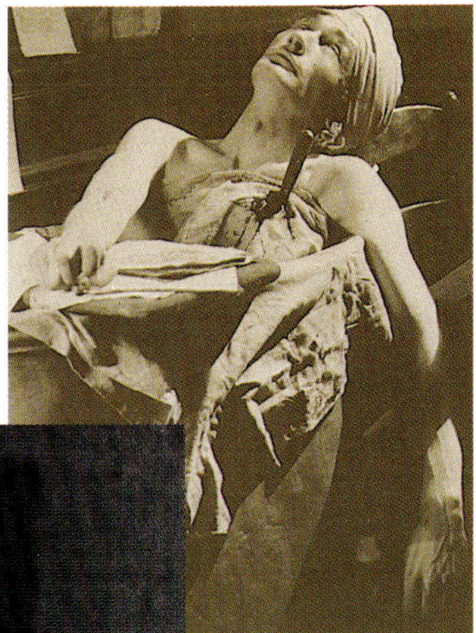

«Jarry est surréaliste dans l'absinthe» (André Breton, *Deuxième manifeste du surréalisme*). Ou encore : «Ubu, création admirable pour laquelle je donnerais tous les Shakespeare et tous les Rabelais» (le même, dans *Les Pas perdus*). «Vive la mère Ubu», en page de gauche, lithographie de Max Ernst illustrant *Décervelages.* Dans la double suivante, Ernst encore peint *Ubu imperator* et Picasso dessine *Ubu enchaîné.*

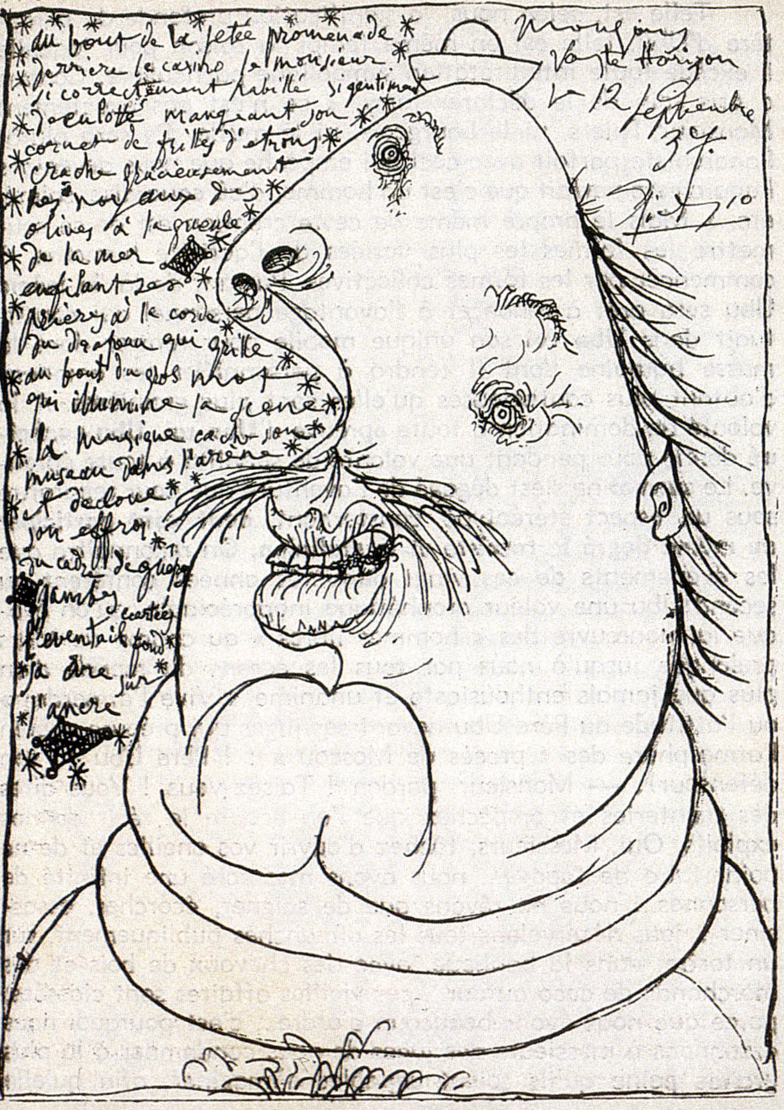
au bout de la jetée promenade
derrière le casino le monsieur
si correctement habillé si gentiment
déculotté mangeant son
cornet de frites d'étrons
crache gracieusement
les noyaux des
olives à la gueule
de la mer
enfilant ses
perles à la corde
du drapeau qui grille
au bout du gros mot
qui illumine la scène
la musique cache son
museau dans l'arène
et déclouant
son effroi
du cadre de guêpes
jambes
cartées
l'éventail fond
sa cire sur
l'ancre
Mougins
Vaste Horizon
le 12 septembre
37.
Picasso

à la variante phonétique près : pillard/billard; greffez sur le mot initial d'autres mots décalés dans le sens de la variante; bâtissez un récit dans l'incommensurable espace ouvert entre les sens). Ils s'enthousiasment à sa pièce, sans toujours bien la comprendre : le 5 mai 1924 il fait représenter *L'Etoile au front* au Vaudeville. Œuvre bizarre, pour collectionneurs, fétichistes, et amateurs de Jules Verne… Les surréalistes applaudissent à tout rompre. «Hardi la claque!» crie un bourgeois bougonnant. «Nous sommes la claque et vous êtes la joue», rétorque Desnos.

Les surréalistes n'aiment-ils donc plus le théâtre?

En juin 1928 ils décident d'interdire la représentation, au Théâtre Alfred-Jarry (fondé par Artaud et Vitrac, déjà exclus du groupe surréaliste), du *Songe* de Strindberg – parce qu'au neuvième tableau de la première, Artaud s'est approché de la rampe et a déclaré : «Strindberg est un révolté, tout comme Jarry, comme Lautréamont, comme Breton, comme moi. Nous représentons cette pièce en tant que vomissement contre la société.» Hurlements de Breton, qui n'aimait guère le théâtre et plus du tout Artaud (qui ne lui ménagea jamais, pourtant, son affection). Seule pièce épargnée : *Victor ou les enfants au pouvoir*, de Roger Vitrac, «drame bourgeois» qui tire à boulets rouges sur la bourgeoisie en ridiculisant le vaudeville, son genre théâtral préféré : adultère, inceste, scatologie, poésie, folie et mort s'y côtoient allègrement.

Cinq essais forment *L'Immaculée Conception* (1930). Breton et Eluard y simulent débilité mentale, manie aiguë, paralysie générale, délire d'interprétation et démence précoce.

«Nous n'avons rien à voir avec la littérature, mais nous sommes très capables, au besoin, de nous en servir comme tout le monde»

Breton l'affirme haut et fort dans le *Manifeste* de 1924, puis dans la *Déclaration du 27 janvier 1925*, mais l'idée se retrouve dans tous les écrits : le surréalisme

Le cadavre exquis «devrait pouvoir rendre à la poésie le sens de l'immensité de ses pouvoirs perdus» (André Breton).

n'est pas une entreprise littéraire, ou artistique, mais «un moyen de libération totale de l'esprit».

D'où le caractère spontané de l'écriture automatique, le côté hasardeux (au sens propre) des «cadavres exquis» que le *Dictionnaire abrégé du surréalisme* définit ainsi : «Jeu qui consiste à faire composer une phrase, ou un dessin, par plusieurs personnes sans qu'aucune d'elles puisse tenir compte de la collaboration ou des collaborations précédentes. Ce jeu tire son nom de la première phrase obtenue de cette manière : Le cadavre – exquis – boira – le vin – nouveau.» *La Révolution surréaliste* publie les plus intéressantes trouvailles du «hasard objectif» qui mène le jeu, ainsi : «Les femmes blessées faussent la guillotine aux cheveux blonds...»

D'où également la surabondance de manifestes, déclarations et autres écrits théoriques, remarquables, même en cette époque qui en fut friande.

«L'irruption magique de l'irrationnel»

Le collage surréaliste se pratique aussi bien en littérature (dans *Le Paysan de Paris* d'Aragon en 1926 ou *L'Immaculée Conception* d'Eluard et Breton en 1930) que dans les autres activités du groupe. Tel qu'il est découvert et développé par Ernst dès 1920 (Tzara, Breton, Soupault, Aragon et Picabia en sont, selon l'auteur du *Surréalisme et la peinture*, les premiers témoins), le collage a pour fonction de démystifier et de révéler une vérité cachée

Quelle est la plus noble conquête du collage? «C'est l'irrationnel, répond Max Ernst. C'est l'irruption magique de l'irrationnel dans tous les domaines de l'art, de la poésie, de la science, dans la mode, dans la vie privée des individus, dans la vie publique des peuples.» Portrait-collage de «Paul Eluard en Nourrice des étoiles» par Breton, roman-collage d'Ernst, ici «L'œil sans les yeux, la femme 100 têtes garde son secret».

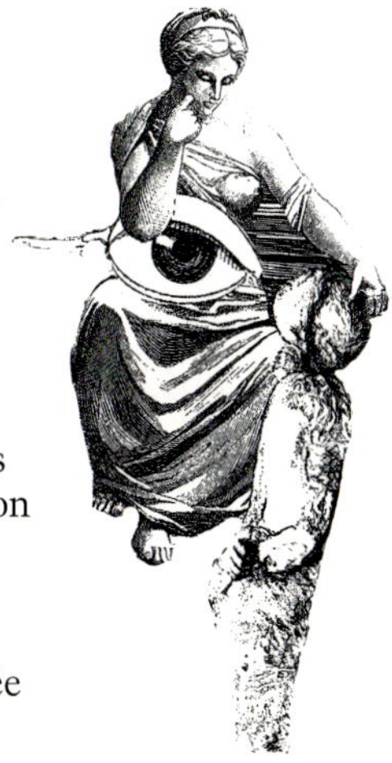

sous les apparences (*La Femme 100 têtes*, 1929; *Rêve d'une petite fille qui voulut entrer au carmel*, 1930; *Une semaine de bonté*, 1934).

On peut de même obtenir des «collages verbaux» sur le modèle des mots-valises. Ainsi «phallustrade» est, dit Ernst, «un produit alchimique composé des éléments suivants : l'autostrade, la balustrade et une certaine quantité de phallus».

Tous les surréalistes pratiquent le collage (Prévert continuera bien après la guerre), et il est même un mode de communication international : les Tchèques s'y montrèrent particulièrement adroits.

A la rencontre de l'automatisme

A la même époque, André Masson rencontre l'automatisme. La main guidée par son mouvement propre, son crayon court pour dessiner, décrivant des figures involontaires capables de transmettre «tout ce que le peintre recèle alors d'émotionnel» (Breton). Cet automatisme, hérité des médiums, semble alors, pour le groupe, le plus sûr moyen d'accéder à l'inconscient, plus sûr encore que la fixation des images de rêve. Mais, afin d'organiser ce qui lui apparaît comme un désordre, Masson oriente son geste vers des représentations figuratives plus immédiates, au point qu'on reconnaît très vite des hanches, des ailes, des visages dans les formes arbitraires qu'était censé dicter le graphisme automatique.

Inversement, Joan Miró fait peu à peu table rase du réalisme et veut s'abandonner naïvement à la «dictée de l'inconscient» en quittant toute prétention à représenter, symboliquement ou non, les formes existantes, et en joignant à ses formes colorées des textes poétiques, mêlés au sein de ses «tableaux-poèmes». Il lui reste alors à explorer l'autre versant des recherches surréalistes, le récit de rêve, plus propre à endiguer la crainte du désordre et de l'incohérence, parce que plus près de la figuration, puis à mêler les deux, en jouant perpétuellement sur la réciprocité du passage entre l'inconscient et le conscient.

Poète du collage, Prévert joue avec ses thèmes les plus chers. Dans *Peintre et modèle*, visage du Christ, citrouille et bouledogue insolent se côtoient avec bonheur.

Joan Miró (en page de gauche, *La Sieste*, 1925), cherche par le rêve et la spontanéité la délivrance de ses obsessions intérieures. Breton lui reconnaîtra cette «innocence» et cette «liberté» dont lui-même a toujours voulu faire preuve.

Masson dans *Femmes étranglant des oiseaux* (1931), apprivoise la forme moins figurative du dessin automatique, pendant graphique de l'écriture des *Champs magnétiques* et de *Poisson soluble*.

«Comment j'ai composé certains de mes tableaux»

Mettant au jour des éléments enfouis dans les profondeurs de l'inconscient, le «frottage» est une technique mise au point par Ernst à partir de 1925.

2 enfants sont menacés par un rossignol / M. ernst

Max Ernst, «le cerveau le plus magnifiquement hanté qui soit»

Pour Max Ernst il s'agit de «sans cesse trouver du nouveau. Son œuvre d'une force toujours accrue [...] est, sous l'angle de cette volonté, sans équivalent» (André Breton, *Le Surréalisme et la peinture*). En page de gauche, *Deux Enfants menacés par un rossignol* (huile et objet en bois, 1923); ci-contre *Loplop présente une jeune fille* (1930). «Je est Loplop» serait une des multiples adaptations personnelles du «Je est un autre» de Rimbaud.

202

«C'est le chapeau qui fait l'homme»

Dans ce collage sur papier de 1920, Max Ernst développe un thème notoirement apprécié par les surréalistes. De *Fantômas* aux personnages de Magritte, les hommes coiffés de chapeaux, ronds souvent, donnent à voir, en cachant la partie la plus céleste de leur individu, que le mystère existe. Version moderne et civilisée du masque guerrier, rituel, théâtral ou carnavalesque, le couvre-chef proclame les intentions de qui dessous se dissimule... «Le style, c'est le tailleur», ajoute Ernst, d'ailleurs.

Le peintre est alors à Pornic, dans une chambre d'auberge. Il pleut (la Bretagne...). «Frappé par l'obsession qu'exerçait sur mon regard irrité le plancher dont mille ravages avaient accentué les ratures [...], je me décidai à examiner le symbolisme de cette obsession, et, pour venir en aide à mes facultés méditatives et hallucinatoires, je tirai des planches une série de dessins en posant sur elles au hasard des feuilles de papier que j'entrepris de frotter à la mine de plomb.» Ainsi naît *Histoire naturelle* que préface Hans Arp en 1927.

Joë Bousquet note que le frottage résout «le problème du passage de la subjectivité à l'objectivité». «Le miroir, dit Eluard, a-t-il perdu ses illusions, ou bien est-ce l'univers débarrassé de son opacité?»

Dans rayogramme, il y a rayon, et il y a Ray

Man Ray est le photographe du groupe – c'est dire qu'il ne se contente pas de photographier ses amis.

Il les met en scène. Comme il est également un habile graphiste, il réintervient sur les tirages, rajoutant des ouïes sur le dos d'un modèle pour le transformer en femme-violoncelle.

En 1914, Man Ray a rencontré Picabia et Duchamp à New York.

“Max Ernst, sous le titre *Histoire naturelle*, nous a présenté les terribles merveilles d'un univers dont notre semelle ne peut essayer d'écraser les secrets, plus grands que nous. [...] Le rideau du sommeil tombé sur l'ennui du vieux monde, se relève pour des surprises d'astres et de sable. Et nous regardons, vengés enfin des minuscules lentes, des cœurs tièdes et des cerveaux raisonnables.”

René Crevel

L'etoile de mer

1) - Un homme et une femme dans un jardin
20) - Leurs pieds

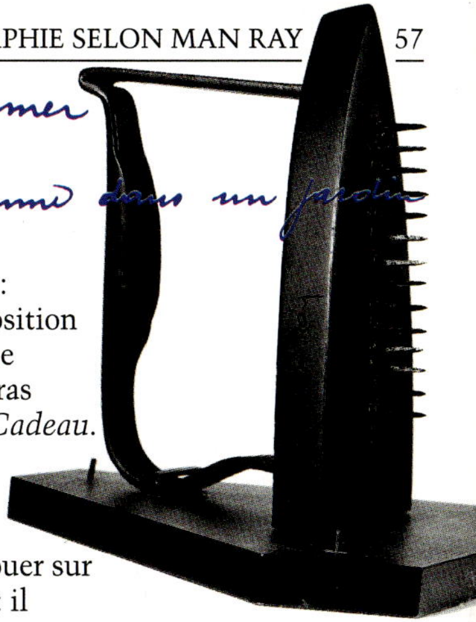

Il crée peu après les premiers rayogrammes : «photographies obtenues par simple interposition de l'objet entre le papier sensible et la source lumineuse». A Paris en 1921, il est reçu à bras ouverts par les dadaïstes qui admirent son *Cadeau*. Il joue, avec Duchamp, dans *Entr'acte* de René Clair, et dans divers films d'esthétique dadaïste (*L'Etoile de mer*, d'après un poème de Desnos). Il sait aussi jouer sur ses seuls dons de dessinateur ou de peintre : il composera avec Eluard *Les Mains libres* en 1937.

Fragment du scénario de *L'Etoile de mer*, *Le Cadeau* (1921) et *Rayogramme* (1922), tous trois de Man Ray.

« Il était nécessaire [...] qu'un parfait technicien de la photographie, qui fût aussi de la classe des meilleurs peintres, se préoccupât, d'une part d'assigner à la photographie les limites exactes à quoi elle peut prétendre, d'autre part de la faire servir à d'autres fins que celles pour lesquelles elle paraissait avoir été créée, et notamment à poursuivre pour son compte et dans la mesure de ses moyens propres, l'exploration de cette région que la peinture croyait pouvoir se réserver. »

André Breton, *Le Surréalisme et la peinture*

Trotsky, auteur, dans les années vingt, de *Littérature et révolution*, intéresse les surréalistes, et plus spécialement Breton. Avec lui et Rivera (tous les trois à gauche, au Mexique), il rédigera le manifeste *Pour un art révolutionnaire indépendant*.

Les surréalistes entrent en politique

A partir des années trente, l'activité surréaliste, loin de se borner aux recherches artistiques, se veut aussi révolution : il était déjà question de «transformer le monde», il était inévitable que le groupe rencontrât la politique des partis. Ou plutôt, du Parti. Après tout, la chronologie surréaliste est parallèle à celle du P.C. après le congrès de Tours (1920).

Les scandales politiques du surréalisme s'enchaînent. En juillet 1925, le banquet offert à Saint-Pol-Roux à la Closerie des lilas dégénère en tir de barrage contre Rachilde, femme de lettres qui donnait volontiers dans le sulfureux pour bourgeois : «Une Française ne peut pas épouser un Allemand», affirme-t-elle. «Offense à Max Ernst», dit Breton. Soupault, suspendu au lustre, renverse tout. Michel Leiris crie haut et fort par la fenêtre «Vive l'Allemagne, à bas la France!». Il manque d'être lynché, les policiers le sauvent en l'arrêtant mais le gratifient, au commissariat, d'une «infusion de semelles à clous» en le tabassant dans les règles...

Guerres et insurrections

Les surréalistes ont écrit à Paul Claudel, poète et ambassadeur de France au Japon : «Peu nous importe la création. Nous souhaitons de toutes nos forces que les révolutions, les guerres et les insurrections coloniales viennent anéantir cette civilisation occidentale dont vous défendez jusqu'en Orient la

Prenant ses distances avec le groupe Clarté, Breton s'expliquera longuement dans *Légitime défense* sur l'impossibilité qu'il y a à cesser d'être surréaliste pour devenir communiste...

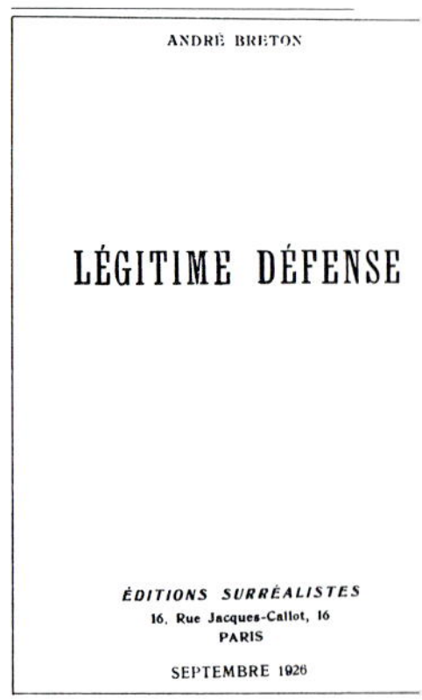

ANDRÉ BRETON

LÉGITIME DÉFENSE

ÉDITIONS SURRÉALISTES
16, Rue Jacques-Callot, 16
PARIS

SEPTEMBRE 1926

vermine et nous appelons cette destruction comme l'état de choses le moins inacceptable pour l'esprit.»

Quelques mois plus tard éclate la guerre du Rif. Horrifiés par 14-18, les surréalistes prennent fait et cause pour Abd-el-Krim. Ils se rapprochent du groupe Clarté, autrefois fondé par Henri Barbusse, et très proche du P.C. «La Révolution d'abord et toujours», écrivent-ils. Et de préciser : «Nous ne sommes pas des utopistes : cette Révolution, nous ne la concevons que sous sa forme sociale.»

La revue *Clarté*, dirigée par Bernier et Fourrier, est l'organe d'un groupe para-communiste pour lequel les surréalistes ont de la sympathie. Il sera même question, en 1925, de fusion avec *La Révolution surréaliste.* Le projet sera abandonné, mais la collaboration durera jusqu'en 1927.

Après la «période des sommeils», particulièrement illustrée par Desnos et la pratique du rêve éveillé, voilà le mouvement dans sa «période raisonnante». Breton découvre Trotsky. Pierre Naville appelle à un engagement plus cohérent que les scandales ponctuels : «Les scandales moraux suscités par le surréalisme ne supposent pas forcément un bouleversement des valeurs intellectuelles et sociales; la bourgeoisie ne les craint pas.» Et d'ajouter, visionnaire :« elle les absorbe facilement...»

LA RÉVOLUTION D'ABORD et TOUJOURS!

Tract collectif rédigé par le groupe surréaliste et les membres des revues *Clarté, Philosophies* (Lefebvre, Pulitzer, Guterman) et *Correspondance* (les Belges Goemans, Magritte, Nougé) La Révolution d'abord et toujours! est au cœur des débats idéologiques et de l'engagement politique des intellectuels et des artistes.

Dans un premier temps, Breton refuse d'inféoder le surréalisme au communisme. Puis il adhère au Parti, avec Aragon, Eluard, Benjamin Péret et Pierre Unik. Et annonce publiquement, dans le *Second Manifeste du surréalisme* (1929) l'exclusion (qui remonte effectivement à novembre 1926) de Soupault et d'Artaud.

A la rescousse de Charlot, au secours de Rimbaud

En 1921 déjà, Aragon écrivait, dans *Anicet ou le panorama*, tout le bien qu'il pensait de Chaplin. Et voilà Charlot, à l'occasion d'un divorce, en butte aux attaques de sa femme à la morale anglo-saxonne («une de ces garces dont on fait dans tous les pays les *bonnes* mères, les *bonnes* femmes, ces pestes, ces parasites de tous les sentiments et tous les amours»). Les surréalistes rédigent, en anglais, *Hands off love* (dans la revue *Transition*) et le traduisent dans le n° 9-10 (1er octobre 1927) de *La Révolution surréaliste.* «Une vie de chien : à l'heure actuelle c'est celle de l'homme dont le génie ne sauvera pas la partie, de l'homme à qui tout le monde va tourner le dos, qu'on ruinera impunément, à qui l'on enlèvera tout moyen d'expression,

En 1927, le divorce de Charlie Chaplin et Lita Grey défraye la chronique. Fustigeant «la garce», *La Révolution surréaliste* prend fait et cause pour Charlot : «Merci à vous par-delà la victime. Nous vous crions merci, nous sommes vos serviteurs.»

PERMETTEZ !

qu'on démoralise de la façon la plus scandaleuse au profit d'une sale petite bourgeoise haineuse et de la plus grande hypocrisie publique qu'il soit possible d'imaginer.»

Trois semaines plus tard, Raymond Queneau jette les bases d'un tract (*Permettez!*) attaquant violemment les notables qui avaient, à Charleville, l'intention d'ériger un monument à la gloire de Rimbaud : «La statue qu'on inaugure aujourd'hui subira peut-être le même sort que la précédente. Celle-ci, que les Allemands firent disparaître, dut servir à la fabrication d'obus et Rimbaud se fût attendu avec délices à ce que l'un d'eux bouleversât de fond en comble votre place de la Gare ou réduisît à néant le

J'AURAIS MOINS COMPRIS RIMBAUD SANS LE SURRÉALISME.

ERNEST DELAHAYE

En 1927, les surréalistes s'insurgent contre l'intention des notables de Charleville d'ériger un monument à la mémoire de Rimbaud. Le tract *Permettez* proclame simplement que la mémoire de Rimbaud n'appartient pas au premier venu!

René Daumal rencontre Roger Vailland et Roger Gilbert-Lecomte à Reims, au lycée. Avec eux et Josef Sima (auteur du portrait de Daumal ci-contre), il fonde *Le Grand Jeu* dont le but essentiel est d'unir la littérature à diverses recherches d'ordre métapsychique et d'atteindre un degré de sagesse supérieur. Attiré par Gurdjieff et par la pensée orientale, Daumal s'éloigne du surréalisme dont il critique la tendance à «la fabrication littéraire».

musée dans lequel on s'apprête à négocier ignoblement sa gloire.» Bec et ongles, les surréalistes défendent et leurs mythes et leurs amis.

Haro sur Le Grand Jeu

Roger Gilbert-Lecomte, René Daumal, Roger Vailland, Josef Sima : ces jeunes gens ont l'ardeur des néophytes. Dans leur revue, *Le Grand Jeu*, ils réaffirment haut et fort l'antienne surréaliste : pas d'autre but que «la destruction de la "littérature" et de "l'art"» (juillet 1928).

Pourtant la sauce ne prend pas. Breton est alors dans une phase de durcissement idéologique. Le 12 février 1929, il somme diverses personnalités de la mouvance surréaliste de s'expliquer sur leurs positions idéologiques. La liste de ceux qui ne

“ Prenez garde, André Breton, de figurer plus tard dans les manuels d'histoire littéraire, alors que si nous briguions quelque honneur, ce serait d'être inscrits pour la postérité dans l'histoire des cataclysmes.”
Le Grand Jeu n°3, 1930

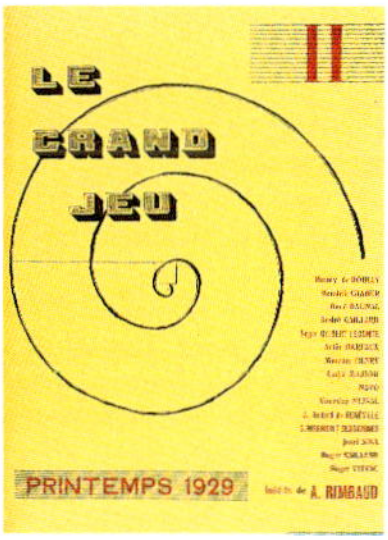

Roger Gilbert-Lecomte renonce à la médecine pour se consacrer à la littérature. Amateur d'expériences radicales, créateur avec Daumal de la «métaphysique expérimentale», il s'attache à la drogue, à la médiumnité, souhaite encore et encore inventorier toutes les directions de l'esprit humain. Après sa rupture avec Daumal, en 1933, il s'enfonce dans la drogue et la misère, jusqu'à sa mort en 1943.

répondent pas est significative des fractures du mouvement : Artaud ou Vitrac, déjà exclus, mais aussi Michel Leiris, André Masson, Pierre Naville, Georges Bataille, Francis Picabia.

Réunion générale, le 11 mars, au bar du Château. Breton a même pris garde de récuser, «en raison de leur caractère», les surréalistes qui ne lui semblent pas utiles pour l'occasion : Jacques Prévert, Marcel Duhamel, Man Ray, Jacques Baron, Yves Tanguy... Le prétexte : défendre Trotsky, depuis peu persécuté par Staline. Le but : le procès du *Grand Jeu*.

Pêle-mêle, on leur reproche de préférer l'assassin Landru aux anarchistes Sacco et Vanzetti, de ne pas avoir soutenu les sentiments antimilitaristes

SECOND MANIFESTE

d'élèves de l'Ecole Normale Supérieure, d'utiliser, pour explorer leur inconscient chargé, des drogues psychotropes (Gilbert-Lecomte en mourra, d'ailleurs, en 1943), et plus spécifiquement, l'apologie du préfet de police Chiappe faite par Vailland (qui vit essentiellement de journalisme) dans les colonnes de *Paris-Midi*. Le surréalisme aussi eut ses procès de Moscou.

«En matière de révolte, aucun de nous ne doit avoir besoin d'ancêtres»

Pour bien enfoncer le clou, Breton publie en 1930 le *Second Manifeste du surréalisme (*déjà paru en décembre 1929 dans le dernier numéro de *La Révolution surréaliste)*, et somme Daumal de préciser sa position : la rupture devient définitive. Tant qu'à faire, Breton règle les comptes. D'abord avec l'héritage : «Inutile de discuter encore sur Rimbaud : Rimbaud s'est trompé, Rimbaud a voulu nous tromper [...] Tant pis aussi pour Baudelaire [...] Poe qui, dans les revues de police, est donné aujourd'hui à si juste titre pour le *maître des policiers scientifiques* (de Sherlock Holmes, en effet, à Paul Valéry...) [...] Crachons en passant sur Poe...» Puis sur les anciens amis : Artaud (qui, «giflé dans un couloir d'hôtel par Pierre Unik, appelle à l'aide *sa mère!*»), Jean Carrive («incapable d'envisager le problème politique ou sexuel autrement que sous l'angle du terrorisme gascon»), Joseph Delteil («ignoble»), Georges Limbour (coupable de «coquetterie littéraire»), Masson (pour *Le Surréalisme et la peinture*), Soupault («infamie totale»), et Vitrac («véritable souillon des idées»). Breton regrettera plus tard (en 1946) ces «inutiles violences».

SURRÉALISME

Roger Vailland, avant d'évoluer entre le communisme stalinien et le libertinage parisien, fut co-fondateur du *Grand Jeu*, et grand connaisseur de drogues psychotropes.

Le *Second Manifeste du surréalisme*, signé, entre autres par Tzara et Nougé, paraît en 1929, rappelant la doctrine et donnant la liste de tous les exclus, d'Artaud à Desnos et Pulitzer.

«Si vous aimez l'amour, vous aimerez le surréalisme»

«Etre ou ne pas être, on commence à s'apercevoir que ce n'est pas la question. Voici sans doute le premier ouvrage qui ne soit, plus ou moins, bâti sur ce faux et persistant problème», écrit Breton dans le prière d'insérer de *Capitale de la douleur*, que publie Eluard en 1926, – somme en fait de textes antérieurs, comme *Répétitions* et *Mourir de ne pas mourir*. Le seul vrai problème, c'est l'amour – pour Eluard, l'amour de Gala : «La courbe de tes yeux fait le tour de mon cœur...»

L'amour, Breton le chante sur le mode majeur dans *Nadja* (1928). «Tout à coup, alors qu'elle est peut-être encore à dix pas de moi, venant en sens inverse, je vois une jeune femme, très pauvrement vêtue, qui, elle aussi, me voit ou m'a vu... Curieusement fardée, comme quelqu'un qui, ayant commencé par les yeux, n'a pas eu le temps de finir, mais le bord des yeux si noirs pour une blonde... Que peut-il bien passer de si extraordinaire dans ces yeux? Que s'y mire-t-il à la fois obscurément de détresse et lumineusement d'orgueil?»

L'amour la poésie : le titre du recueil d'Eluard (1929), sans ponctuation, établit

❝ Les lèvres rouges flottaient dans un ciel bleu-gris, au-dessus d'un paysage crépusculaire où l'on voyait, à l'horizon, un observatoire et ses deux dômes, comme deux seins, à peine suggérés dans la pénombre.❞

Man Ray *in Les Cahiers d'art*, 1935

L'amour la poésie

bien le lien immédiat, nécessaire, que les surréalistes établissent entre l'amour et la parole. Lien aussi avec le monde onirique : «Et quand tu n'es pas là / Je rêve que je dors je rêve que je rêve.» «A Gala ce livre sans fin» : la dédicace exprime tout l'amour d'Eluard pour… la parole d'amour peut-être : quelques mois plus tard, l'héroïne du poète le quitte pour Dali, Eluard rencontre Nusch, la voix ne se tait pas.

Amour de la poésie et poésie de l'amour. Breton reviendra plusieurs fois sur les «yeux de fougère» de Nadja (ci-dessus). «Nadja, parce qu'en russe c'est le commencement du mot espérance, et parce que ce n'en est que le commencement.»

Les yeux fermés, les membres du groupe expriment le rêve, objet de culte et de travail : *Je ne vois pas la femme cachée dans la forêt*.

Dali, Gala, Eluard et Nusch à Cadaquès (en page de gauche). Avant d'être pour Dali l'objet de tous les cultes, à partir de 1929, Gala fut la femme de Paul Eluard.

Architecte utopiste de la fin du XVIIIe siècle, Jean-Jacques Lequeu présente une religieuse peu conformiste, accompagnée d'un étrange mot d'ordre : «Et nous aussi nous serons mères, car...» Il préfigure en 1793 l'image de la femme surréaliste : mère impudique et objet inquiétant de toutes les transgressions.

Dali : ci-dessus un dessin préparatoire pour *La Mémoire de la femme-enfant* (1932).

Des compagnes, des inspiratrices ou, à la rigueur, de lointaines collaboratrices

En cette même année 1929, le dernier numéro de *La Révolution surréaliste* porte justement sur l'amour et pose la question : «Quelle sorte d'espoir mettez-vous dans l'amour?» Amour conçu comme expression du désir et connaissance, amour presque platonicien : le mythe de l'androgyne est facilement repérable dans bien des écrits surréalistes, et plus tard, dans la préface à son *Anthologie de l'amour sublime*, Péret marquera la filiation évidente entre l'amour courtois, les amours romantiques et l'amour fou des surréalistes.

L'entreprise des surréalistes est essentiellement masculine. En fait, à force de dire la femme, ils oublient souvent de la considérer comme une personne capable de penser. Le célèbre poème de Breton *L'Union libre* (1931) est à mettre en facteur commun de Simone Kahn, Lise Deharme, Suzanne Musard (qui en est la destinataire «historique»), Valentine Hugo, ou Jacqueline (dont il aura une fille en 1935 : Eluard convaincra l'employé de l'état-civil d'inscrire sur le registre le prénom Aube, lui faisant remarquer qu'il n'est après tout qu'un synonyme d'Aurore...), puis plus tard Elisa. Bien des prénoms pour un seul et même être :

«Ma femme à la chevelure de feu de bois
Aux pensées d'éclair de chaleur
A la taille de sablier
Ma femme à la taille de loutre
[entre les dents du tigre...»

Les infortunes de la Femme-Enfant

Breton, qui aime souligner les dons psychiques des femmes, admire par-dessus tout la Femme-Enfant (seul Dali parle de Femme-Spectre...). Il accueille avec enthousiasme les poèmes de la toute jeune Gisèle Prassinos (elle n'a que quatorze ans lorsqu'elle lui

“ La femme-enfant suscite l'amour de l'homme totalement viril car elle le complète trait pour trait. [...] Instrument idéal de l'amour sublime qui a su vaincre tous les obstacles, elle se montre seule apte à exalter son amant car l'amour l'a éblouie.”

Benjamin Péret, *Anthologie de l'amour sublime*

Le plus intéressant est que cette femme imaginaire existe : Gisèle Prassinos, découverte par Breton et Eluard à quatorze ans, photographiée par Man Ray, séduit tout le groupe en lisant ses poèmes et figure alors l'innocence idéale de l'écriture automatique.

Par sa mère, qui se suicida quand il avait quatorze ans, par sa femme rencontrée dans le hasard d'une fête foraine, qu'il perdit de vue et retrouva après la guerre à Bruxelles, au jardin botanique, Magritte acquit très tôt la conviction et l'expérience du rapport constant qui unit la femme et le mystère. En 1927, il rejoint à Paris le groupe des surréalistes et peint *L'Importance des merveilles* (à gauche).

présente *Trouver sans chercher*). Pureté, innocence, spontanéité, naïveté : chacun de ces poncifs est un moyen idéal pour aborder le monde du rêve, le royaume de l'imagination et l'univers de l'inconscient. Encore immergée dans l'état de nature, cette femme rêvée échappe à la corruption de la logique, de l'abstraction et de la raison, c'est une magicienne, une Mélusine qu'on peut suivre sur les chemins de la poésie. Dans *Arcane 17*, en 1944, Breton affirmera : «Le temps est venu de se déclarer en art contre l'homme et pour la femme, de façon non équivoque.»

Nombreuses sont celles qui, simples participantes des activités et des manifestations du groupe, abandonnent aux hommes la création artistique pour devenir un merveilleux «objet surréaliste», un ready-made disponible, au mieux une égérie décorative. «Cette femme unique, à la fois charnelle et artificielle, naturelle et humaine, jette le même enchantement que les objets équivoques chers aux surréalistes. Elle est la chaussure-cuiller, le loup-table, le sucre-marbre que le poète trouve au marché aux puces ou invente en rêve; elle participe au secret des objets familiers révélés soudain dans leur véritable essence, et du secret des plantes et des pierres; elle est toutes les choses» dit Simone de Beauvoir dans *Le Deuxième Sexe*.

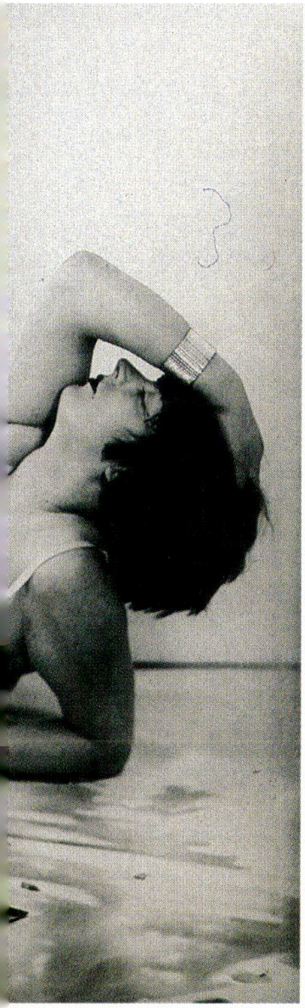

Le mystère féminin

Cependant, l'idéal de la femme-enfant se heurte généralement à l'épreuve des rides et de la création autonome, et bien des femmes adultes, d'abord acquises aux volontés des surréalistes, éprouvent des difficultés à revendiquer un autre rôle moins conforme au stéréotype qu'on leur avait attribué, sans nécessairement épouser un autre schéma qui les attendait, celui de la femme fatale...

Pour une femme peintre, pour une femme écrivain, est-il dès lors possible de se livrer à une production qui semble contredire sa «nature»? Revendiquer cette capacité d'entrer dans le monde de l'imagination, conserver la magie du rêve et, en même temps, se donner comme spécifique, faisant jeu égal avec les hommes, le pari est de taille. Il faut donc quitter l'apparence de

Kiki de Montparnasse fut un temps la compagne de Man Ray et le modèle plantureux de l'après-guerre. Meret Oppenheim (ci-dessus), sobre, mince et créatrice, correspond plus à l'esthétique des années trente.

“Femme, tu prends pourtant la place de toute forme. A peine j'oubliais un peu cet abandon, et jusqu'aux nonchalances noires que tu aimes, que te voici encore et tout meurt à tes pas. A tes pas sur le ciel une ombre m'enveloppe. [...] Tu es le mur et sa trouée. Tu es l'horizon et la présence. L'échelle et les barreaux de fer. L'éclipse totale.”

Louis Aragon, *Le Paysan de Paris*, 1928

l'enfant pour endosser l'image de la mère universelle, de la créatrice visionnaire, mi-alchimiste, mi-savante : celle de la divinité. C'est la raison pour laquelle les femmes surréalistes cherchent à représenter, dans leurs écrits et leurs tableaux, le sujet féminin dans son alliance avec les traditions ésotériques, et non l'objet femme.

«Cet oiseau de proie totalement inattendu dans le ciel qui baisse, dans le ciel occidental qui baisse : "L'Age d'or"»

Historiquement, le premier film «surréaliste» est, en 1927, un court-métrage de Germaine Dulac, *La Coquille et le clergyman*, sur un scénario d'Artaud. Mais pour des raisons diverses, les surréalistes choisissent ce jour-là de soutenir Artaud, qui avait à se plaindre de la réalisatrice, et mettent à sac le Studio des Ursulines le jour de sa sortie.

1929, coup de tonnerre dans l'univers feutré des films muets : *Un Chien andalou*, court-métrage de Salvador Dali et Luis Buñuel. «Il était une fois... Un homme aiguise son rasoir près du balcon. L'homme regarde le ciel au travers des vitres et voit... Un léger nuage avançant vers la lune qui est dans son plein. Puis une tête de jeune fille les yeux grands ouverts. Vers l'un des yeux s'avance la lame d'un rasoir. Le léger nuage passe maintenant devant la lune.

La lame de rasoir traverse l'œil de la jeune fille en le sectionnant.» C'est un succès tel que les deux complices récidivent l'année suivante, avec *L'Age d'or*. Même début sulfureux : «Des scorpions vivent dans les rochers. Grimpé sur un de ces rochers, un bandit avise un groupe d'archevêques qui chantent assis dans un paysage minéral...»

Un Chien andalou touchait au monde des fantasmes et du rêve, – non sans connotations violemment érotiques. Passe

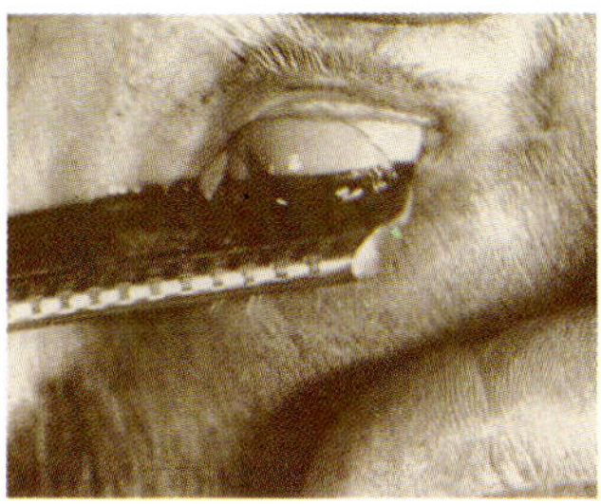

encore... *L'Age d'or* évoque la religion : pas touche. Eros et Thanatos, certes, mais hors catholicisme : comment imposer cela à deux Espagnols? Curieuse association que celle de Dali et de Buñuel. Quoi qu'il en soit des intentions, le scandale est énorme. Le Studio 28 est assailli par les Jeunesses patriotes et la commission de censure interdit le film.

Les surréalistes aiment, au cinéma, l'immense pouvoir de suggestion des images, et, à l'époque des films muets, le rapport malicieux qu'elles entretiennent avec les sous-titres. Ils allèrent ainsi «en grande cérémonie», dit Sadoul, assister en 1928 à la reprise de *Nosferatu* de Murnau. Comment dire leur enthousiasme quand apparut sur l'écran le panneau : «Quand il fut de l'autre côté du pont, les fantômes vinrent à sa rencontre»?

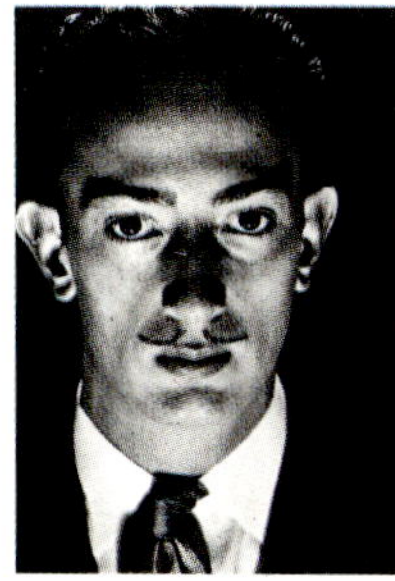

Buñuel (page de gauche) et Dali (ci-dessus) écrivirent ensemble le scénario du *Chien andalou* (à gauche) puis de *L'Age d'or*.

Outre un extrait du scénario, le programme de présentation de *L'Age d'or* au Studio des Ursulines en novembre 1930 (couverture, au centre) contenait un véritable manifeste des surréalistes.

« Ce film, explique Dali à propos de *L'Age d'or*, devait traduire la violence de l'amour imprégnée par la splendeur des créations des mythes catholiques [...]. Pour ce film, dis-je à Buñuel, je veux beaucoup d'archevêques, d'ossements et d'ostensoirs. Je veux surtout des archevêques aux mitres brodées, se baignant parmi les cataclysmes rocheux du cap de Creus.»

Eluard, Arp, Tanguy, Crevel, Tzara, Breton, Dali, Ernst et Man Ray, les indéracinables du groupe en 1930.

«Un cadavre», bis

Il faut bien que les comptes se règlent. En janvier 1930, tous les exclus du mouvement surréaliste publient ensemble un pamphlet anti-Breton, textes ravageurs encadrant la photo-cadavre de l'intéressé. «Le deuxième *Manifeste du surréalisme* n'est pas une révélation, c'est une réussite, écrit Georges Ribemont-Dessaigne. On ne fait pas mieux dans le genre hypocrite, faux-frère, pelotard, sacristain, et pour tout dire : flic et curé.»

De cette époque date l'appellation de «pape du surréalisme» accolée au nom de Breton, et dont le caractère violemment polémique s'est un peu émoussé, avec le temps. Prévert enfonce le clou contre ce «Déroulède du rêve» : «Un jour il criait contre les prêtres, le lendemain il se croyait évêque ou pape en Avignon.» Queneau, légèrement scatologique comme à l'ordinaire, fait rimer Uranus avec anus. Vitrac note que personne n'a jamais pris ses idées au sérieux, «sauf quelques critiques complaisants qu'il flagornait, quelques potaches sur le retour, et quelques femmes en couches en mal de monstres». Leiris, Limbour, Boiffard, Desnos, Morise, Bataille, Baron... Rien de tel que d'anciens amis pour se faire de bons ennemis.

Pour solde de tout compte

La Révolution surréaliste lance une grande enquête : le suicide est-il une solution? «Vaché est surréaliste en moi», écrit Breton dans le

“Le cadavre d'André Breton me dégoûte parce que c'est le cadavre de quelqu'un qui a toujours vécu lui-même sur des cadavres.”
Michel Leiris, in *Un cadavre*, 1930

UN CADAVRE

Il ne faut plus que mort cet homme fasse de la poussière.
André BRETON (*Un Cadavre, 1924.*)

AUTO-PROPHÉTIE

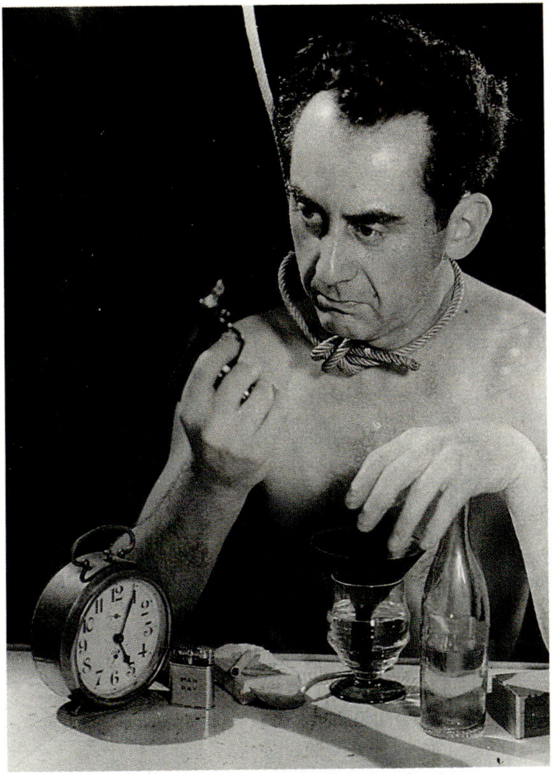

La photo de Jacques Vaché à Nantes en 1913 porte des traces de balles : elle a servi de cible...

Dans les numéros 1 et 2 de *La Révolution surréaliste* était posée la question : «Le suicide est-il une solution?» Il y eut des réponses écrites. Il y eut des réponses, avant et après, plus définitives. Le thème fascina également Man Ray qui mit en scène, dans l'autoportrait non daté ci-contre, quelques-unes de ses modalités.

premier *Manifeste*. Jacques Vaché, dandy du dadaïsme, l'ami extravagant qui tirait des coups de révolver à la première des *Mamelles de Tirésias*, s'est tué d'une overdose d'opium en 1919. Breton en gardera toujours la trace douloureuse. Dans l'*Anthologie de l'humour noir*, il évoque son ami et son «indifférence totale», sa «désertion à l'intérieur de lui-même».

Dix ans plus tard Jacques Rigaut («Tant que je n'aurai pas surmonté le goût du plaisir, je serai sensible au vertige du suicide...»), spécimen exemplaire de cette «génération perdue» dont parlait Gertrude Stein, évoquant tous ces jeunes gens marqués à vie – à mort – par la guerre, Rigaut se tire une balle en plein cœur.

LE SURRÉALISME AU SERVICE DE LA RÉVOLUTION

La même année, *Le Surréalisme au service de la révolution* s'ouvre sur la célébration du suicide de Maïakovsky. Le poète révolutionnaire a mis brutalement fin aux conflits qui le déchiraient. Breton commente : «Il n'a pas encore été démontré que l'homme socialement parvenu au plus haut degré de conscience (il s'agit du révolutionnaire) soit l'homme le mieux défendu contre le danger d'un regard de femme, de ce regard qui, s'il se détourne fait dans la pensée la nuit, et s'il ne se détourne pas, au contraire, cependant dans cette même pensée ne fait pas tout à fait le jour.» En 1933, les surréalistes apprennent le suicide de Raymond Roussel.

«Une tisane sur le fourneau à gaz; la fenêtre bien close, j'ouvre le robinet d'arrivée; j'oublie de mettre l'allumette» : René Crevel a, dans *Détours*, raconté par avance la scène. Lorsqu'il passe à l'acte, en 1935, il ne laisse qu'un mot, épinglé à son veston : «dégoûté».

Prétendre cependant que les seuls vrais surréalistes sont les morts serait abusif. Mais toute une génération, qui refusait le confort de l'idéologie bourgeoise, et ne se berçait pas toujours de l'illusion révolutionnaire, se brûla aux feux sombres de la poésie.

La fin de l'après-guerre et le début de l'avant-guerre

De juillet 1930 à mai 1933 paraît une nouvelle revue sous le patronage de Breton, *Le Surréalisme au service de la révolution*. Beau programme : encore faut-il s'entendre sur ce que l'on met sous ce mot commode de révolution. Cela pourrait déterminer ce que l'on met sous le mot tout aussi pratique de surréalisme.

Aragon et Georges Sadoul, partis au congrès de Kharkhov qui enterre toute velléité d'indépendance des «écrivains révolutionnaires», rentrent d'URSS, conquis. Aragon publie en 1931 un poème, *Front*

rouge, qui d'abord lui vaut quelques ennuis avec la censure bourgeoise, puis de graves problèmes avec ses amis :

«On ne sait plus ici ce que c'était que le chômage
Le bruit du marteau le bruit de la faucille
montent de la terre est-ce
bien la faucille est-ce
bien le marteau l'air est plein de criquets
Crécelles et caresses
URSS...»

Il fera pire – plus tard.

En attendant, Breton prend mal ce ralliement inconditionnel aux thèses du P.C. – d'autant que

Pour Dali c'est une *Hallucination partielle*, pour René Crevel une adhésion totale qui le menera au suicide; le combat pour la liberté, l'engagement politique et la tentation du communisme, qui avaient un temps uni les surréalistes, les divisaient sitôt après sur d'épineuses questions essentielles : quelle liberté et quelle révolution?

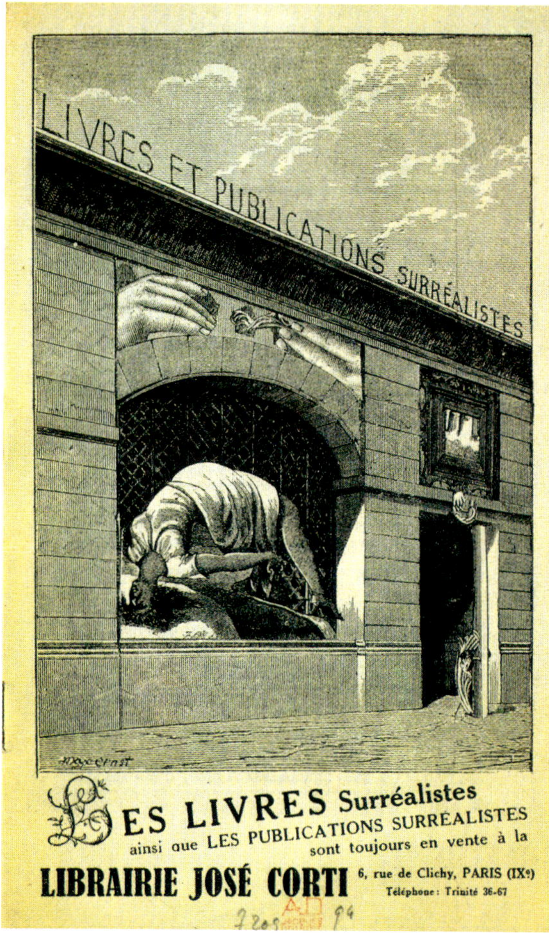

José Corti, ami de Breton, libraire et éditeur parisien, fut un compagnon de route du surréalisme, une terre d'accueil pour ses publications. Max Ernst dessina la page de titre d'un de ses catalogues (à gauche).

PAILLASSE !

(Fin de "l'Affaire Aragon"

ÉDITIONS SURRÉALISTES
PARIS
MARS 1932

Attaqué, après la publication de son poème *Front rouge* pour «provocation au meurtre dans un but de propagande anarchiste», Aragon fut d'abord soutenu par les surréalistes. Lui-même se désolidarisa du groupe qui – Breton non compris – lui rendit la monnaie de sa pièce par un tract collectif où «l'ami Louis» portait le doux nom de Paillasse!

lui-même s'éloigne lentement de ces compagnons de route trop prosaïques à son goût. Dans un premier temps il soutient Aragon, inculpé «d'excitation de militaires à la désobéissance et à la provocation au meurtre dans un but de propagande anarchiste» : «Il importe au plus haut point de ne pas laisser se consommer la rupture, qui pourrait être imminente, entre les révolutionnaires professionnels et les autres catégories d'intellectuels révolutionnaires.»

André Breton

MISÈRE DE LA POÉSIE

« L'AFFAIRE ARAGON » DEVANT L'OPINION PUBLIQUE

Dans *Misère de la poésie,* Breton (ci-dessous, portrait par Man Ray, vers 1930) développe le point de vue du groupe surréaliste : soutien critique à Aragon assorti de graves réserves vis-à-vis de la «poésie engagée» et de la politique culturelle du parti... Aragon ne put supporter de telles remarques. La rupture fut consommée avec la déclaration de désolidarisation certifiée de ce dernier, dans *L'Humanité* le 10 mars 1932.

«Divorce irréparable de l'action et du rêve»

En 1932, paraphrasant Marx et Proudhon, Breton expose à quelle «misère de la poésie» peut conduire l'attachement à une «littérature prolétarienne». Ses amis font chorus, et ne trouvent, à la décharge d'Aragon, que l'excuse de sa «lâcheté intellectuelle». Eluard surenchérit : «Troublé, démoralisé, sceptique, à voir chaque jour apparaître sa mauvaise foi sous un chantage sentimental croissant, j'ai attendu le saut qu'il ne pouvait manquer de faire dans la nuit définitive.»

Le Parti met Aragon en demeure d'abandonner un groupe qui se livre à des expériences suspectes : il apparaît en effet que l'inconscient n'est pas structuré uniquement par sa conscience de classe. La publication, en 1930, de la *Rêverie* érotique de Dali dans le n°4 du *Surréalisme au service de la révolution,* où le peintre expose sur la sexualité quelques idées peu compatibles avec le puritanisme communiste, est le prétexte de la rupture. Breton publie *Les Vases communicants* (1932), où il tire la morale de l'histoire : «Le poète à venir surmontera l'idée déprimante du divorce irréparable de l'action et du rêve.»

Après l'affaire Aragon, après le scandale suscité par la *Rêverie* de Dali, il n'était plus besoin que d'un dernier prétexte : *Le Surréalisme au service de la révolution* publie la lettre d'un jeune philosophe, Ferdinand Alquié, dénonçant «le vent de crétinisation systématique qui souffle d'URSS». Breton, Eluard et Crevel sont immédiatement exclus du Parti.

CHAPITRE III
DANS LE LABYRINTHE (1933-1939)

Parti au Congrès de Kharkov pour y défendre le surréalisme, Aragon (ici caricaturé par Falk) en revient signataire d'une motion condamnant cette pratique d'intellectuels petits-bourgeois... Le fossé creusé entre le Parti communiste et le surréalisme ne peut plus être comblé. Dali, peignant *La Naissance des angoisses liquides* ne pouvait alors trouver un plus beau titre pour décrire la situation...

Aragon Dessin de Falck.

« LA PLANÈTE SANS

La IIIe République n'en finit pas de mourir, la rue est aux émeutiers de tous bords : «Il n'y a pas un instant à perdre», écrivent les surréalistes. Stavisky se suicide d'une balle qu'on lui a tirée à bout portant : «Nous flétrissons l'ignoble corruption qu'ont étalée les scandales récents.» On expulse Trotsky de France : «Nous déplorons que nos camarades de *L'Humanité* ne veuillent voir dans la série angoissante de ces persécutions contre un homme, que "publicité intéressée"»... Les surréalistes tirent à gauche aussi bien qu'à droite.

Lev Davidovitch Bronstein, Trotsky, compagnon de route de Lénine, est poussé à l'exil par Staline. La France refuse de l'accueillir : les surréalistes dans leur tract *La Planète sans visa*, condamnent fermement cette expulsion (1934).

Duels autour de «Minotaure»

Trois mois à peine avant que *Le Surréalisme au service de la révolution* s'arrête,

LE FAS

Mardi 21

REUNION DE

La IIIe République s'enfonce dans les scandales. En janvier 1934, on découvre que cinq cents millions empruntés aux petits épargnants ont été détournés par Alexandre Stavisky (ci-dessous son «suicide» présenté dans *Le Petit Journal illustré*).

ISA »

Albert Skira lance en février 1933 une nouvelle revue, *Minotaure*, où les engagements politiques allaient totalement céder le pas aux voluptés graphiques. Le titre était le fait d'André Masson et Georges Bataille.

Mais Breton, s'il accepte (du bout des dents) la collaboration de Masson refusera toujours celle de Bataille. Il ne lui pardonne pas son jugement abrupt pour signifier son refus de participer au procès du Grand Jeu : «Beaucoup trop d'emmerdeurs idéalistes!» Ni son

ME CONTRE LA CULTURE

à 20 h. 30, 16, Rue Cadet, à la Salle du Grand-Orient

ESTATION DES TRAVAILLEURS INTELLECTUELS

TRE LA TERREUR EN ALLEMAGNE
ET L'IMPERIALISME FRANÇAIS

Histoire de l'œil (1928) : Breton, volontiers puritain, a horreur des obsédés. Dans le *Second Manifeste* (1929), il règle les comptes avec cet «assis de bibliothèque» : «Il est à remarquer que M. Bataille fait un abus délirant des adjectifs : souillé, sénile, rance, sordide, égrillard, gâteux, et que ces mots, loin de lui servir à décrier un état de choses insupportable, sont ceux par lesquels s'exprime le plus lyriquement sa délectation.» On n'est pas plus aimable. Exit Bataille.

Position politique du surréalisme

Un Congrès des Ecrivains pour la Défense de la Culture est organisé. Breton est *persona non grata* depuis qu'il a «corrigé» dans la rue Ilya Ehrenbourg, qui avait traité l'activité surréaliste de «pédérastique». Eluard – profitant malgré lui de l'impact créé par le tout récent suicide de René

L'affaire Stavisky permet à l'Action française (et à certains hommes de gauche indignés par la corruption des milieux gouvernementaux) de susciter des manifestations souvent houleuses (ci-dessus celle du 6 février 1934). Les surréalistes joignent leurs protestations à celles d'André Gide, de Romain Rolland et d'Henri Barbusse.

Albert Skira commande à de grands artistes encore peu reconnus les couvertures de sa revue *Minotaure* (pp. 82 et 83 celles de Picasso et Dali).

MINOTAURE

MINOTAURE

Crevel, l'un des surréalistes les plus doués, – lit à la tribune un texte de Breton. Les participants n'y voient qu'une critique de la patrie du communisme. Breton reste pourtant modéré dans ses propos, mais les exemples qu'il cite ne plaident guère en faveur de son orthodoxie idéologique : Rimbaud, Sade, Freud.

La mode n'est décidément pas au consensus. Vitezslav Nezval, le fondateur en 1923 du «poétisme» tchèque, comme il défendait une position semblable à celle de Breton, est carrément interdit de tribune (il s'amendera à partir de 1938, et deviendra le pilier de l'intelligentsia stalinienne à Prague...). Pourtant, dans une conférence prononcée justement à Prague en 1935, Breton tente encore de se montrer conciliant – sauf que les termes de «littérature prolétarienne», et de «littérature engagée» lui semblent un appauvrissement des ambitions de la création artistique.

La situation politique (entre le Front populaire en France, les manifestations des Croix de feu, et la guerre d'Espagne) est cependant suffisamment grave pour que Breton mette momentanément ses rancœurs dans la poche : il se rallie à une revue, *Contre-attaque*, que vient de lancer... Bataille. Mais les articles envisagés ne voient pas le jour. On ne pouvait pas concilier dans une même publication réflexion politique «révolutionnaire» et hommages à Sade, Fourier et Nietzsche.

« Au moment où la lutte se déclencha, le 18 juillet, il est probable que tout antifasciste en Europe sentit un frémissement d'espoir. Ici enfin manifestement une démocratie affrontait bravement le fascisme! »

G. Orwell, *Catalogne libre*, 1938

Les surréalistes – à l'exception de Dali – s'enflammèrent eux aussi pour la cause des Espagnols républicains.

Et puis ce sont les procès de Moscou. Breton, trotskiste de toujours, s'enflamme : «Nous tenons la mise en scène du procès de Moscou pour une abjecte entreprise de police, qui dépasse de loin en envergure et en portée celle qui aboutit au procès dit "des incendiaires du Reichstag". Nous pensons que de telles entreprises déshonorent *à jamais* un régime.» Curieusement, Eluard ne figure pas parmi les signataires de cet appel. Deux ans plus tard, la rupture avec Breton sera définitive.

«La beauté sera convulsive ou ne sera pas»

C'est la dernière phrase de *Nadja*. Dans *L'Amour fou* (1937), Breton revient sur la question : la beauté convulsive «sera érotique-voilée, explosante-fixe, magique-circonstancielle ou ne sera pas.»

Comme Rimbaud, les surréalistes trouvent la beauté classique «amère». Comme Lautréamont, ils voient de la beauté dans «la rencontre fortuite sur une table de dissection d'une machine à coudre et d'un parapluie» : c'est «la descente du merveilleux parmi nous», commente Aragon.

Qu'est-ce qui est beau pour les surréalistes? Tout ce qui est «révélateur» – au sens photographique du terme –,

Avec Styrsky, Teige et Toyen, Vitezslav Nezval fonde le groupe surréaliste praguois en 1934. Il a déjà rompu depuis longtemps avec la poésie officielle en créant le «poétisme», prônant la morale du plaisir, de l'invention et de la modernité. Il finira par rejoindre l'intelligentsia officielle du P.C. tchécoslovaque.

« Avec Giacometti les figures nouvelles issues de la tête et du cœur de l'homme affrontent victorieusement l'épreuve de la réalité. »

A. Breton, *Le Surréalisme et la peinture*

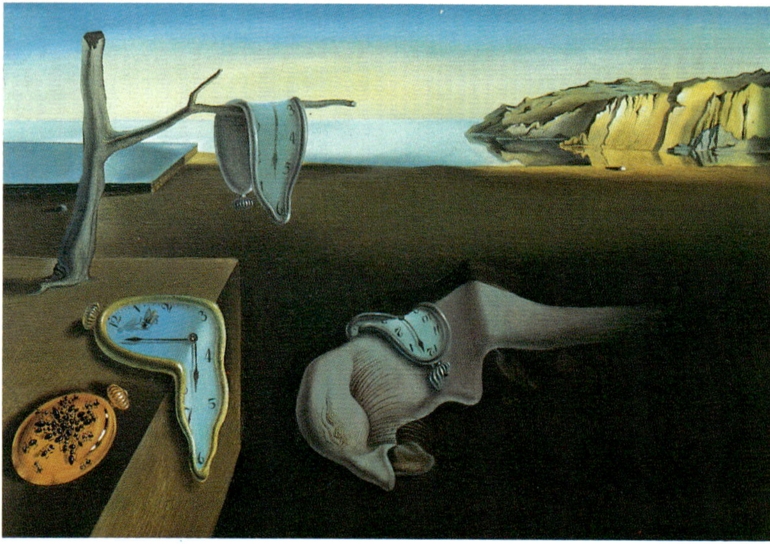

tout ce qui met en contact avec l'autre monde. Comme les cubistes, ils s'intéressent aux arts primitifs – y compris à celui du facteur Cheval, «le maître incontesté de l'architecture et de la sculpture médiunimique» (Breton). Ils aiment toutes les formes qui coulent, des arabesques de Gustave Moreau aux montres molles de Dali (*Persistance de la mémoire*, 1931). Toutes les formes du rêve aussi, de Jérôme Bosch à *La Clef des songes* de Magritte (1930)...

«Violette a rêvé de défaire
A défait
L'affreux serpent des liens du sang»

Violette Nozières a tranché de la façon la plus décisive le «nœud de vipères» de la famille bourgeoise : la voilà accusée (1933) d'avoir empoisonné son père, tenté de faire de même avec sa mère. Pour sa défense, elle invoque l'inceste que son père («il lui arrivait d'oublier que j'étais sa fille») commettait avec elle.

La France s'indigne, les surréalistes s'enflamment. En décembre 1933 paraît l'un de ces tracts lyriques et collectifs dont ils ont le secret. Poètes et graphistes disent leur sentiment sur l'accusée, qui sera condamnée,

«Les montres molles ne sont rien d'autre que le camembert paranoïaque-critique, tendre, extravagant et solitaire du temps et de l'espace.» Dali ajoute qu'il y a mis aussi le souvenir d'«un paradis intra-utérin mou, immobile, chaud, symétrique, double et gluant». Dès *Persistance de la mémoire* (1931, ci-dessus), ces «échos plastiques» occupent, et pour longtemps, l'imaginaire et la représentation de l'artiste. Freud, l'explorateur de la vie inconsciente, que Dali rencontre et «croque» en 1938 (page de droite), reste sceptique.

libérée pour bonne conduite dix ans plus tard, blanchie définitivement en appel en 1963 : «Mythologique jusqu'au bout des ongles», dit Breton.

«Il n'y a pas de crimes de droit commun»

Les surréalistes aiment les beaux crimes. Déjà dans le n° 1 de *La Révolution surréaliste*, ils avaient salué très bas Germaine Berton, meurtrière d'un Camelot du Roy.

Léa et Christine Papin, servantes dévouées, vrais «cœurs simples» dans la plus pure tradition flaubertienne, élevées au couvent, sages et obéissantes, assassinent un beau jour de 1933 leurs patrons avec un manque de retenue significatif : têtes écrasées, yeux arrachés, etc. Les surréalistes s'enflamment pour ces meurtrières exemplaires de la liaison rêvée entre Marx (elles tuent leurs patrons) et Freud (elles présentent tous les signes de l'hystérie). Dans le n° 3 de *Minotaure*, le psychiatre Jacques Lacan étudie minutieusement leur cas.

Les rapports du surréalisme avec la psychanalyse sont anciens : ne remontent-ils pas aux études psychiatriques de l'interne Breton? Si celui-ci visite Freud (en 1921), il n'en retire qu'une impression de

Péret résume ainsi l'affaire Nozières : «Papa/Mon petit papa tu me fais mal/disait-elle/Mais le papa qui sentait le feu de sa locomotive/un peu en dessous de son nombril/violait/dans la tonnelle du jardin/au milieu des manches de pelle qui l'inspiraient/Violette/qui rentrait ensuite étudier/entre le mécanicien de malheur/et la mère méditant sa vengeance/ses leçons pour le lendemain/où l'on vantait la sainteté de la famille.» Lorsque Claude Chabrol fait interpréter Violette Nozières par Isabelle Huppert en 1978, il retrouve dans son film le même réflexe anti-bourgeois que les surréalistes dans leurs tracts.

malentendu – Freud aussi, d'ailleurs : les surréalistes, dira-t-il en 1938, lui semblent des fous à l'état presque pur, «comme l'alcool à 90°». Pourtant en cette même année, dans *Trajectoire du rêve*, Breton invite ses amis à se mobiliser pour la défense de Freud en butte aux persécutions nazies. Et *L'Amour fou*, lorsqu'il analyse l'activité de l'esprit comme «Eros en lutte contre Thanatos», est proche des thèses de Freud dans ses *Essais de psychanalyse*.

Jacques Lacan est, dans les années 1930, très proche des surréalistes. Dans le n° 3 de *Minotaure*, il étudie le cas des sœurs Papin (ci-dessous la représentation dans le rapport de police des armes qui servirent à leur crime).

Le surréalisme comme paranoïa-critique

L'analyse lacanienne du cas des sœurs Papin n'est pas la première contribution du psychanalyste à l'activité surréaliste. Lacan a rencontré Breton dans la librairie d'Adrienne Monnier au début des années vingt. En 1931, il illustre une communication scientifique sur l'aspect ludique, automatique ou intentionnel de certains procédés littéraires d'exemples empruntés à Desnos, Eluard, Péret. Dans le n° 5 du *Surréalisme au service de la révolution*, Crevel revient longuement sur le cas d'Aimée, cette patiente dont Lacan a tiré le sujet de sa thèse (*De la psychose paranoïaque dans ses rapports avec la personnalité*, 1932).

Dali ne pouvait pas ne pas y penser lorsque dans le n°1 de *Minotaure* il propose *L'Interprétation paranoïaque de l'image obsédante : «L'Angélus» de Millet*, et que dans le même numéro Lacan publie *Le Problème du style et les formes paranoïaques de l'expérience*.

La thèse de Lacan (la suprématie du signifiant sur le signifié) séduit naturellement des artistes pour lesquels les images (verbales ou physiques) signifient souvent au-delà des mots – ou des objets qu'elles représentent.

Déjà en 1925 Michel Leiris décomposait Glossaire en «J'y serre mes gloses», et les surréalistes eurent toujours une passion pour Jean-Pierre Brisset qui, dans la *Grammaire logique* (1883), développe, dit Breton, «sur un fond pan-sexualiste d'une grande valeur hallucinatoire, et à l'abri d'une rare érudition, une suite vertigineuse d'équations de mots dont la rigueur ne laisse pas d'être impressionnante». Plus tard, Dali : «L'activité paranoïaque-critique découvre par cette méthode des significations nouvelles et objectives de l'irrationnel, elle fait passer tangiblement le monde même du délire sur le plan de la réalité» (*La Conquête de l'irrationnel*, 1935).

Dans le n° 1 de *Minotaure*, Lacan a publié *Le Problème du style et les formes paranoïaques de l'expérience*, et Dali *L'interprétation paranoïaque de l'image obsédante : «l'Angélus» de Millet*. C'est là, plus qu'une coïncidence, la preuve manifeste d'une pensée commune.

Variations sur un «mythe tragique»

De *L'Angélus* de Millet, monument du bon goût bourgeois, à *L'Angélus architectonique* (page de gauche) et à ses autres avatars (le *Buste de femme rétrospectif*, ci-contre ou *L'Angélus de Gala*, page suivante), un trajet intellectuel se dessine, empruntant le réflexe paranoïaque-critique : «C'est à *L'Angélus* de Millet que j'associe tous les souvenirs pré-crépusculaires et crépusculaires de mon enfance, tenant ceux-ci pour les plus délirants, autrement dit (communément parlant) poétiques» (Salvador Dali, *Le Mythe tragique de «L'Angélus» de Millet*, 1963).

«Drôle de drame»

Dali n'est pas le seul à ironiser sur *L'Angélus*. Prévert, dans ses collages, met lui aussi en abîme ce comble du bon goût, en illustrant cette pensée de Dali : «Le sentiment de cette exagération contribue néanmoins à me rendre conscient du caractère nettement délirant de l'association dont il s'agit» (Dali, *Le Mythe tragique de «L'Angélus» de Millet*, 1963).

La psychanalyse lacanienne apparaît comme la caution scientifique des intuitions surréalistes sur le langage.

Le surréalisme conquiert l'Europe

Ce fut comme une traînée de poudre.

En Allemagne, les surréalistes sont allés chercher bien des prédécesseurs; ce pays a connu un puissant mouvement dadaïste, les surréalistes l'aiment pour Max Ernst, pour Hans Bellmer et, par provocation, à cause de la guerre («Nous aimons ce pays autant que nous haïssons la France», *Le Surréalisme au service de la révolution* n° 5, 1933). C'est là, paradoxalement, que le mouvement pénètre le moins. Il se dénature même, y compris chez certains surréalistes. Au moment où Dali laisse apercevoir pour le fascisme des sympathies suspectes, Breton et ses amis sont choqués par les manifestations contre l'art «dégénéré» qui clouent au pilori des artistes qu'ils apprécient, comme Paul Klee.

Richard Oelze, peintre des landes imaginaires et déchirées figurant le tourment du monde réel, Hans Bellmer, le peintre des poupées, désespéré par la mort de sa femme et harcelé par les nazis, quittent l'Allemagne au cours des années trente pour s'installer à Paris.

De même Wolfgang Paalen, peintre, poète, théoricien et dramaturge, abandonne l'Autriche pour Paris, et écrit : «Il

Paul Nash (1889-1946) est avant tout un photographe et un concepteur d'objets surréalistes. Cet Anglais qui a décidé de rompre avec la tradition naturaliste britannique crée en 1933 le groupe Unit One, et participe à l'exposition internationale du surréalisme de Londres en 1936. *Port et chambre* (à droite) a été exécuté en souvenir d'une chambre d'hôtel, à Toulon en 1930, dont un grand miroir, placé au-dessus de la cheminée, reflétait deux bateaux ancrés dans le port.

Roland Penrose, peintre, photographe et poète, inaugure et organise le surréalisme en Angleterre. Il séjourne à Paris de 1922 à 1935 et joue avec l'architecture, qu'il étudie, et la photographie, qu'il affectionne. Il se plaît à désorganiser à sa manière l'univers anglo-saxon par «un renversement rétinal, créateur des conditions d'une vision autre». Telle la carte postale de Big Ben qu'il envoie à des amis. Autre fierté notoire des Britanniques : James Cook, grand navigateur devant l'éternel, sillonna le Pacifique à la fin du XVIIIe siècle et finit tué par les indigènes des îles Sandwich. Penrose lui dédie, en 1936, l'objet intitulé *Le Dernier Voyage du capitaine Cook*. Il partage toutes les activités du groupe surréaliste jusqu'en 1947.

me semblait quitter une ambiance de sourds-muets pour me trouver enfin avec des hommes entiers.»

L'Angleterre découvre le surréalisme par le cinéma, puis par les expositions – que le *Times* déconseille sévèrement à ses lecteurs. Ce n'est qu'au retour de France de Roland Penrose que le mouvement est lancé, par une exposition colossale à Londres : Breton, vêtu de vert, et Dali, en scaphandre, y donnent une conférence.

A l'Exposition de Londres, le Belge Marcel Marïen présente un objet introuvable, des lunettes pour cyclope, à un seul verre. C'est lui qui affirme, non sans raison, que «dans la mesure où le surréalisme pourrait avoir des liens avec la géographie, on ne saurait mieux l'imaginer que profondément internationaliste... apatride.» Il y a pourtant un surréalisme belge, que René Magritte et Paul Nougé représentent avec éclat.

Chanson espagnole dans le sang

L'Espagne appartient au surréalisme par ses marges – la Catalogne et les îles Canaries – peut-être parce que le franquisme tient Madrid. La première donne Miró, «à qui le surréalisme doit la plus belle plume de son chapeau», et Esteban Francès. Barcelone accueille de multiples expositions. De même Ténériffe voit en 1933 les œuvres de Dominguez, «le grenadier des Canaries», auteur de peintures et d'objets si délirants que seule leur représentation picturale peut en rendre compte (ainsi la *Machine à coudre électro-sexuelle*).

Bien des poètes des années trente connaissent une tentation surréaliste à laquelle ils ne succombent qu'un moment. C'est le cas en Espagne de Federico Garcia Lorca – à travers son amitié pour Buñuel et pour Dali, l'auteur, sur papier comme sur toile, du *Grand Masturbateur.* Il compose d'ailleurs en 1926 une *Ode à Salvador Dali* traduite par Eluard :
«Je chante ton cœur astronomique et tendre, ton cœur de jeu de cartes, ton cœur sans blessure,
Je chante cette anxiété de statue que tu poursuis sans trêve. [...]
Mais avant tout je chante une pensée commune qui nous unit aux heures obscures et dorées.»
Qui aurait dit à Lorca que dix ans plus tard il tomberait sous les balles de franquistes à qui Dali ne ménagerait pas son admiration?

Salazar ou Mussolini ne sont, pas plus qu'Hitler, enclins à tolérer un quelconque désordre

Il faut attendre l'après-guerre pour qu'un groupe surréaliste portugais se constitue – essentiellement à Paris, d'ailleurs. Le mouvement vit alors en accéléré les déchirements de la maison-mère française, et dans un grand refus destructurant le poète Pedro Oom crée l'abjectionnisme, seul mode d'expression digne de «suicidés de la société» : «Que peut faire un homme lorsque l'air est une vomissure et nous-mêmes des êtres abjects?»

Les franquistes n'ont pas manqué de bonnes raisons pour assassiner Garcia Lorca en 1936 à l'âge de trente-sept ans. Républicain, athée, homosexuel, poète... Il fut lié au surréalisme, avec lequel il n'eut que peu de connivences esthétiques, grâce à son amitié pour Buñuel et pour Dali, qui l'introduisaient aux œuvres venues de Paris.

Dès 1936 le Musée d'Art moderne de New York monte une exposition intitulée *Fantastic Art, Dada and Surrealism*. Des têtes composées d'Arcimboldo, des gravures de Grandville, des compositions de William Blake, des œuvres d'Ensor, de Goya, quelques Chirico, Duchamp, Klee, Picasso, puis les surréalistes, quelques artistes indépendants, des dessins d'enfants, d'aliénés, de naïfs... La couverture du *New Yorker* présente alors l'étonnement des visiteurs devant les tableaux de Dali. Il faudra attendre la venue de surréalistes en exil, en 1942, pour que le grand public se prenne d'affection pour les grands noms du surréalisme.

En Italie, le futurisme a développé, avant Dada, la volonté de rupture de certains artistes. On pourra trouver la jonction dans le fait que c'est Apollinaire qui écrivit le *Manifeste du futurisme* pour Marinetti. L'Italie est fort présente dans le surréalisme à travers les frères De Chirico, Giorgio, initiateur de la peinture métaphysique, et Andrea – dit Alberto Savinio.

Le surréalisme du Nouveau Monde

Aux Etats-Unis, l'arrivée du surréalisme anticipe de peu celle de Breton au début de la guerre. En revanche en Amérique latine divers écrivains (Pablo Neruda, Alejo Carpentier, Miguel-Angel Asturias...)

colportent très tôt l'esthétique du mouvement.

Le Mexique est un cas à part. Il est pour les surréalistes français d'abord un mythe (c'est en ce sens qu'Artaud s'y rend en 1935, et Breton en 1938), puis une inestimable terre d'accueil pendant la guerre. Paalen y crée la revue *Dyn*, Octavio Paz côtoie Leonora Carrington et Péret.

A partir de 1938, un groupe de jeunes poètes s'insurge contre la dictature poétique de Neruda, et publie une revue, *Mandragora*, de 1938 à 1943. L'un des plus doués de ces poètes, Jorge Caceres, meurt à vingt-six ans : ses amis découvrent qu'il était non seulement écrivain, peintre, photographe, mais premier danseur des ballets de Santiago.

«Chili
Toi dont toute la structure épouse
la tendre cicatrice de rupture de la lune avec la terre»
(Breton, *La Moindre Rançon*).

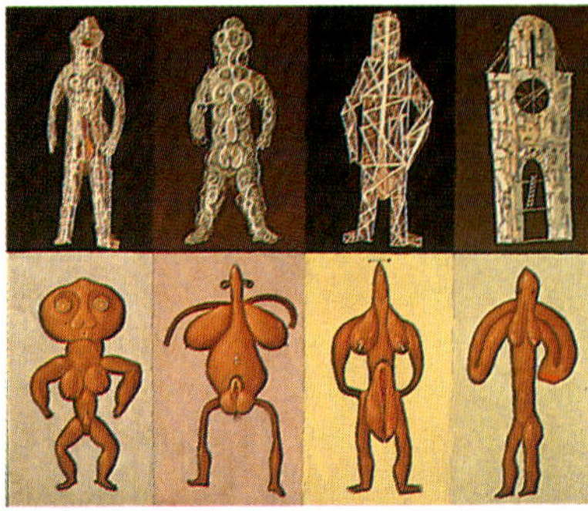

Comme dans *L'Etrange cas du Dr K.*, Brauner divise la toile de *Petite morphologie* en espaces réguliers, chacun portant un état de la métamorphose.

Paris, l'atelier du peintre surréaliste

Le mythe de l'artiste visionnaire, déjà illustré par Chirico peignant Apollinaire, se poursuit avec Victor Brauner. Ce Roumain, capable de stigmatiser la brutalité grotesque des Ubus de tout bord sous les traits de Monsieur K., se tourne vers le thème de l'aveuglement dès 1932. Revenu à Paris en 1938, il reçoit, au cours d'une rixe entre surréalistes, un projectile qui ne lui était pas destiné : son œil gauche est perdu. Du thème œdipien à la réalité souffrante, Brauner obtient la cuisante vérification des pouvoirs prémonitoires de l'artiste inspiré.

Yves Tanguy donne rendez-vous aux fantômes immobiles et pensifs soumis au paysage du rêve, sans autre horizon que le ciel gris.

Magritte, comme Tanguy, reste radicalement surréaliste, et continue à jouer sur l'identité des objets avec les formes conventionnelles qui les désignent dans la vie quotidienne, en écho aux poètes qui «appellent tabac ce

Révélé à la peinture par Chirico, auquel il voue une admiration sans borne, Tanguy rejoint en 1925 le groupe surréaliste.

qui est oreille» (Péret) ou affirment que «l'air est une splendide rose couleur de rouget» (Breton).

Masson, à partir de 1936, revient au surréalisme pour célébrer la véhémence amoureuse, travaillant sur la puissance de l'image, à l'opposé du raffinement dalinien, fondé, lui, sur le délire minutieusement réaliste de l'interprétation.

Paysages minéraux, horizons linéaires, cartilages souples, êtres-objets fascinants, atmosphères oniriques, inconscient souverain. Ci-dessus *Jour de lenteur*, par Tanguy.

Picasso (à droite *Filles jouant avec un bateau*, 1937) sans en rester à l'esthétique cubiste de ses débuts, ne s'inféoda jamais à la théorie surréaliste.

Les personnages de Miró (à gauche, et ci-dessous son portrait par Man Ray) évoluent entre la figuration onirique et la spontanéité automatique. Lors d'un voyage à Amsterdam, en 1927, ce peintre catalan visite le Rijksmuseum et se passionne pour les maîtres flamands du XVIIe siècle, en particulier pour H. M.

Sorgh (*Le Joueur de luth*, en page 102) dont il achète un grand nombre de reproductions. L'art du détail, la formulation du réel et la transposition de la lumière des flamands deviennent les prétextes de ses «intérieurs hollandais» malicieux et parodiques.

Les peintres, entre le rêve de l'homme et la cruauté des temps

Miró, dans ses «dessins-collages», réinvente le monde et joue sur la plastique des formes «collées». Suivent, dans la période 1934-1938, les «peintures sauvages» avec leurs silhouettes caricaturales posées sur du papier de verre, du papier de velours, du cuivre, ou du papier goudronné. Et la guerre d'Espagne qui bouleverse le Catalan trouve alors son illustration tragique dans les grimaces et la brutalité de ces

formes désespérées. L'art s'éloigne des fées apaisantes pour s'engouffrer dans l'angoisse du temps.

Ernst publie ses «romans-collages», perfectionne le «frottage» et finit par préméditer ses tableaux afin de tenir compte de l'instinct de meurtre que l'Occident promeut dans sa réalité politique : la monstruosité du monde s'achemine vers la mort des villes...

Exilé un instant de cette monstruosité, Bellmer est à Paris en 1937 pour réfléchir à sa poupée démontable, docile mineure à peine pubère, dont «le corps est comparable à une phrase qui vous inviterait à la désarticuler, pour que se recomposent, à travers une série d'anagrammes sans fin, ses contenus véritables» (*Anatomie de l'image*, 1957). Un moment hors du monde, Bellmer voit dans l'art le moyen d'atteindre les aspects les plus secrets de la vie.

Picasso, enfin, se nourrit des différentes techniques surréalistes pour édifier son parcours original. Il innove, se promène avec éclat et reçoit de ses amis, en 1935, un permis d'allégeance : *Les Cahiers d'art*

Hans Bellmer dans *Die Puppe* , traduit en France en 1936, évoque l'atmosphère douloureuse de sa jeunesse entre un père au pouvoir sans réplique et une mère douce comme le rêve. Entre eux, le refuge du merveilleux.

EXPOSITION
INTERNATIONALE
DU
SURRÉALISME

Janvier-Février 1938

★

ORGANISATEURS { André Breton. / Paul Eluard.
GÉNÉRATEUR-ARBITRE : Marcel Duchamp.
ASSISTANT : Claude Le Gentil.
CONSEILLERS SPÉCIAUX { Salvador Dali. / Max Ernst.
MAITRE DES LUMIÈRES : Man Ray.
EAUX ET BROUSSAILLES : W. Paalen.

Mannequins de la Maison P. L. E. M. habillés par Yves Tanguy, André Masson, Kurt Seligmann, Sonia Mossé, Hans Arp, Oscar Dominguez, Léo Malet, Max Ernst, Marcel Duchamp, Joan Miro, Marcel Jean, Man Ray, Espinoza, Matta Echaurren, Maurice Henry, Salvador Dali.

Plafond chargé de 1.200 sacs à charbon
Portes « Revolver »
Lampes Mazda
Échos
Odeurs du Brésil
et le reste à l'avenant.

consacrent un numéro spécial presque exclusivement rédigé par les surréalistes. Ouvrant ses toiles à une nouvelle géométrie sculpturale, il entame, dès 1937, une angoissante réflexion sur l'horreur du monde, traduit, quelques mois après le bombardement de Guernica (le 26 avril 1936), la tragédie espagnole, et laisse les femmes en pleurs envahir ses tableaux.

Et le surréalisme entra sur le marché de l'art et de la littérature

En 1936, Roland Penrose organise donc à Londres la première Exposition internationale du surréalisme : Eluard y proclame que «les poètes dignes de ce nom refusent, comme les prolétaires, d'être exploités». Deux ans plus tard, Breton organise une autre

Après le succès de l'exposition organisée à Londres par Roland Penrose en 1936 (et dont Ernst dessine la couverture du catalogue), l'Internationale surréaliste s'affiche à la Galerie des Beaux-Arts à Paris en 1938. Suivront, d'Amsterdam (1938) à Chicago (1976), en passant par Mexico (1940), New York

(1942), Prague (1945), Paris (1947, 1959, 1965), Santiago du Chili (1948) et Milan (1961), dix grands événements internationaux qui à chaque fois célèbreront la gloire du surréalisme, promu au rang de doctrine esthétique et politique mondiale.

Le Japon découvre précocement Dada et le surréalisme, dès 1920, surtout à travers la peinture. Dès 1925, les Japonais traduisent Eluard, Aragon et Breton (non sans difficultés), mais c'est surtout Ernst et Man Ray qui inspireront Takahaki (*Le Rire sans rides de Newton*) et Fukusawa. Attaqué par le pouvoir fascisant, le mouvement surréaliste japonais est condamné à disparaître en 1942.

exposition à Paris, et rédige avec Eluard le *Dictionnaire abrégé du surréalisme*, recueil de citations, définitions, – enfermement des sens. Le surréalisme semble «pressé de déposer son bilan».

Cela fait longtemps que le surréalisme est une marque de fabrique qui fait recette – en attendant de faire de l'argent tout court : il n'est plus loin le temps où Breton anagrammatisera Salvador Dali en Avida Dollars... Dès 1935, il annonçait d'ailleurs : «Le plus grand danger qui menace peut-être actuellement le surréalisme est qu'à la faveur de sa diffusion mondiale, brusquement très rapide, le mot ayant malgré nous fait fortune beaucoup plus vite que l'idée, toutes sortes de productions plus ou moins discutables tendent à se couvrir de son étiquette : c'est ainsi que des œuvres de tendance "abstractiviste" parviennent à entretenir avec les œuvres surréalistes des relations de voisinage équivoque, c'est ainsi même que l'innommable M. Cocteau a pu s'immiscer dans des expositions surréalistes en Amérique, dans des publications surréalistes au Japon.»

Breton peut bien se débattre, et Man Ray proposer, pince-sans-rire, de mettre au point un cachet ou un sceau qui certifierait le caractère surréaliste de l'objet, le surréalisme et ses productions, en créant un marché, ont créé une demande.

Cocteau (ci-dessous un dessin extrait de *Maison de santé*, 1926) n'a jamais opéré que sur les marges du surréalisme, et encore au plus grand dam d'André Breton.

« Cette fin du monde, je n'éprouverai pas le moindre embarras à dire qu'aujourd'hui nous n'en voulons plus. Nous n'en voulons plus depuis que nous voyons les traits sous lesquels elle se dessine et qui, contre toute attente, la frappent à nos yeux d'absurdité. »

Breton,
La Lampe dans l'horloge, 1948

CHAPITRE IV

L'INTERNATIONALE SURRÉALISTE (1939-1945 et après)

« La guerre moderne est un jeu d'échec perfectionné, comportant une majorité de pièces rétrogrades» (Breton, *La Clé des champs*); elle sonne le glas de tous les enthousiasmes : peut-on encore rêver, espérer? Face à elle, le génie de la connaissance (à gauche), l'as du jeu de cartes peint par les surréalistes réfugiés à Marseille, n'est qu'un atout bien relatif.

Que s'est-il donc passé pour que celui qui souhaitait la ruine du vieux monde ait adopté cette attitude de repli ? Simplement, l'apocalypse a pris un visage, celui des camps ou celui de la bombe, que l'on n'attendait pas. Les façons de penser ont changé. Les consciences se reconnaissent dans l'existentialisme et dans le théâtre de l'absurde. Et bien des historiens du surréalisme arrêtent à la guerre la vie du mouvement.

Les surréalistes dans la guerre

«Nous ne réendosserons jamais la capote bleu horizon», ont dit les surréalistes de 1925. Mais pendant la «drôle de guerre», les surréalistes mobilisables sont sous les drapeaux.

Dali, Tanguy ont pris la tangente. Péret, suspect après un voyage en Espagne, est jeté en prison. Il s'évade. En 1941, il part pour le Mexique. Breton, Masson, Ernst, Man Ray vont partir pour New York. Les Allemands sont à Paris. Char, Eluard, Aragon, Tzara, Desnos entrent dans la Résistance.

Le jeu de Marseille

Avant de quitter la France, Breton et plusieurs de ses amis se retrouvent en transit à Marseille, sous l'aile du Centre américain de secours dirigé par Varian Fry et Daniel Bénédite (il s'agissait initialement de sauver les Allemands, souvent juifs et/ou intellectuels de gauche, que les nazis réclamaient au gouvernement Pétain). Fry organise à partir de Marseille des départs vers le Portugal, via l'Espagne. Ses fonds lui viennent de deux milliardaires américaines, Peggy Guggenheim (qu'Ernst épouse à la fin de l'année 1941), et Mary-Jayne Gold. Bénédite loue (par miracle, à une époque où les hôteliers ne cédaient leurs chambres que pour un jour ou deux, de façon à pouvoir augmenter les prix dans l'intervalle) une gigantesque maison,

Oscar Dominguez peintre surréaliste depuis le début des années trente, auteur d'objets délirants et de décalcomanies, joue sur l'automatisme pur. Il se réfugie, avec le groupe en 1940, dans la villa Air-Bel où il participe à la création du *Jeu de Marseille*.

la villa Air-Bel, qui sera le centre de transit de l'équipe surréaliste.

Victor Serge, traducteur et fidèle de Trotsky, l'un des premiers sauvés, amène Breton (on avait regroupé ensemble tous les individus «suspects»). Arrivent de très nombreux peintres : Victor Brauner, Oscar Dominguez, Max Ernst, un instant incarcéré (un boche, n'est-ce pas...), Jacques Hérold, Wilfredo Lam, André Masson – et Hans Bellmer, toujours un peu à l'écart. Et des écrivains : Péret, Char, Tzara.

Esquisses, peut-être, de cartes à jouer, dans lesquelles on peut retrouver tantôt des masques tantôt l'aimable Père Ubu, les six figures ci-dessus sont l'œuvre collective de Breton, Wilfredo Lam et Jacqueline Lamba, pendant leur séjour à Marseille, au «Château Espère-Visa».

Tout ce petit monde, qui s'ennuie un peu, se lance dans l'élaboration d'un jeu de trente-deux cartes, interprétation très personnelle du classique Tarot de Marseille.

A la place des symboles habituels de cœur, carreau, trèfle et pique ils choisissent l'Amour (une flamme), le Rêve (une étoile noire), la Révolution (une roue sanglante) et la Connaissance (une serrure).

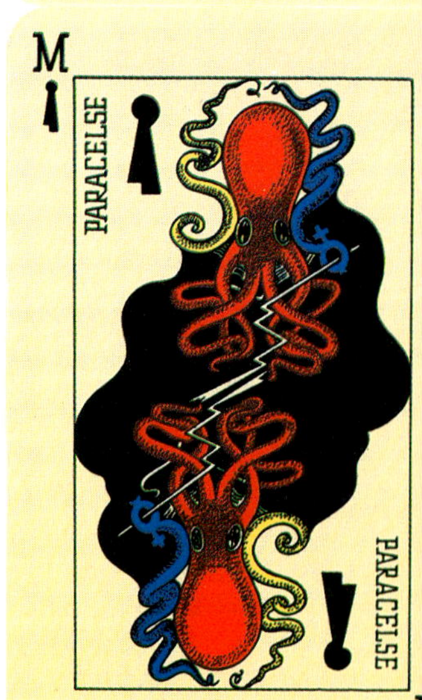

Passage à Marseille : le port de l'angoisse

On organise également, dans cette demeure que Victor Serge appelle le Château Espère-Visa, une exposition Ernst (en accrochant les toiles sur les arbres). Breton donne à la revue marseillaise des *Cahiers du Sud* un poème, «Pleine marge». Et on prend l'air du Vieux-Port au Brûleur de loups : Marseille est alors une ville où même les bistrots ont des noms surréalistes. On va à Montredon, chez la comtesse Pastré, assister à une représentation exceptionnelle du *Songe d'une nuit d'été* de Shakespeare – où la riche mécène se débrouille pour faire jouer, tant acteurs que

musiciens, tous les juifs et autres apatrides privés de travail par les lois de Vichy.

Le 25 mars 1941, Breton, sa femme Jacqueline et sa fille Aube, s'embarquent. Sur le même bateau, Anna Seghers (qui racontera toute cette époque dans *Transit*), et un jeune homme qui allait réinventer l'anthropologie, Claude Levi-Strauss : un effet du hasard objectif, sans doute. Trente jours plus tard, ils atteignent la Martinique – où ils sont immédiatement internés par les autorités vichyssoises, et à leurs frais par-dessus le marché. Quelques jours plus tard arrive Masson. De cette période Breton devait tirer, en 1948, *Martinique charmeuse de serpents*.

Surréalisme et négritude

A la Martinique justement Breton fait la connaissance d'un poète noir, Aimé Césaire, inventeur en 1939 d'un concept nouveau : la négritude («la simple reconnaissance du fait d'être noir, et la simple

La rencontre, en 1942 entre Aimé Césaire (ci-dessus), le poète martiniquais à la recherche de son identité perdue, et Breton, le nouvel exilé, fut déterminante pour l'un et pour l'autre.

En 1940-41, les hôtes de la villa Air-Bel, changeant les couleurs et les honneurs du jeu de cartes traditionnel, créent un nouveau jeu. As, rois et dames sont remplacés par des génies, des mages et des sirènes. Naturellement les valets disparaissent. Baudelaire, la Religieuse portugaise et Novalis sont les honneurs de Flamme (l'Amour); Sade, Lamiel et Pancho Villa ceux de Roue sanglante (la Révolution); Hegel, Helène Smith (célèbre médium que Nadja disait être) et Paracelse ceux de Serrure (la Connaissance); Lautréamont, Alice et Freud les honneurs d'Etoile noire (le Rêve); Ubu enfin est évidemment le joker.

reconnaissance de ce fait, de notre destin de Noir, de notre histoire et de notre culture»). Ce dernier anime à la Martinique la revue *Tropique*, sur laquelle Breton tombe par hasard : «Nous sommes de ceux qui disent non à l'ombre», lit-il. «Par lui, je le sais déjà, je le vois et tout va me le confirmer par la suite, c'est la cuve humaine portée à son plus haut point de bouillonnement, où les connaissances, ici encore de l'ordre le plus élevé, interfèrent avec les dons magiques» (*Martinique charmeuse de serpents*).

Césaire va constituer avec Wilfredo Lam la garde antillaise du surréalisme – Lam, «l'étoile de la liane au front et tout ce qu'il touche brûlant de lucioles».

C'est loin, l'Amérique

Breton est bien décidé à ne pas apprendre un mot d'anglais. Peggy Guggenheim le finance, il l'aide à

Poème-objet réalisé par Breton en 1942, *Jack l'éventreur* (à droite) ou encore «J'ai salué à six pas le commandant Lefebvre des Noëttes».

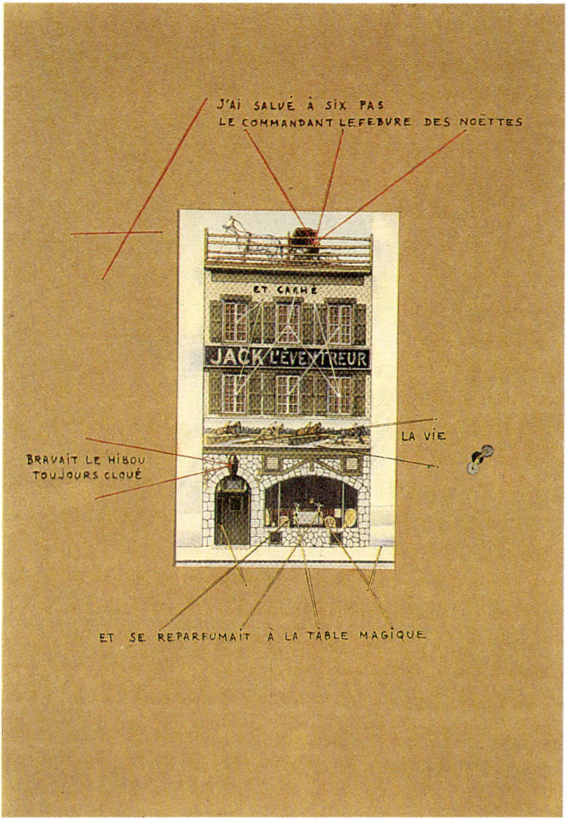

établir le catalogue de sa collection d'art, que Arp et Mondrian préfacent. Breton y ajoute une *Histoire du surréalisme*. Ainsi naît *Art of this Century*, catalogue du musée Guggenheim qui ouvre le 20 octobre 1942 : pour ne fâcher personne, ni les surréalistes, ni les abstraits, Peggy a une boucle d'oreille conçue par Yves Tanguy, et l'autre par Alexandre Calder. Le musée aura une influence déterminante sur certains jeunes peintres qui fréquentent le groupe, comme Robert Motherwell et Jackson Pollock (les futurs tenants de l'*action-painting*, où Masson verra plus tard «le rebondissement de l'automatisme d'une manière grandiose»).

De retour dans son Cuba natal, Wilfredo Lam se forge un style, incantatoire et violent comme la nature qui l'entoure. Dans *La Jungle* (1943, page de gauche, en bas), il figure l'intrication des cultures européenne, africaine et orientale, «l'héritage de la convulsion de l'homme et de la terre». New York accueille d'abord ce tableau par un énorme scandale vite suivi d'une reconnaissance absolue, en particulier grâce à l'influence et à la sûreté d'appréciation de Peggy Guggenheim (page de gauche en haut). Celle-ci réunit,déjà à l'époque, l'une des plus grandes et des plus merveilleuses collections d'art contemporain. Grâce à elle, les surréalistes sont accueillis avec enthousiasme par quelques artistes new-yorkais. En particulier par Robert Motherwell, auteur de collages, apôtre de l'abstraction, mais conscient du rôle de l'automatisme conçu comme «arme plastique avec laquelle il est possible d'inventer des formes nouvelles». Motherwell a déjà convaincu Jackson Pollock de recourir à l'automatisme et de sympathiser avec le petit clan de Breton. L'*action-painting*, que ces peintres fonderont, en portera les marques.

New York est encore – pour quelque temps – une ville d'avant-guerre. Breton, Duchamp et Ernst y fondent *VVV*, sous la direction américaine de David Hare (pour qui Jacqueline quitte bientôt Breton, quelque peu renfermé par sa décision de ne pas apprendre l'anglais). Dans une conférence à Yale, en 1943, il proclame : «Le surréalisme est né d'une affirmation de foi sans limite dans le génie de la jeunesse...». Pendant ce temps Man Ray, Hans Richter et Ernst tournent (avec Calder et Léger) *Dreams that money can buy*, – définition peut-être involontaire de ce que le surréalisme, qui a de plus en plus «la cote», est en train de devenir.

Prix de la Critique internationale à la Biennale de Venise en 1947, *Dreams that money can buy* (1944, à gauche) est un film composé de sept séquences oniriques. Calder, Duchamp, Man Ray et Léger s'essaient à différents exercices plus ou moins réussis. Seules deux séquences passent pour être tout à fait surréalistes : celles de Hans Richter et de Max Ernst.

Deux Belges et quelques autres

Dans une interview, Breton établit la liste des peintres surréalistes : Ernst, Masson, Tanguy, Paalen, l'inventeur de la technique du «fumage», Seligmann, le créateur de *l'Ultrameuble*, Brauner, Leonora Carrington et Kay Sage, deux des rares femmes admises dans le groupe, Hayter, le patron de l'Atelier 17, Lam, Matta et Onslow-Ford, qui ont tous deux beaucoup expérimenté les automatismes, Francès, spécialiste du «grattage», David Hare et Cornell.

Et Magritte. Magritte est depuis le début avec le groupe surréaliste, et pratique avec virtuosité (et application) la substitution : «Une forme quelconque,

Bien qu'influencé par Max Ernst et le courant surréaliste, Joseph Cornell restera toujours farouchement indépendant. Ses «boîtes» vitrées au fond desquelles il dispose collages et objets (ici *La Boîte à hibou*, 1945) sont montrées et largement commentées depuis 1936 dans la plupart des expositions surréalistes.

Paul Delvaux transforme sa crainte du monde féminin en obsession créatrice. Il rompt le classicisme de sa facture et du décor par des ambiances nocturnes où les squelettes côtoient de belles jeunes filles nues et rêveuses (ici *Vénus endormie*, 1944). Bien accueilli par le groupe surréaliste depuis 1934, ce peintre belge, titulaire de la chaire des Beaux-Arts de l'Académie royale, n'y adhèrera jamais.

écrivait-il dans le n°12 de *La Révolution surréaliste*, peut remplacer l'image d'un objet.» Il conteste sans cesse le rapport trop évident entre l'objet, son image et son nom. Y compris la toile elle-même choisie comme objet, dont le titre introduit, très souvent, un décalage entre représentation et perception : Magritte ou le vertige des codes artistiques.

Paul Delvaux est de la même génération, mais sa démarche est plus complexe. D'abord post-impressionniste, il détruit ses toiles en découvrant l'expressionnisme. A nouveau il détruit ses toiles expressionnistes quand le surréalisme lui est révélé. Il avoue l'influence de Chirico – et plus difficilement celle de Magritte, bien qu'il partage avec lui un sens

Juliette Récamier, était déjà peinte par David, en 1805, par *antiphrase*, sans décor, sans apprêt, et sans fard. Célébrissime, ce tableau antique et glacé devient, avec Magritte, une parodie décapante. «Le rayonnement de David a été nul», affirme Breton dans *Position politique du surréalisme*... Magritte adopte, quant à lui, une attitude moins tranchée. *Perspective, Madame Récamier* (1950) est aussi l'application d'une autre phrase de Breton dans le *Premier Manifeste du surréalisme* : «Le surréalisme vous introduira dans la mort, qui est une société secrète. Il gantera votre main, y ensevelissant l'*M* profond par quoi commence le mot mémoire.» La mort, étonnant cercueil ici allongé sur le lit de repos de la froide Récamier, remplace la beauté inquiétante et composite des héroïnes du peintre belge. Elle indique aussi bien la fin d'un certain monde esthétique, maintenant soumis à l'absurde, que la consécration du thème morbide si souvent lié à la femme.

inné du malaise et de l'angoisse, nés chez lui de la minutie du dessin, des couleurs froides, des atmosphères nocturnes, de la fréquentation, dira Breton, de «la grande artère du rêve».

Honneur et déshonneur des poètes

«Devant le péril aujourd'hui couru par l'homme», les éditions de Minuit publient, en 1943, *L'Honneur des poètes*, recueil de textes «engagés», anthologie dans laquelle ont écrit sous des pseudonymes, des communistes ou des anarchistes comme Aragon, Desnos, Jean Tardieu, Francis Ponge, Pierre Seghers, et des chrétiens comme Pierre Emmanuel ou Loys Masson. Eluard y donne *Liberté* :

«Sur mes cahiers d'écolier
Sur mon pupitre et les arbres
Sur le sable et la neige
J'écris ton nom»

Le poète a expliqué lui-même que son intention première était un poème à la gloire de Nusch, sa compagne, mais que «la femme qu'il aimait incarnait un désir plus grand qu'elle...»

Les intentions sont bonnes. Mais Péret, de son exil mexicain, réagit violemment : «Pas un de ces "poèmes" ne dépasse le niveau lyrique de la poésie pharmaceutique et ce n'est pas un hasard si leurs auteurs ont cru devoir, en leur immense majorité, revenir à la rime et à l'alexandrin classiques. La forme et le contenu gardent nécessairement entre eux un rapport des plus étroits et, dans ces "vers", réagissent l'un sur l'autre dans une course éperdue à la pire réaction» (*Le Déshonneur des poètes*, 1945).

«Ah! beauté et vérité fassent que vous soyez *présents* nombreux aux salves de la délivrance!» Pour René Char, surréaliste de la deuxième génération et «capitaine Alexandre» dans la clandestinité, il n'existe qu'une issue : devenir résistant.

La liberté, l'écriture ou la mort

On peut suspecter Péret d'être tout aussi sensible aux renoncements esthétiques de cette poésie de circonstance qu'à la qualité politique de ses auteurs : il écrit cela de la ville où, trois ans avant, Staline a fait assassiner Trotsky que Breton, le chef de file bien aimé, a rencontré en 1938. Mais peut-être a-t-il raison : René Char, qui est chef de réseau dans la Résistance, ne publie *Fureur et mystère* que bien après la guerre : «Le poète est retourné pour de longues années dans le néant du père.» La poésie n'est pas une activité ornementale que l'on rajouterait à la Résistance : «Dans nos ténèbres, il n'y a pas une place pour la Beauté. Toute la place est pour la Beauté.»

Il y a les poètes qui chantent, ceux qui fulminent, ceux qui se battent. Il y a aussi ceux qui meurent : Max Jacob à Drancy, Robert Desnos à Terezine, en Tchécoslovaquie (un étudiant l'a reconnu, dans les derniers instants, à partir de sa photo dans un exemplaire de *Nadja*). Ses geôliers allemands ont, pleins de sollicitude, déplacé avec lui les déportés de Buchenwald – pour leur éviter les affres de l'avance russe.

«Le temps est venu où tous les poètes ont le droit et le devoir de soutenir qu'ils sont profondément enfoncés dans la vie des autres comme dans la vie commune» (Eluard, 1937). Tableau de Picasso, film de Resnais (en haut à gauche), ou poème d'Eluard, *Guernica* fait le lien : «Sous le bois mort du chêne de Guernica, sur les ruines de Guernica, sous le ciel pur de Guernica, un homme est revenu. Il dit que Guernica comme Oradour et comme Hiroshima sont les capitales de la paix vivante. Leur néant fait entendre une protestation plus forte que la terreur même.»

Retour

La guerre n'en finit plus de finir. Breton voyage, il part au Nouveau-Mexique s'initier aux rites des Indiens Hopi et Zuni, en Haïti où il s'intéresse au vaudou. Puis Paris.

Breton édite des œuvres-bilan (*Le Surréalisme et la peinture*, réédition des Manifestes...). Le climat n'est plus au surréalisme. «L'originalité du mouvement surréaliste réside dans sa tentative pour s'approprier tout à la fois : le déclassement par en haut, le parasitisme, l'aristocratie, la métaphysique de consommation et l'alliance avec les forces révolutionnaires. L'histoire de cette tentative a montré qu'elle était vouée à l'échec.»

Dans une conférence de 1947, Tzara plaide, contre le surréalisme, en faveur d'un art «engagé» – une intervention de Breton déclenche une violente bagarre. Roger Vailland, qui est dans sa période communiste et libertine, publie *Le Surréalisme contre la révolution*. Dali annonce en 1950, à l'occasion d'une visite à Pie XII, sa conversion «au catholicisme et à l'idéal artistique de la Renaissance».

Le groupe Cobra renoue avec les prises de position du surréalisme par son attaque radicale du conformisme. L'humour de Dotremont ou de Havrenne, l'intérêt d'Appel, de Constant et de Corneille pour les dessins d'enfants, l'art brut et les réalisations d'art primitif non plus océanien mais celte ou scandinave, enchantent Max Ernst, Miró, Lam et Bellmer qui participent à leurs revues. Ci-dessus *Kiotosmorama* par Asger Jorn qui affirme dans son *Discours aux pingouins* que la peinture est, à travers l'automatisme de celui qui s'exprime, autant un acte physique que psychique.

La même année, Aragon devient membre du Comité central du Parti communiste français.

En Yougoslavie, d'anciens surréalistes de la revue *Témoignages* sont devenus ministres de Tito. En Tchécoslovaquie, Staline liquide ceux que la guerre avait épargnés : Zavis Kalandra, philosophe marxiste, historien et journaliste, est exécuté en 1950 – Breton demande en vain à Eluard d'intervenir auprès des autorités tchèques en faveur de leur ancien ami –, et l'année suivante Karel Teige, connu pour ses collages et respecté pour son travail sur la théorie des arts plastiques, se suicide quand la police vient l'arrêter. Le «réalisme socialiste» combat âprement la surréalité. Breton s'achète une maison dans le Lot en disant : «J'ai finalement cessé de m'espérer ailleurs.»

Pour le Néerlandais Appel (ci-dessus *Deux femmes*, 1966), comme pour Alechinsky, la peinture n'est pas seulement une «chose mentale».

Cobra

L'origine du mot Cobra (COpenhague-BRuxelles-Amsterdam) indique sa nationalité. Le groupe, fondé à Paris en 1948 par le peintre danois Asger Jorn, les Belges Christian Dotremont et Noiret, les Hollandais Karel Appel, Constant et Corneille, se veut la continuation d'un surréalisme «pur», en réaction contre le surréalisme intellectualisé de Breton. En trois années d'existence (1948-1951), le groupe (qui s'augmente très tôt de Pierre Alechinsky, chanté plus

En 1963, Breton écrit à Pierre Alechinsky : «Ce que je goûte le plus dans l'art est ce que vous détenez, ce pouvoir d'enlacement des courbes, ce rythme de toute évidence organique, cet heureux abandon de femme que vous obtenez des couleurs, de la lumière.» Ci-contre *Au pays de l'encre*, 1959.

tard par Joyce Mansour) explore une zone intermédiaire entre l'écriture et la création plastique, revenant à la peinture spontanée et à l'écriture automatique. Cobra est typique d'une révolte contre tous les académismes – y compris celui de la révolution – par le recours au primitivisme. Est-ce un hasard? En 1949 Breton fonde avec Jean Dubuffet, satrape du collège de Pataphysique, la compagnie de l'Art brut.

Léonor Fini rencontre en 1933 les membres du groupe surréaliste, mais veut aborder seule le monde des rêves et des mythes. Son *Sphynx vert*, être mi-femme mi-lionne et portant les ailes d'un oiseau de proie, marque bien cette «inquiétante étrangeté» qu'elle traque tout au long de ses toiles. «J'ai vu comment vous faites un tableau, lui écrit Brauner en 1960. Sur la surface blanche de la toile, vous projetez des couleurs qui paraissent être mises au hasard. [...] Nous assistons alors à la naissance d'un chaos de couleurs, à un mouvement vertigineux chimico-minéral.»

De l'érotisme à l'alchimie

Bien après les premiers écrits de Gisèle Prassinos, les femmes osent s'exprimer, – encore que sur les marges du surréalisme.

Laure (Colette Peignot), à l'écart du surréalisme mais très liée à Bataille et à Leiris, scandalise avec ses *Ecrits* en analysant avec ostentation sa propre sexualité. Unica Zürn écrit, dessine et peint, au bord de la folie, le tragique de son existence sans qu'Hans Bellmer, son compagnon, puisse la détourner du suicide.

Léonor Fini passe du «dessin automatique» à la mise en scène onirique. En marge du courant surréaliste, puisqu'elle n'en tolère ni les manifestations ni les manifestes, elle reste l'amie d'Eluard, d'Ernst, de Brauner, valorise le rêve, représente de cruels rituels, étonne, inquiète, mais surtout illustre la femme, belle sorcière et prêtresse souveraine.

Remedios Varo explore elle aussi le monde intérieur féminin, s'interroge sur elle-même, invente de petits véhicules transformables pour accéder partout avec humour, s'amuse de la lune et triomphe dans sa quête de la clef perdue qui permettrait de comprendre les secrets qui unissent les mondes.

Décidément, «l'enfer des femmes prend naissance dans leur corps» comme l'affirme Joyce Mansour dans ses poèmes. Corps, sexualité, amour et mort, la

femme réfléchit la femme, en toute indécence, nouvelle sorcière et «métaphore de la méchante petite fille», selon Marianne Van Hirtum, comptable de l'étrangeté du Monde.

Avec Toyen, l'espace s'approfondit. Les objets vaguement définis se jettent dans les objets réels, effrayants de réalisme. Réalisme magique, violence de l'imagination, Toyen est alchimiste et pragoise, donc surréaliste.

Leonora Carrington, une Anglaise de tous les pays

Leonora Carrington invente, hallucinée et drôle, un fantastique concret et cruel, tant dans ses toiles que dans ses textes.

Et sa vie est aussi curieuse que ses œuvres. Issue de la haute bourgeoisie anglaise, elle aurait

Marie Cerminova, dite Toyen, est en 1934 une des fondatrices du groupe surréaliste en Tchécoslovaquie. Dans ses peintures elle mélange des objets vaguement définis (larves, spectres) à d'autres totalement irréels. L'effroi et la violence pointent dans ses tableaux : à l'orée de la guerre, l'inquiétude du rêve laisse la place à un réalisme magique dans lequel les choses abandonnées et les squelettes monstrueux évoquent l'horreur présente. Ci-dessus *L'Avant-printemps*, 1945. Elle s'installe à Paris en 1947.

De Paris à Mexico, Benjamin Péret et Leonora Carrington entretinrent toujours une amitié indéfectible.

LEONORA CARRINGTON

La Justice des Oiseaux

dû ne pas peindre, voire ne pas écrire. Cependant, elle convainc sa famille de la laisser étudier la peinture. Max Ernst passait par Londres, comme il passe partout, et l'emmène à Paris. La guerre les sépare, Ernst est interné dans un camp de concentration du Midi et Leonora plonge dans la dépression : les parents en profitent. Clinique à Santander, loin du conflit, voyage au Portugal escortée par une infirmière nazie, projet pour qu'elle s'embarque dans un sous-marin en partance pour l'Afrique du Sud, la puissance paternelle fait rage. C'est en persuadant son infirmière de s'arrêter dans un café qu'elle s'évade par une porte dérobée et rejoint Renato Leduc, homme de rencontre à Paris et à Madrid qui deviendra son mari pour un temps, ami de Picasso et mexicain de son état. Le consulat mexicain les protège, New York les accueille : c'est l'exil à Manhattan avec Breton et les autres. En 1942, elle arrive à Mexico, qu'elle ne quittera plus que pour de simples voyages. Là, au sein des mythes aztèques, elle peut organiser dans ses toiles les festins terribles de ses héros, mi-bêtes mi-hommes.

Surréalisme et communisme

Le 21 juin 1947, le groupe surréaliste publie une courte brochure qui fait le point sur sa pensée politique, *Rupture inaugurale*. «C'est le sort commun et constant des divers éléments révolutionnaires d'opposition au Parti communiste que d'être rejetés par celui-ci dans la catégorie la plus vilipendée des malfaiteurs publics.» Et de rappeler l'assassinat de Trotsky, avant de conclure : «C'est dans la mesure où il demande à la Révolution d'englober l'ensemble de l'homme, de ne pas concevoir la libération sous tel rapport particulier mais bien sous tous ses aspects à la fois, que le Surréalisme se déclare seul qualifié pour jeter dans la balance les forces dont il s'est fait le prospecteur, puis le conducteur merveilleusement magnétique – de la femme-enfant à l'humour noir, du hasard objectif à la volonté de mythe... Le rêve et la révolution sont faits pour pactiser, non pour s'exclure.»

Exclure : Matta et Brauner (entre autres) sont rejetés par Breton en 1948.

Pactiser : Octavio Paz, Malcolm de Chazal, André Pieyre de Mandiargues adhèrent au mouvement surréaliste en 1950, Simon Hantaï et José Pierre en 1952. Tous travailleront dans la dernière-née des revues du groupe, *Médium*.

Inspirer : qui dira, à partir de cette époque, la quantité d'œuvres peu ou prou orientées par l'esthétique surréaliste, le plus souvent d'un point de vue décoratif, comme Boris Vian dans *L'Ecume des*

« Au retour d'un de ses voyages dont on a peu de chances de revenir, elle a gardé la nostalgie des rivages qu'elle a abordés et n'a pas désespéré de les atteindre à nouveau, cette fois sans coup férir et comme munie d'un permis de circuler à volonté dans les deux sens. »

André Breton à propos de L. Carrington
Anthologie de l'humour noir

Leonora Carrington ne cesse de surprendre et d'enthousiasmer les surréalistes, par ses récits (*La Maison de la peur*, 1938, *La Dame ovale*, 1939, *La Débutante*, 1940) et par la manière dont, dans ses dessins (en page de gauche, en haut, une illustration pour *La Justice des oiseaux*) et dans ses tableaux (ci-contre *Mardi*), elle allie, au bord de la folie, l'humour à la terreur.

jours? Mais on peut aussi bien voir une résurgence du surréalisme dans les slogans de Mai 68 («Prenez vos désirs pour des réalités») ou les canulars des situationnistes au début des années soixante-dix.

Mourir, c'est partir un peu

En une dizaine d'années, le surréalisme «historique» est décimé. Artaud meurt en 1948, ses chaussures à la main, dans la clinique psychiatrique qui l'hébergeait. La même année, Arshile Gorky, Arménien de New York, qui en 1946 a perdu dans un incendie vingt-sept toiles, se pend dans une forêt. Roger Vitrac meurt en 1951, Paul Eluard et Pierre Mabille l'année suivante, Picabia en 1953, Tanguy en 1955 (et sa femme, Kay Sage, se suicide en 1961), Oscar Dominguez s'ouvre les veines en 1957, Péret meurt en 1959, Pierre Reverdy l'année suivante, Tzara en 1963, Breton enfin en 1966.

Coup de pied de l'âne, Aragon publie dans *Les Lettres françaises*, à propos de la mort du chef de file

Adepte du «jeu libre et illimité des analogies» défini par Breton, Arshile Gorky est arménien d'origine. Installé à New York, il rencontre, en 1944, les surréalistes. S'il abandonne le cubisme pour l'automatisme, il préfère se laisser guider par la mémoire plutôt que par l'inconscient. En 1945 il peint la *Table-paysage* (ci-dessous). En 1946 il voit son atelier dévasté par un incendie, et toutes ses toiles détruites. Il est opéré d'un cancer. En 1947 un accident de voiture le laisse invalide; sa femme le quitte. Il se pend en juillet 1948.

surréaliste, un «émouvant hommage». L'année suivante, dans le n°1 d'*Archibras*, la nouvelle revue du groupe des continuateurs du mouvement, Jean Schuster écrit : «Le surréalisme vient d'être atteint dans la totalité de son être et la question est posée de sa continuité ou non.»

Bonne question.

En marge du surréalisme, Clovis Trouille étale à longueur de toiles ses audaces subversives qui culminent dans son testament pictural : *Mon tombeau*.

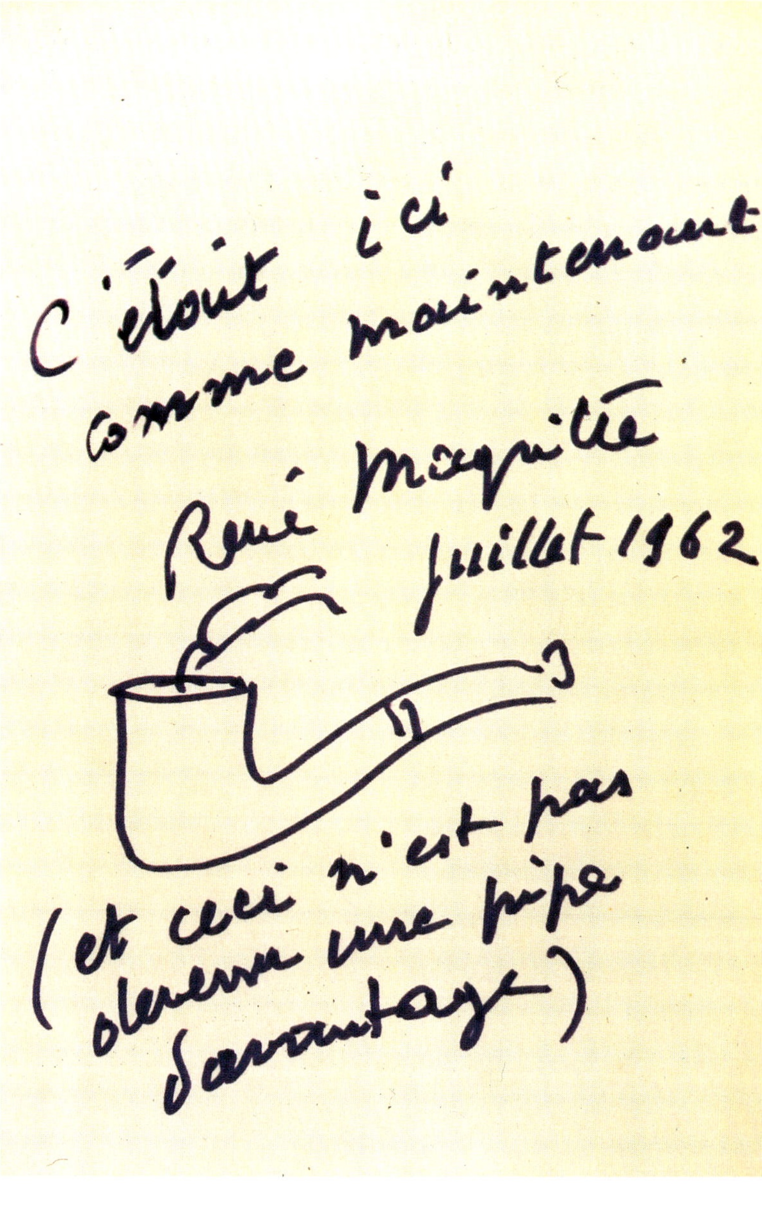
C'était ici
comme maintenant
René Magritte
juillet 1962
(et ceci n'est pas
devenu une pipe
davantage)

TÉMOIGNAGES ET DOCUMENTS

Dada!

Fondé le 8 février 1916 au cabaret Voltaire, à Zurich, par un certain nombre d'artistes réfugiés (Hugo Ball, Hans Arp, les frères Janco, Tristan Tzara), le mouvement Dada trouva à Paris, entre 1920 et 1923, son champ d'action favori.

Tristan Tzara, masque, par Janco.

En 1918, à Zurich, Tristan Tzara lut ce manifeste en public. Il le publia ensuite dans sa revue «Dada» (n° 3, 1918), dont les cinq premiers numéros furent édités à Zurich, les deux suivants et derniers à Paris.

Dada ne signifie rien

J'écris ce manifeste pour montrer qu'on peut faire les actions opposées ensemble dans une seule fraîche respiration; je suis contre l'action; pour la continuelle contradiction et je n'explique car je hais le bon-sens. [...]

Si l'on trouve futile et l'on ne perd son temps pour un mot qui ne signifie rien...

La première pensée qui tourne dans ces têtes est d'ordre bactériologique : trouver son origine étymologique, historique ou psychologique, au moins. On apprend dans les journaux que les nègres Krou appellent la queue d'une vache sainte : DADA. Le cube et la mère en une certaine contrée d'Italie : DADA. Un cheval en bois, la nourrice, double affirmation en russe et en roumain : DADA. Des savants journalistes y voient un art pour les bébés, d'autres saints jésusappelantlespetitsenfants du jour, le retour à un primitivisme sec et bruyant, bruyant et monotone. On ne construit sur un mot la sensibilité; toute construction converge à la perfection qui ennuie, idée stagnante d'un marécage doré, relatif produit humain. L'œuvre d'art ne doit pas être la beauté en elle-même, car elle est morte; ni gaie ni triste, ni claire ni obscure, réjouir ou maltraiter les individualités en leur servant les gâteaux des auréoles saintes ou les sueurs d'une course cambrée à travers les atmosphères. Une œuvre d'art n'est jamais belle, par décret, objectivement, pour tous. La critique est donc inutile, elle n'existe que subjectivement, pour

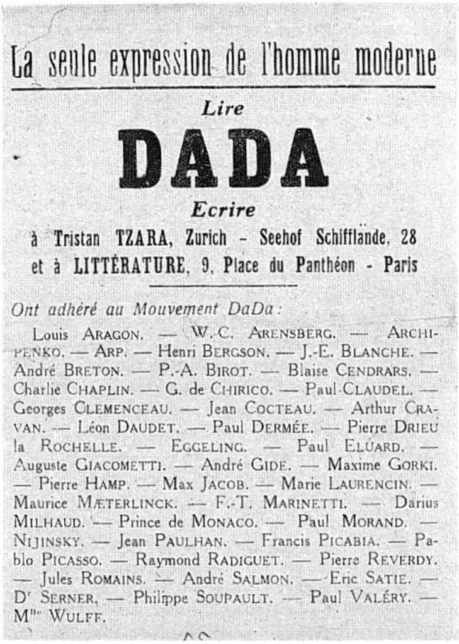

La seule expression de l'homme moderne

Lire

DADA

Ecrire

à Tristan TZARA, Zurich - Seehof Schifflände, 28
et à LITTÉRATURE, 9, Place du Panthéon - Paris

Ont adhéré au Mouvement DaDa :

Louis ARAGON. — W.-C. ARENSBERG. — ARCHIPENKO. — ARP. — Henri BERGSON. — J.-E. BLANCHE. — André BRETON. — P.-A. BIROT. — Blaise CENDRARS. — Charlie CHAPLIN. — G. de CHIRICO. — Paul CLAUDEL. — Georges CLEMENCEAU. — Jean COCTEAU. — Arthur CRAVAN. — Léon DAUDET. — Paul DERMÉE. — Pierre DRIEU la ROCHELLE. — EGGELING. — Paul ELUARD. — Auguste GIACOMETTI. — André GIDE. — Maxime GORKI. — Pierre HAMP. — Max JACOB. — Marie LAURENCIN. — Maurice MÆTERLINCK. — F.-T. MARINETTI. — Darius MILHAUD. — Prince de MONACO. — Paul MORAND. — NIJINSKY. — Jean PAULHAN. — Francis PICABIA. — Pablo PICASSO. — Raymond RADIGUET. — Pierre REVERDY. — Jules ROMAINS. — André SALMON. — Eric SATIE. — Dr SERNER. — Philippe SOUPAULT. — Paul VALÉRY. — Mlle WULFF.

chacun, et sans le moindre caractère de généralité. Croit-on avoir trouvé la base psychique commune à toute l'humanité? L'essai de Jésus et la bible couvrent sous leurs ailes larges et bienveillantes : la merde, les bêtes, les journées. Comment veut-on ordonner le chaos qui constitue cette infinie informe variation : l'homme? Le principe : «aime ton prochain» est une hypocrisie. «Connais-toi» est une utopie, mais plus acceptable, contient la méchanceté aussi. Pas de pitié. Il nous reste après le carnage, l'espoir d'une humanité purifiée. [...]

Un tableau est l'art de faire se rencontrer deux lignes géométriquement constatées parallèles, sur une toile, devant nos yeux, dans une réalité qui transpose sur un monde à d'autres conditions et possibilités. Ce monde n'est pas spécifié ni défini dans l'œuvre, appartient dans ses innombrables variations au spectateur. Pour son créateur, elle est sans cause et sans théorie.

Ordre = désordre, moi = non-moi, affirmation = négation : rayonnements suprêmes d'un art absolu. [...]

Que chaque homme crie : il y a un grand travail destructif, négatif à accomplir. Balayer, nettoyer. La propreté de l'individu s'affirme après l'état de folie, de folie agressive, complète, d'un monde laissé entre les mains des bandits, qui se déchirent et détruisent les siècles. Sans but ni dessein, sans organisation : la folie indomptable, la décomposition. [...]

Je proclame l'opposition de toutes les facultés cosmiques à cette blennorragie d'un soleil putride sorti des usines de la pensée philosophique, la lutte acharnée, avec tous les moyens du

Dégoût dadaïste.

Dada,
3 décembre 1918

Dada, l'ébranlement

Engendré par le dégoût profond d'une civilisation qui n'avait su aboutir qu'au plus grand massacre de l'histoire, il se donnait pour but la destruction systématique de toutes les valeurs qui la fondaient.

Les manifestations Dada de Zurich, de 1916 à 1918, sortaient de la littérature et atteignaient directement la morale et les sentiments assis des spectateurs qui allaient, ainsi devant tant de franchise, de la rage à la stupéfaction. Elles accéléraient la décomposition de tout ce qui déjà flanchait. Les contraires se rejoignaient et l'amateur d'art qui se cache au fond de chaque homme, s'indignait ou subissait tant d'imbécillité et tant de génie. Réunis pour un spectacle d'art, pour une récitation de poèmes, les spectateurs, pleins de bonne volonté, étaient provoqués à toute force et poussés à éclater. Sur la scène on tapait sur des clés et des boîtes pour faire

de la musique, jusqu'à ce que le public protestât, devenu fou. Serner, au lieu de réciter ses poèmes, déposait un bouquet de fleurs au pied d'un mannequin de couturière. Une voix sous un immense chapeau en forme de pain de sucre disait des poèmes d'Arp, Huelsenbeck hurlait ses poèmes, de plus en plus fort, pendant que Tzara frappait, en suivant le même rythme et le même crescendo, sur une grosse caisse. Huelsenbeck et Tzara dansaient avec des gloussements de jeunes ours ou, dans un sac, un tuyau sur la tête, se dandinaient en un exercice appelé *noir cacadou*. Tzara inventait des poèmes chimiques et statiques.

Georges Hugnet
Dictionnaire du dadaïsme,
Jean-Claude Simoën, 1976

Une manifestation Dada

9 avril 1919 : D'une certaine ampleur, cette manifestation, étiquetée à l'époque même *non plus ultra*, fut donnée à la Salle Kaufleuten, Walter Serner étant metteur en scène et Tristan Tzara dompteur des acrobates. 1500 personnes remplirent la salle qui bout déjà dans la boue des bamboulas. – Voilà Eggeling qui relit le mur à la mer et nous la ligne propre d'une peinture à venir; et Suzanne Pérottet joue Erik Satie (+ récitations, ironie musicale non-musique du je m'enfoutiste l'enfant gaga sur la merveille échelle du mouvement dada. Mais Mlle Wulff qui paraît / surhumaine masque 1/2% / pour accentuer la présence du Huelsenbeck et de ses poètes. Rires (commencement) les bonbons font impression un seul fil passe par le cerveau des 1500 spectateurs. Et lorsqu'on ouvre la scène ombragée, devant 20 personnes récitant le poème simultané de Tr. Tzara : LA FIEVRE DU MALE. Le scandale devient menaçant des îles se forment spontanément dans la salle qui accompagnent et multiplient soulignent le geste puissant de hurlement et l'orchestration simultanée. Signal du sang. Révolte du passé, de l'éducation «fiacre fiévreux et quatre craquements âcres et macabres dans la baraque». Sous les ponts de Paris. Dans l'orage ammoniaque une écharpe est apportée à l'auteur par Alice Bailly et Augusto Giacometti. – Richter élégant et malicieux : POUR coNtre et sANs DADA, du point de vue dada télégraphie et mentalité dada etc. dada. dada dada. Arp lance la pompe de nuages sous l'ovale énorme, brûle le caoutchouc, la pyramide poële pour les proverbes marécageux ou clairs dans les poches de cuir. Serner prend la parole pour éclairer son MANIFESTE dadaïste et voilà, lorsque : «une reine est un fauteuil un chien est un hamac» le déclenchement du tumulte ouragan vertige sirène sifflets bombardement chanson la bataille comme aiguë, la moitié de la salle applaudit les protestataires tiennent la salle dans les poumons des nerfs se liquéfient les muscles sautent Serner se moque par des gestes, accroche le scandale à la boutonnière / férocité qui tord le cou / Interruption. – Des chaises arrachées projectiles craquements effet attendu atroce et instinctif. – NOIR CACADOU, Danse (cinq personnes avec Mlle Wulff, les tuyaux dansent la rénovation des pithécanthropes sans tête, asphyxie la rage du public. La balance de l'intensité s'incline vers la scène. Serner présente à la place de ses poèmes un bouquet de fleurs aux pieds d'un mannequin. Tzara empêché de lire la PROCLAMATION DADA la salle en délire, la voix en lambeaux traîne sur les candélabres, folie progressive sauvage tortille le rire et l'audace. Répétition du spectacle antérieur. Nouvelle danse dans six masques énormes et éblouissants. Fin. Dada a réussi d'établir le circuit d'inconscience absolu dans la salle qui oublia les frontières de l'éducation des préjugés, sentit la commotion du nouveau. – Victoire définitive de Dada (T.T.).

Dictionnaire du dadaïsme,
Editions Skira, 1976

Système Dd

Le système Dd se propose : de faire ceci, cela, le contraire, ni ceci, ni cela, ni le contraire, de ne rien faire, de tout faire, et de vous faire taire et mourir un peu.

Le système Dd a deux lettres, a deux faces, a deux dos, admet toutes les contradictions, n'admet pas la contradiction, est sans contredit la contradiction même de la vie, la mort, la mort, la vie, la vie, la vie, avis aux amateurs.

Les gens qui nous aperçoivent tout à coup dans la lumière demeurent saisis : vous courez à la mort; la vie ne doit pas, pour vous, être drôle tous les jours; comme vous devez être malheureux, où tout cela vous conduira-t-il? Il n'y a pas de société possible dans ces conditions, vous voulez la fin du monde : vous n'y pensez pas; c'est une manière de parler; mais alors vous êtes anarchiste? Ah Maman, Maman, Maman, le Monsieur est anarchiste!

Vous croyez vous cacher en mettant vos mains devant vos yeux. Vous espérez rendre tout simple, tout heureux grâce à quelques lâchetés anodines. Braves gens, ne vend pas son âme au diable qui veut. Comment pouvez-vous venir aux spectacles avec, dans le cœur, tant de rats musqués, d'écureuils et autres rongeurs épouvantables, maladies, banqueroutes, adultères, trahisons, rhumes de cerveau? Vous venez ici chercher l'oubli aux yeux vides comme ceux des statues. Je vous verse la liqueur déception et je me moque de vous parce que l'ennui, l'impatience, l'indignation, le mépris, le rire faux comme vos bretelles, sont tout ce que vous trouverez à dire. Il n'y a que moi qui sois laid, bête, sale, prétentieux, nul, nul : nous tous et moi faisons la paire. Le joli couple! Ne me criez pas que je m'égare : quand je vous contemple, j'en reviens toujours à mes moutons galeux.

Louis Aragon,
Littérature,
1re série, n° 15, 1920

Louis Aragon, en 1928.

Au public

Avant de descendre parmi vous afin d'arracher vos dents gâtées, vos oreilles gourmeuses, votre langue pleine de chancres.

Avant de briser vos os pourris –

D'ouvrir votre ventre cholérique, et d'en retirer, à l'usage des engrais pour l'agriculture, votre foie trop gras, votre rate ignoble et vos rognons de diabète –

Avant d'arracher votre vilain sexe incontinent et glaireux –
Avant d'éteindre votre appétit de beauté, d'extases, de sucre, de philosophie, de poivre et de concombres métaphysiques, mathématiques ou poétiques –
Avant de vous désinfecter au vitriol et de vous rendre aussi propres et de vous répoliner avec passion –
Avant tout cela –
Nous allons prendre un grand bain antiseptique –
Et nous vous avertissons –
C'est nous les assassins –
De tous vos petits nouveau-nés –
Et pour finir il y a une chanson
Ki Ki Ki Ki Ki Ki Ki
Voici Dieu à cheval sur un rossignol –
Il est beau, il est laid –
Madame, ta gueule elle sent la laitance de souteneur.
Le matin –
Car le soir on dirait le cul d'un ange amoureux d'un lis –
C'est joli, n'est-ce-pas?
Adieu, mon ami.

Georges Ribemont Dessaignes,
Littérature,
1re série, n° 13, 1920

Pour faire un poème dadaïste

Prenez un journal.
Prenez des ciseaux.
Choisissez dans ce journal un article ayant la longueur que vous comptez donner à votre poème.
Découpez l'article.
Découpez ensuite avec soin chacun des mots qui forment cet article et mettez-les dans un sac.
Agitez doucement.
Sortez ensuite chaque coupure l'une après l'autre dans l'ordre où elles ont quitté le sac.
Copiez consciencieusement.
Le poème vous ressemblera.
Et vous voilà «un écrivain infiniment original et d'une sensibilité charmante encore qu'incomprise du vulgaire».

AA L'Antiphilosophe et Tristan Tzara,
Littérature,
1re série, n° 15, 1920

A bas tout!

Plus de peintres, plus de littérateurs, plus de musiciens, plus de sculpteurs, plus de religions, plus de républicains, plus de royalistes, plus d'impérialistes, plus d'anarchistes, plus de socialistes, plus de bolchéviques, plus de politiques, plus de prolétaires, plus de démocrates, plus de bourgeois, plus d'aristocrates, plus d'armées, plus de police, plus de patries, enfin assez de toutes ces imbécillités, plus rien, plus rien, rien, rien, rien, rien.

De cette façon, nous espérons que la nouveauté qui sera la même chose que ce que nous ne voulons plus, s'imposera moins pourrie, moins égoïste, moins mercantile, moins obtuse, moins immensément grotesque.

Vivent les concubines et les concubistes. Tous les membres du Mouvement DADA sont présidents.

Francis Picabia,
Littérature, 1re série,
n° 13, 1920

«Je suis la tulipe de Valparaiso»

Le célèbre dadaïste berlinois Richard Huelsenbeck, publia dans «Der Dada» (revue dadaïste qui connut trois numéros, entre 1919 et 1920) sous le titre «Une visite de Cabaret dada», le récit (imaginaire) d'un spectacle mouvementé...

Eh bien, messieurs, le spectacle commence avant que vous ne vous en soyez aperçus. Nous longeâmes un long couloir, chacun une bougie à la main, les dames devant, les messieurs derrière. Le guide en fourrure blanche avec la mitre sur la tête criait parfois : *Levez les mains et laissez tomber le ventre. Saisissez la timbale dans votre oreille et tirez-vous le cercueil du nez, car personne ne sait à quoi ça peut être bon.* Puis il sonna de la trompe en coquille si fort que le crépi tomba des murs. Nous nous sentions cependant tout à fait rassurés quand retentissait sa voix; car l'incertitude nous étreignait, et les genoux du conseiller privé Spatzle, membre bien connu du parti populaire national allemand, commençaient à fléchir, bien qu'il essayât à l'aide de sa colonne vertébrale morale de se tenir droit jusqu'au dernier souffle. Pendant plus de deux heures nous longeâmes ce couloir qui sentait le chou et le graillon, escaladant des traverses de chemin de fer, des bûches et des matelas pourris, pour nous retrouver finalement dans une pièce manifestement destinée à des pratiques religieuses. C'est là que se tenait le premier prêtre dadaïste qu'il me fut jamais donné de voir, en caleçons violets, avec un chat dans les bras. Il était coiffé d'une grande perruque d'où pointaient deux plumes de paon. Tandis qu'il parlait ses dents lui sortaient de la bouche et dans ses oreilles tournaient des girandoles au son d'une musique militaire. Le plancher vacillait et s'inclinait parfois tellement que bon nombre d'invités tombèrent et que quelques dames craignirent d'attirer sur elles, au vu de leurs jambes, l'attention d'hommes libéraux. A travers les fissures du mur de la vapeur pénétrait dans la pièce, et de tous les coins jaillissaient des jets d'eau chaude. Mesdames et Messieurs, c'était tout simplement subjuguant, fascinant. Le prêtre souleva sa poitrine de papier mâché et ses yeux dirigés le long d'une ficelle étincelaient. Sa voix était comme le tonnerre qui monte des arrosoirs lorsque le soleil couchant les éclaire. Il portait une barbe dans laquelle les jeunes souris se disaient «bonne nuit», et les trains-express attendaient au bord de l'abîme de son cou. «Je suis le prêtre, dit-il, du commencement jusqu'à la fin. Je suis la tulipe de Valparaiso et le tonnelet de beurre de l'archipel Bismarck». Parmi nous se multiplièrent les voix de ceux qui démêlant la farce ne souhaitaient rien tant que retourner au calme et à l'ordre. «Nous avons besoin de travail et d'une construction organique de notre patrie», dit mon voisin, lequel se déflora plus tard

en tant que politicien très radical. «Nous voulons ravoir notre roi, notre bon roi», dit une dame qui étonna par la voix de basse avec laquelle elle exprima son avis. Dans l'ensemble, le public estimait qu'on aurait passé une meilleure soirée chez soi à lire un livre, à honorer Gœthe, à boire de la bière, bref à encourager la culture allemande. Cependant le prêtre, qui s'était étendu sur le côté droit, tira un lièvre d'entre ses orteils et dit : «Je suis la jeune lune qui se tient près des chutes d'eau. Quand je ris, la terre s'entrouvre et les maisons qui étaient encore debout comme si elles ne savaient rien, se rassemblent sur la Place de l'Empereur Frédéric. Heil! Heil! Le ciel creva et la flûte se brisa, ce n'est pas encore le matin de toutes les nuits, ce n'est pas encore l'Æquinoctium du bureau de voyages.» Mon voisin dit: N'allez surtout pas croire que le moindre sens se cache derrière le dadaïsme. Ces gens-là sont de rusés imposteurs qui savent bien que l'absurde attire le public et qui utilisent ce procédé pour vous prendre votre argent.

Richard Huelsenbeck,
Der Dada 3, 1920

Dans la foulée de l'irrespect : de Dada au surréalisme

«... Tant il est vrai qu'à chaque seconde il est une phrase étrangère à notre pensée consciente qui ne demande qu'à s'extérioriser.» (Premier Manifeste du surréalisme, 1924)

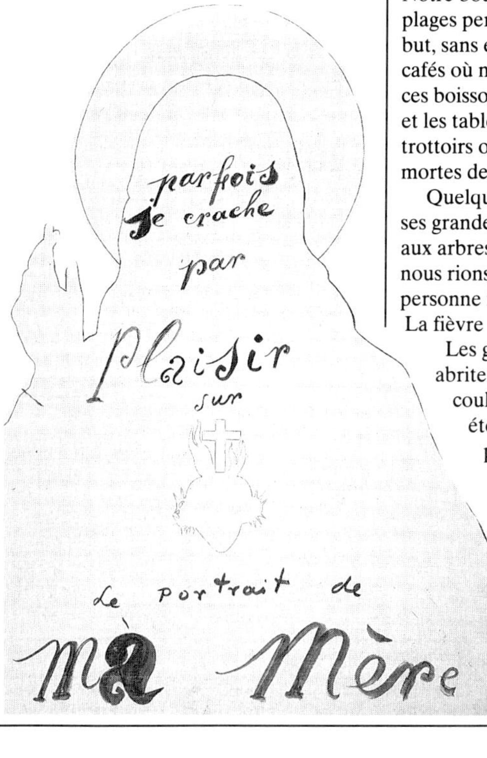

La glace sans tain

André Breton et Philippe Soupault utilisent, dans Les Champs magnétiques, *le procédé de "l'écriture automatique". En 1919, ils veulent ainsi laisser la libre parole à leur inconscient et libre cours à leur double main.*

Prisonniers des gouttes d'eau, nous ne sommes que des animaux perpétuels. Nous courons dans les villes sans bruits et les affiches enchantées ne nous touchent plus. A quoi bon ces grands enthousiasmes fragiles, ces sauts de joie desséchés? Nous ne savons plus rien que les astres morts; nous regardons les visages; et nous soupirons de plaisir. Notre bouche est plus sèche que les plages perdues; nos yeux tournent sans but, sans espoir. Il n'y a plus que ces cafés où nous nous réunissons pour boire ces boissons fraîches, ces alcools délayés et les tables sont plus poisseuses que ces trottoirs où sont tombées nos ombres mortes de la veille.

Quelquefois, le vent nous entoure de ses grandes mains froides et nous attache aux arbres découpés par le soleil. Tous, nous rions, nous chantons, mais personne ne sent plus son cœur battre. La fièvre nous abandonne.

Les gares merveilleuses ne nous abritent plus jamais : les longs couloirs nous effraient. Il faut donc étouffer pour vivre ces minutes plates, ces siècles en lambeaux. Nous aimions autrefois les soleils de fin d'année, les plaines étroites où nos regards coulaient comme ces fleuves impétueux de notre enfance. Il n'y a plus que le ciel et ces grands terrains vagues que nous finirons bien par détester. Nous touchons du doigt ces étoiles tendres qui peuplaient nos rêves. Là-bas, on nous a dit qu'il y avait des vallées prodigieuses : chevauchées perdues pour toujours dans ce Far West aussi ennuyeux qu'un musée.

Lorsque les grands oiseaux prennent leur vol, ils partent sans un cri et le ciel strié ne résonne plus de leur appel. Ils passent au-dessus des lacs, des marais fertiles; leurs ailes écartent les nuages trop langoureux. Il ne nous est même plus permis de nous asseoir : immédiatement, des rires s'élèvent et il nous faut crier bien haut tous nos péchés. [...]

Ce soir, nous sommes deux devant ce fleuve qui déborde de notre désespoir. Nous ne pouvons même plus penser. Les paroles s'échappent de nos bouches tordues, et, lorsque nous rions, les passants se retournent effrayés, et rentrent chez eux précipitamment.

On ne sait pas nous mépriser.

Nous pensons aux lueurs des bars, aux bals grotesques dans ces maisons en ruines où nous laissions le jour. Mais rien n'est plus désolant que cette lumière qui coule doucement sur les toits à cinq heures du matin. Les rues s'écartent silencieusement et les boulevards s'animent : un promeneur attardé sourit près de nous. Il n'a pas vu nos yeux pleins de vertiges et il passe doucement. Ce sont les bruits des voitures de laitiers qui font s'envoler notre torpeur et les oiseaux montent au ciel chercher une divine nourriture.

Aujourd'hui encore (mais quand donc finira cette vie limitée) nous irons retrouver les amis et nous boirons les mêmes vins. On nous verra encore aux terrasses des cafés.

Il est loin, celui qui sait nous rendre cette gaieté bondissante. Il laisse s'écouler les jours poudreux et il n'écoute plus ce que nous disons. «Est-ce que vous avez oublié nos voix enveloppées d'affections et nos gestes merveilleux? Les animaux des pays libres et des mers délaissées ne vous tourmentent-ils plus? Je vois encore ces luttes et ces outrages rouges qui nous étranglaient. Mon cher ami, pourquoi ne voulez-vous plus rien dire de vos souvenirs étanches?» L'air dont hier encore nous gonflions nos poumons devient irrespirable. Il n'y a plus qu'à regarder droit devant soi, ou à fermer les yeux : si nous tournions la tête, le vertige ramperait jusqu'à nous. [...]

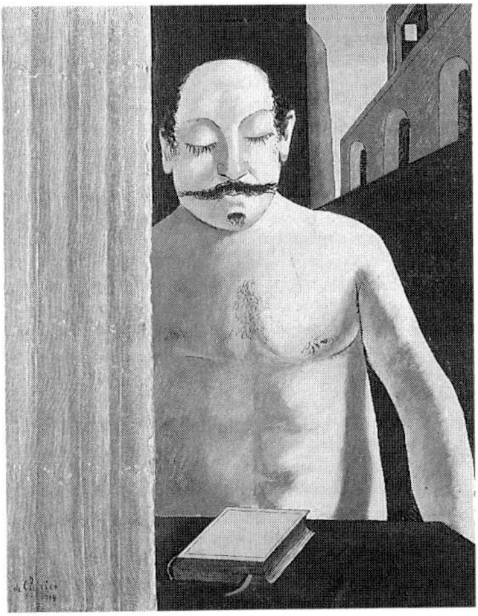

Giorgio de Chirico, *Le Cerveau de l'enfant.*

L'immense sourire de toute la terre ne nous a pas suffi : il nous faut de plus grands déserts, ces villes sans faubourgs et ces mers mortes. [...]

L'histoire rentre dans le manuel argenté avec des piqûres et les plus brillants acteurs préparent leur entrée. Ce sont des plantes de toute beauté plutôt mâles que femelles et souvent les deux à la fois. Elles ont tendance à s'enrouler bien des fois avant de s'éteindre fougères. Les plus charmantes se donnent la peine de nous calmer avec des mains de sucre et le printemps arrive. Nous n'espérons pas les retirer des couches souterraines avec les différentes espèces de poissons. Ce plat ferait bon effet sur toutes les tables. C'est dommage que nous n'ayons plus faim.

André Breton et Philippe Soupault,
Les Champs magnétiques,
Gallimard, 1919

Sarane Alexandrian

Dans «Le Surréalisme et le Rêve», Sarane Alexandrian, retrace la trajectoire du rêve au sein du mouvement surréaliste et enquête sur le rôle immense qu'a joué le rêve comme expérience, langage et paradigme de la poésie. Les surréalistes, dans leur tentative de capter l'inconscient, d'instituer un système de vases communicants entre le nocturne et le diurne invente ainsi un onirisme du quotidien. Dans cet article préparatoire à son livre, Alexandrian revient sur la théorie du rêve développée par «Les Vases communicants».

Le rêve dans le surréalisme
Vers une dialectique du rêve.

Breton entendait montrer, en évoquant son expérience personnelle, et en critiquant les résultats obtenus dans les meilleurs ouvrages relatifs à ce sujet, parmi lesquels *La Science des rêves*, qu'on n'était pas en droit d'intenter un procès au matérialisme en excipant du rêve, dont le désaccord avec l'état de veille n'est qu'apparent. Il observa qu'il y avait jusqu'à présent des lacunes dans tous les travaux conduits par les savants : «Pas un auteur ne se prononce avec netteté sur cette question fondamentale : *que deviennent dans le rêve le temps, l'espace, le principe de causalité*?» Il s'étonna qu'on n'eût pas encore cherché à résoudre d'autres problèmes : quelle est la place quantitativement réelle occupée par le rêve dans le sommeil? L'activité psychique s'exerce-t-elle d'une façon continue en l'homme qui dort? Le temps et l'espace du rêve sont-ils bien le temps et l'espace réels? Il répondit aux objections possibles de tous les détracteurs; aux matérialistes, qui sous-estimaient ce genre de recherches, il dit : «On ne saurait se désintéresser de la manière dont l'esprit réagit en rêve, ne fût-ce que pour en déduire une conscience plus complète et plus nette de sa liberté.» Aux idéalistes, qui seraient tentés d'y introduire des éléments extrinsèques à sa nature, il précisa : «Je ne vois rien dans tout l'accomplissement de la fonction onirique, qui n'emprunte clairement, pour peu que l'on veuille se donner la peine de l'examiner, aux seules données de la *vie vécue*.» Aux psychologues professionnels, il affirma qu'en se restreignant dans leur spécialité, ils passent à côté de l'élément générateur de la réalité psychique, le processus de formation des images; mieux informés de la poétique, ils pourraient retrouver dans le rêve «cette loi de *l'extrême raccourci* qui a imprimé à la poésie moderne un de ses plus remarquables caractères». Aux poètes, il demanda de collaborer à l'éclaircissement du rêve, pour «le faire servir à une connaissance plus grande des aspirations fondamentales du rêveur en même temps qu'à une appréciation plus juste de ses besoins immédiats».

Ses attaques contre Freud sont plutôt des «impertinences», comme il le lui spécifia dans la dédicace de son livre; quand il l'accuse d'être un «esprit philosophiquement assez inculte», de se livrer à des généralisations hâtives, il le fait pour prouver son attachement à la pensée de Lénine. Ceci est plus sérieux :

«N'est-il pas surprenant de constater que Freud et ses disciples persistent à soigner et, ajoutent-ils, à guérir des hémiplégies hystériques alors qu'il est surabondamment prouvé, depuis 1906, que ces hémiplégies *n'existent pas* ou plutôt que c'est la seule main, trop impérative, de Charcot qui les a fait naître?» Ici ce n'est pas le poète qui se mesure avec le savant, c'est l'ancien élève de Babinski qui critique l'ancien élève de Charcot. La méthode d'interprétation des rêves est, pour lui, la trouvaille la plus originale de Freud : «C'est là de sa part une proposition de caractère exclusivement pratique, à la faveur de laquelle il est impossible de nous faire passer sans contrôle telle ou telle opinion suspecte ou mal vérifiée.» Cependant, on ne saurait se contenter de l'application que fait Freud de sa méthode, à cause de deux objections : I° Le fait que la plupart des rêves qu'il analyse sont «des rêves de malades, qui plus est : d'"hystériques", c'est-à-dire de gens tout particulièrement suggestionnables»; 2° la contradiction qui ressort de l'auto-analyse de Freud : «Les préoccupations sexuelles ne jouent apparemment aucun rôle dans ses rêves personnels, alors qu'elles contribuent d'une manière nettement prépondérante à l'élaboration des autres rêves qu'il entreprend de nous soumettre.» Dans ses lettres à Breton, Freud, tout en trouvant dans le livre «plusieurs motifs de polémiques», se défendit vivement contre cette accusation : «Je prétend que j'étais en droit de mettre une limite à l'inévitable exhibition (ainsi qu'à une tendance infantile surmontée!).»

Sarane Alexandrian,
«L'Espace du rêve»,
in *Nouvelle Revue de Psychanalyse*,
n° 5, Gallimard, 1972

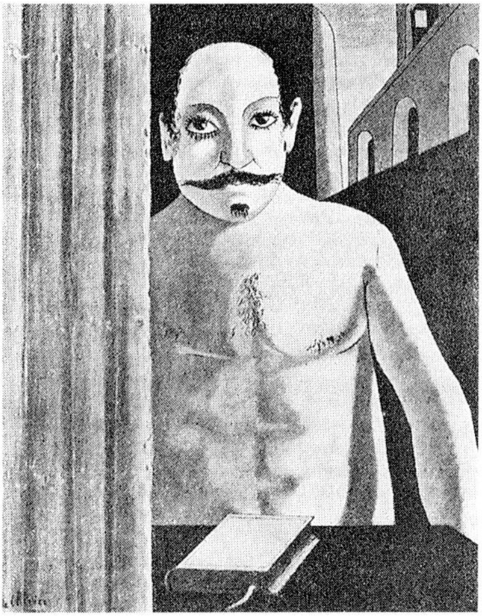

André Breton,
Le Réveil du Cerveau de l'enfant.

Des images, de l'écriture

La publication du Premier manifeste du Surréalisme par Breton marque l'acte de naissance du mouvement. L'activité surréaliste se donne pour but, non pas tant de produire des œuvres artistiques originales que de construire une nouvelle vision du monde où le réel et l'imaginaire, la pensée et l'action, l'esprit et la matière, le rationnel et l'irrationnel, l'art et la vie, ne seront plus antinomiques.

Il en va des images surréalistes comme de ces images de l'opium que l'homme n'évoque plus, mais qui «s'offrent à lui, spontanément, despotiquement. Il ne peut pas les congédier; car la volonté n'a plus de force et ne gouverne plus les facultés » (Baudelaire). Reste à savoir si l'on a jamais «évoqué» les images. Si l'on s'en tient, comme je le fais, à la définition de Reverdy, il ne semble pas possible de rapprocher volontairement ce qu'il appelle «deux réalités distantes». Le rapprochement se fait ou ne se fait pas, voilà tout. Je nie, pour ma part, de la façon la plus formelle, que chez Reverdy des images telles que : *Dans le ruisseau il y a une chanson qui coule* ou : *Le jour s'est déplié comme une nappe blanche* ou : *Le monde rentre dans un sac* offrent le moindre degré de préméditation. Il est faux, selon moi, de prétendre que «l'esprit a saisi les rapports» des deux réalités en présence. Il n'a, pour commencer, rien saisi consciemment. C'est du rapprochement en quelque sorte fortuit des deux termes qu'a jailli une lumière particulière, *lumière de l'image*, à laquelle nous nous montrons infiniment sensibles. La valeur de l'image dépend de la beauté de l'étincelle obtenue; elle est, par conséquent, fonction de la différence de potentiel entre les deux conducteurs. Lorsque cette différence existe à peine comme dans la comparaison, l'étincelle ne se produit pas. Or, il n'est pas, à mon sens, au pouvoir de l'homme de concerter le rapprochement de deux réalités si distantes. Le principe d'association des idées, tel qu'il nous apparaît, s'y oppose. Ou bien faudrait-il en revenir à un art elliptique, que Reverdy condamne comme moi. Force est donc bien d'admettre que les deux termes de l'image ne sont pas déduits l'un de l'autre par l'esprit en vue de l'étincelle à produire, qu'ils sont les produits simultanés de l'activité que j'appelle surréaliste, la raison se bornant à constater, et à apprécier le phénomène lumineux.

Et de même que la longueur de l'étincelle gagne à ce que celle-ci se produise à travers des gaz raréfiés, l'atmosphère surréaliste créée par l'écriture mécanique, que j'ai tenu à mettre à la portée de tous, se prête particulièrement à la production des plus belles images. On peut même dire que les images apparaissent, dans cette course vertigineuse, comme les seuls guidons de l'esprit. L'esprit se convainc peu à peu de la réalité suprême de ces images. Se bornant d'abord à les subir, il s'aperçoit bientôt qu'elles flattent sa raison, augmentent d'autant sa connaissance. Il prend conscience des étendues illimitées où se manifestent ses désirs, où le pour et le contre se réduisent sans cesse, où son obscurité ne le trahit pas. Il va, porté par ces images qui le ravissent, qui lui laissent à peine le temps de souffler sur le feu de ses doigts. C'est la plus belle des nuits, *la nuit des éclairs* : le jour, auprès d'elle, est la nuit. [...]

Faites-vous apporter de quoi écrire, après vous être établi en un lieu aussi favorable que possible à la concentration de votre esprit sur lui-même. Placez-vous dans l'état le plus passif, ou réceptif, que vous pourrez. Faites abstraction de votre génie, de vos talents et de ceux de tous les autres. Dites-vous bien que la littérature est un des plus tristes chemins qui mènent à tout. Ecrivez vite sans sujet préconçu, assez vite pour ne pas retenir et ne pas être tenté de vous relire. La première phrase viendra toute seule, tant il est vrai qu'à chaque seconde il est une phrase étrangère à notre pensée consciente qui ne demande qu'à s'extérioriser. Il est assez difficile de se prononcer sur le cas de la phrase suivante; elle participe sans doute à la fois de notre activité consciente et de l'autre, si l'on admet que le fait d'avoir écrit la première entraîne un minimum de perception. Peu doit vous importer, d'ailleurs; c'est en cela que réside, pour la plus grande part, l'intérêt du jeu surréaliste. Toujours est-il que la ponctuation s'oppose sans doute à la

André Masson, *Dessin automatique*, 1925.

continuité absolue de la coulée qui nous occupe, bien qu'elle paraisse aussi nécessaire que la distribution des nœuds sur une corde vibrante. Continuez autant qu'il vous plaira. Fiez-vous au caractère inépuisable du murmure. Si le silence menace de s'établir pour peu que vous ayez commis une faute : une faute, peut-on dire, d'inattention, rompez sans hésiter avec une ligne trop claire. A la suite du mot dont l'origine vous semble suspecte, posez une lettre quelconque, la lettre l par exemple, toujours la lettre l, et ramenez l'arbitraire en imposant cette lettre pour initiale au mot qui suivra.

Premier Manifeste du surréalisme, 1924

Prologue

La publication du Premier Manifeste du surréalisme par Breton marque l'acte de naissance du mouvement. L'activité surréaliste se donne pour but, non pas tant de produire des œuvres artistiques originales que de construire une nouvelle vision du monde où le réel et l'imaginaire, la pensée et l'action, l'esprit et la matière, le rationnel et l'irrationnel, l'art et la vie, ne seront plus antinomiques.
Henri Béhar, dans sa biographie d'André Breton, s'interroge sur les clichés et les réalités plus sensibles qui permettent de mieux saisir le personnage.

Passé l'éclair du magnésium, les traits d'André Breton se figent à jamais. Visage décidé, menton en avant, cheveux assez longs, il conduit la horde changeante des surréalistes. Dans la tourmente du siècle, marqué par deux guerres mondiales et la plus vaste révolution que la terre ait connue, il désigne le chemin. Son autorité s'exerce sur beaucoup, des plus grands aux plus obscurs. Aragon, Eluard, Soupault, Péret, Char, Tzara même, lui obéissent. Malheur à qui tente de se rebeller : il sera rejeté dans les ténèbres extérieures à l'histoire.

De Breton, on sait tout (ou du moins le croit-on). Ne prétendait-il pas vivre dans une maison de verre? On connaît son caractère entier, ses décisions irrévocables, ses colères épouvantables, ses exclusives, sa morale sans concessions.

On s'en va répétant quelques formules de lui, gravées dans le marbre, sur la beauté convulsive, l'humour noir, la liberté absolue. Et l'on se réfère à ses magnifiques définitions du surréalisme comme à des dogmes. Le titre de pape du surréalisme ne manque jamais de survenir, en dépit de l'incongruité des mots!

Dès lors, une équation de fait s'établit entre le mouvement ou le groupe surréaliste et celui qui l'a incarné durant près d'un demi-siècle. Bien qu'il se soit élevé contre toutes les grandeurs d'établissement, qu'il ait tout fait pour échapper au processus d'institutionalisation, le surréalisme est désormais tenu pour une institution de la littérature avec sa doctrine, ses textes fondateurs, ses directives, ses instances de légitimation, ses valeurs symboliques.

A son corps défendant, voilà Breton dressé sur un piédestal, quelque part entre les statues de Rousseau, Chateaubriand, Apollinaire. Voilé dans le bleu du ciel, le mécanicien du temps sourit, satisfait du bon tour qu'il a joué.

Car, bien entendu, aucun de ces clichés que je viens de rappeler n'est vrai. Ni faux non plus. C'est une suite d'instantanés auxquels manque la dynamique temporelle, le grain sensible, la nuance d'ombre qui donne épaisseur au personnage.

Ecartons un moment ces images toutes faites, oublions la statue. Approchons-nous, sans idée préconçue, de l'individu pour connaître ce qu'il y avait en lui d'unique et pour tenir, de sa voix même, le message dont il était porteur. On verra alors un homme complexe et contradictoire. Infiniment humain, trop humain, avec ce que cela implique de rires et de larmes, de passions et de désespoirs, de grandeurs inconscientes et de faiblesses manifestes. [...]

Cet homme que l'on dit intransigeant hésite à se séparer d'un compagnon comme Robert Desnos. Il lui écrit à plusieurs reprises avant de l'abandonner et souffre, en son intime, de la perte d'un tel ami. Mais il se doit à lui-même de ne montrer aucune faiblesse, quitte à en garder un perpétuel remords que la disparition du poète de *Deuil pour deuil* et sa fin prématurée viendront raviver d'autant plus cruellement que les mots cinglants sont irrévocables.

Ce chef, ce fondateur, ce guide, se prête à bien des causes. Il ne s'y donne jamais pleinement. Partisan enthousiaste de Dada, il est sur la réserve un mois après son explosion parisienne. Et il ne lui faut pas plus de temps pour demander la qualité de surréaliste honoraire à ses camarades peu acharnés à la constitution du mouvement. Peut-être y a-t-il trop de Nord en lui pour qu'il soit l'homme de la pleine adhésion, constate-t-il simplement.

Ce rêveur qu'impressionnent les vaticinations des voyantes, ce devin aimant dresser le thème astral de ses proches, ce décrypteur de signes, ce lecteur assidu d'ouvrages ésotériques, cet auditeur des alchimistes contemporains, lui-même sur la voie de l'initiation, nous le voyons constamment ramener à la raison ce qui s'égare trop aisément dans les broussailles de l'esprit.

Cet interprète du rêve, attentif aux phrases de demi-sommeil comme à la rêverie, est constamment tendu vers l'action collective. Malgré le caractère fastidieux que revêt la direction d'une revue, le choix des articles, la préparation de la maquette et de la mise en pages, en dépit de la médiocrité de certains textes à ses yeux, il se fait une obligation de mener cette tâche jusqu'au bout, le plus souvent à ses frais, sans que jamais personne lui en témoigne de la reconnaissance. C'est le même homme désabusé, déprimé, qui va se hâter de rassembler le plus largement possible les intellectuels, au-delà du groupe qu'il anime, pour faire pièce au fascisme, pour témoigner contre toutes les iniquités.

André Breton connaît suffisamment le poids des contradictions humaines pour ne pas en être surpris. Il sait combien son devenir passe par la littérature, par la majesté de son style. Assez de critiques, très tôt, l'auront mis en garde contre le panthéon. Mais il n'aura de cesse de briser avec les formes convenues du roman comme de la poésie, ouvrant les vannes d'une écriture nouvelle, l'automatisme, qu'au demeurant il s'empresse d'abandonner au bout de quinze jours, quitte à en reprendre le processus à d'autres moments de son existence. «André Breton, un beau classique!» écrit Etiemble, à juste titre. A condition de considérer chacune de ses œuvres comme une tentative expérimentale et de bien voir qu'il ne cherche qu'à remettre la littérature dans le circuit de la vie, dont des doctrines aberrantes n'auraient jamais dû l'écarter.

Iconoclaste, briseur d'idoles, proclamant son refus des ancêtres, Breton est certainement celui qui a le plus œuvré pour renouveler la lecture des prédécesseurs, reconstituant la chaîne du passé, pesant, revalorisant Sade, Lautréamont et Jarry aussi bien que les Petits Romantiques. Critique acerbe du naturalisme, il se délecte des romans les plus plats de Huysmans, ceux qui relatent les journées sans fin d'existences médiocres et, dans le même temps, salue les images les plus éclatantes du symboliste Saint-Pol Roux.

André Breton,
Le Grand Indésirable,
Calmann-Lévy, 1990

La femme, de Nadja à Eve

Qu'elle soit femme-enfant, femme-spectre, femme-fée, femme-fatale, la femme joue un rôle dans l'émancipation de l'esprit des poètes. Au contact du rêve et de la vérité, la femme aimée devient le mythique objet de l'amour sublime.

Ann Harding dans le film de Henry Hattaway, *Peter Ibbetson*, 1935.

Dans le premier numéro de «La Révolution surréaliste», Breton cite Baudelaire : «La femme est l'être qui projette la plus grande ombre ou la plus grande lumière.»

Le démon de l'analogie

Nadja est le récit de la rencontre d'André Breton, le guetteur de signes, et d'une jeune femme mystérieuse dont «les yeux de fougère» guident le poète sur les chemins du merveilleux en révélant les affinités particulières entre les êtres et les objets.

Se peut-il qu'ici cette poursuite éperdue prenne fin? Poursuite de quoi, je ne sais, mais *poursuite*, pour mettre ainsi en œuvre tous les artifices de la séduction mentale. Rien – ni le brillant, quand on les coupe, de métaux inusuels comme le sodium – ni la phosphorescence, dans certaines régions, des carrières – ni l'éclat du lustre admirable qui monte des puits – ni le crépitement du bois d'une horloge que je jette au feu pour qu'elle meure en sonnant l'heure – ni le surcroît d'attrait qu'exerce *L'Embarquement pour Cythère* lorsqu'on vérifie que sous diverses attitudes il ne met en scène qu'un seul couple – ni la majesté des paysages de réservoirs – ni le charme des pans de murs, avec leurs fleurettes et leurs ombres de cheminées, des immeubles en démolition : rien de tout cela, rien de ce qui constitue pour moi ma lumière propre, n'a été oublié. Qui étions-nous devant la réalité, cette réalité que je sais maintenant couchée aux pieds de Nadja, comme un chien fourbe? Sous quelle latitude pouvions-nous bien être, livrés ainsi à la fureur des symboles, en proie au démon de l'analogie, objet que nous nous voyions de démarches ultimes, d'attentions singulières, spéciales? D'où vient que projetés ensemble, une fois pour toutes, si loin de la terre, dans les courts intervalles que nous laissait notre merveilleuse stupeur, nous ayons pu échanger quelques vues incroyablement concordantes par-dessus les décombres fumeux de la vieille pensée et de la sempiternelle vie? J'ai pris, du premier au dernier jour, Nadja pour un génie libre, quelque chose comme un de ces esprits de l'air que certaines pratiques de magie permettent momentanément de s'attacher, mais qu'il ne saurait être question de se soumettre. Elle, je sais que dans toute la force du terme il lui est arrivé de me prendre pour un dieu, de croire que j'*étais* le soleil. Je me souviens aussi – rien à cet instant ne pouvait être à la fois plus beau et plus tragique – je me souviens de lui être apparu noir et froid comme un homme foudroyé aux pieds du Sphinx. J'ai vu ses yeux de fougère *s'ouvrir* le matin sur un monde où les battements d'ailes de l'espoir immense se distinguent à peine des autres bruits qui sont ceux de la terreur et, sur ce monde, je n'avais vu encore que des yeux se fermer. Je sais que ce *départ*, pour Nadja, d'un point où il est déjà si rare, si téméraire de vouloir arriver, s'effectuait au mépris de tout de ce qu'il est convenu d'invoquer au moment où l'on se perd, très loin volontairement du dernier radeau, aux dépens de tout ce qui fait les fausses, mais les presque irrésistibles compensations de la vie.

André Breton,
Nadja,
Gallimard, 1928

L'union libre

Ma femme à la chevelure de feu de bois
Aux pensées d'éclairs de chaleur
A la taille de sablier
Ma femme à la taille de loutre entre les dents du tigre
Ma femme à la bouche de cocarde et le bouquet d'étoiles de dernière grandeur
Aux dents d'empreintes de souris blanche sur la terre blanche
A la langue d'ambre et de verre frottés
Ma femme à la langue d'hostie poignardée
A la langue de poupée qui ouvre et ferme les yeux
A la langue de pierre incroyable
Ma femme aux cils de bâtons d'écriture d'enfant
Aux sourcils de bord de nid d'hirondelle
Ma femme aux tempes d'ardoise de toit de serre
Et de buée aux vitres
Ma femme aux épaules de champagne
Et de fontaine à têtes de dauphins sous la glace
Ma femme aux poignets d'allumettes
Ma femme aux doigts de hasard et d'as de cœur
Aux doigts de foin coupé
Ma femme aux aisselles de martre et de fênes
De nuit de la Saint-Jean

De troène et de nid de scalaires
Aux bras d'écume de mer et d'écluse
Et de mélange du blé et du moulin
Ma femme aux jambes de fusée
Aux mouvements d'horlogerie et de désespoir
Ma femme aux mollets de mœlle de sureau
Ma femme aux pieds d'initiales
Aux pieds de trousseaux de clés aux pieds de calfats qui boivent
Ma femme au cou d'orge imperlé
Ma femme à la gorge de Val d'or
De rendez-vous dans le lit même du torrent
Aux seins de nuit
Ma femme aux seins de taupinière marine
Ma femme aux seins de creuset du rubis
Aux seins de spectre de la rose sous la rosée
Ma femme au ventre de dépliement d'éventail des jours
Au ventre de griffe géante
Ma femme au dos d'oiseau qui fuit vertical
Au dos de vif-argent
Au dos de lumière
A la nuque de pierre roulée et de craie mouillée
Et de chute d'un verre dans lequel on vient de boire
Ma femme aux hanches de nacelle
Aux hanches de lustre et de pennes de flèche
Et de tiges de plumes de paon blanc
De balance insensible
Ma femme aux fesses de grès et d'amiante
Ma femme aux fesses de dos de cygne
Ma femme aux fesses de printemps
Au sexe de glaïeul
Ma femme au sexe de placer et d'ornithorynque
Ma femme au sexe d'algue et de bonbons anciens
Ma femme au sexe de miroir
Ma femme aux yeux pleins de larmes
Aux yeux de panoplie violette et d'aiguille aimantée
Ma femme aux yeux de savane
Ma femme aux yeux d'eau pour boire en prison
Ma femme aux yeux de bois toujours sous la hache
Aux yeux de niveau d'eau de niveau d'air de terre et de feu.

André Breton,
«L'Union Libre», 1931,
in *Clair de Terre*,
Gallimard, 1966

L'Amour fou

Eloge de l'amour, éloge de l'attente et du désir, «L'Amour fou» de Breton est un hymne au bonheur que venaient de lui révéler «les yeux d'aubier» d'Ondine, sa nouvelle compagne.

Me voici dans le nuage, me voici dans la pièce intensément opaque où j'ai toujours rêvé de pénétrer. J'erre dans la superbe salle de bains de buée. Tout, autour de moi, m'est inconnu. Il y a sûrement quelque part un meuble à tiroirs, dont les tablettes supportent des boîtes étonnantes. Je marche sur du liège. Ont-ils été assez fous de dresser un miroir parmi tous ces plâtras! Et les robinets qui continuent à cracher de la vapeur! A supposer qu'il y ait des robinets. Je te cherche. Ta voix même a été prise par le brouillard. Le froid fait passer sur mes ongles une lime de quatre-vingt-dix mètres (au centimètre je n'aurais plus d'ongles). Je te désire. Je ne désire que toi. Je caresse les ours blancs sans parvenir jusqu'à toi. Aucune autre femme n'aura jamais accès dans cette pièce où tu es mille, le temps de décomposer tous les gestes que je t'ai vue faire. Où es-tu? Je joue aux quatre coins avec des fantômes. Mais je finirai bien par te trouver et le monde entier s'éclairera à nouveau parce que nous nous aimons, parce qu'une chaîne d'illuminations passe par nous. Parce qu'elle entraîne une multitude de couples qui comme nous sauront indéfiniment se faire un diamant de la nuit blanche. Je suis cet homme aux cils d'oursin qui pour la première fois lève les yeux sur la femme qui doit être tout pour lui dans une rue bleue. Le soir cet homme terriblement pauvre étreignant pour la première fois une femme qui ne pourra plus s'arracher à lui sur un pont. Je suis dans les nuages cet homme qui pour atteindre celle qu'il aime est condamné à déplacer une pyramide faite de son linge.

Un grand vent de fête est passé, les balançoires se sont remises en marche, c'est à peine si j'ai eu le temps de voir remonter aux plus hautes neiges la baignoire d'écume de mer, retourner au lit du torrent les admirables appareils nickelés. Au soleil sèchent autant de sorties de bain que tu étais répétée de fois dans la chambre trouble. Ce sont les nappes violemment parfumées des fleurs d'un genêt blanc, le *retama*, seul arbuste qui croisse encore à cette hauteur. Il accroche à la coque calcinée et craquante de la terre ses magnifiques bancs contournés de moules blanches qui dévalent à petits bonds vers le sud de l'île aride et désert. De ce côté, les risques de glissement du terrain ont amené l'indigène à élever des barrières de pierre qui en épousent les moindres plis naturels, ce qui confère à une très grande étendue de paysage un aspect étagé, cellulaire et vide des plus inquiétants. Du blond au brun le sol épuise vite pour l'œil les variétés de miel. Tout là-haut, un milan immobile, les ailes déployées, semble être là depuis toujours pour proclamer l'impossibilité de toute vie parmi ces pierres.

André Breton,
L'Amour fou, V,
Gallimard, 1937

A la pointe de la découverte, de l'instant où pour les premiers navigateurs une nouvelle terre fut en vue à celui où ils mirent le pied sur la côte, de l'instant où tel savant put se convaincre qu'il venait d'être témoin d'un phénomène jusqu'à lui inconnu à celui où il commença à mesurer la portée de son observation – tout sentiment de durée aboli dans l'enivrement de la *chance* – un très fin pinceau de feu dégage ou parfait comme rien autre le sens de la vie. C'est à la recréation de cet état particulier de l'esprit que le surréalisme a toujours aspiré, dédaignant en dernière analyse la proie et l'ombre pour ce qui n'est déjà plus l'ombre et n'est pas encore la proie : l'ombre et la proie fondues dans un éclair unique. Il s'agit de ne pas, derrière soi, *laisser s'embroussailler les chemins du désir*. Rien n'en garde moins, dans l'art, dans les sciences, que cette volonté d'applications, de butin, de récolte. Foin de toute captivité, fût-ce aux ordres de l'utilité universelle, fût-ce dans les jardins de pierres précieuses de Montezuma! Aujourd'hui encore je n'attends rien que de ma seule disponibilité, que de cette soif d'errer à la *rencontre* de tout, dont je m'assure qu'elle me maintient en communication mystérieuse avec les autres êtres disponibles, comme si nous étions appelés à nous réunir soudain. J'aimerais que ma vie ne laissât après elle d'autre murmure que celui d'une chanson de guetteur, d'une chanson pour tromper l'attente. Indépendamment de ce qui arrive, n'arrive pas, c'est l'attente qui est magnifique.

André Breton, *L'Amour fou*, III, Gallimard 1937

Paul Eluard

La courbe de tes yeux fait le tour de mon cœur,
Un rond de danse et de douceur,
Auréole du temps, berceau nocturne et sûr,
Et si je ne sais plus tout ce que j'ai vécu
C'est que tes yeux ne m'ont pas toujours vu.
Feuilles de jour et mousse de rosée,
Roseaux du vent, sourires parfumés,
Ailes couvrant le monde de lumière,
Bateaux chargés du ciel et de la mer,
Chasseurs des bruits et sources des couleurs,
Parfums éclos d'une couvée d'aurores

Qui gît toujours sur la paille des astres,
Comme le jour dépend de l'innocence
Le monde entier dépend de tes yeux purs
Et tout mon sang coule dans leurs regards.

Capitale de la douleur, 1926, Gallimard, 1928

Tu te lèves l'eau se déplie
Tu te couches l'eau s'épanouit
Tu es l'eau détournée de ses abîmes
Tu es la terre qui prend racine
Et sur laquelle tout s'établit
Tu fais des bulles de silence dans le désert des bruits
Tu chantes des hymnes nocturnes sur les cordes de l'arc-en-ciel
Tu es partout tu abolis toutes les routes
Tu sacrifies le temps
A l'éternelle jeunesse de la flamme exacte
Qui voile la nature en la reproduisant
Femme tu mets au monde un corps toujours pareil
Le tien
Tu es la ressemblance

Facile, Gallimard, 1935

A la recherche du cœur

Pour Benjamin Péret, la quête véritable n'est pas celle de la femme mais celle du cœur, siège de l'amour, entre autres choses. Dans ce texte écrit en 1922-1923, il met en scène le narrateur et Monsieur Balais, partant à recherche d'un cœur «qu'on trouve parfois sur les jeunes champignons après les pluies d'orage».

Je me retournai et vis une petite auto, un véritable jouet d'enfant, qui se dirigeait à toute vitesse vers moi. Une petite fille de cinq à six ans en descendit et me dit en zézayant :

– Cette vieille femme qui se traîne le long de la Seine en s'appuyant sur une béquille, s'est chargée d'une haute mission. Elle guérit les animaux malades. Dans toutes ces boutiques bruyantes des quais où l'appel aigu de la perruche se mêle au miaulement des chats prisonniers, où les furets fouissent la paille tandis que les singes mordent les barreaux, elle passe et demande :

«Pas d'animaux malades?»

«Et on lui confie tout ce qui souffre dans ce logis des bêtes. Elle ouvre les becs acérés, les petites mâchoires aux dents vives, soulève les paupières mi-fermées, emporte le malade et le soigne à sa manière. Elle a guéri un admirable coq qui maintenant l'appelle quand elle passe près de sa cage. Elle demande alors pour lui un quart d'heure de liberté et l'emmène au café voisin. Il y a toujours un peu de vin chaud pour le coq qui boit gravement à petits coups, comme un connaisseur.»

Elle sourit et fit mine de vouloir s'en aller mais elle revint aussitôt sur ses pas et me dit solennellement :

– Ecoute : derrière le cheval, sur le trottoir qui borde le jardin d'acier, il y a un tas de sable fin. Du beau sable blanc, luisant et doux au toucher comme de la poudre de riz. Un homme en redingote qui portait des livres sous son bras s'en approcha hier et en remplit une petite boîte. Il le choisissait bien, le voulait propre et soufflait sur les débris de feuilles et de branches qui s'y trouvaient mêlés. Et il donna cette explication à un agent qui, amusé, le regardait faire :

«Vous comprenez, on ne trouve plus nulle part de sable coloré pour sécher l'écriture. Nulle part, entendez-vous! J'ai fait tous les magasins de Paris, tous les bazars. On n'en vend plus; c'est tout juste si l'on ne m'a pas ri au nez. Ce sable-là fait admirablement mon affaire. Si vous saviez comme c'est joli sur l'écriture humide, une fois teint! Ne me parlez pas du papier buvard, ça tache ou ça enlève toute l'encre.»

Et il partit d'un pas un peu traînant, murmurant encore : «Non! Ne me parlez pas du papier buvard.»

L'enfant était devenue soudain très triste et me considérait avec des yeux pleins de larmes :

– Pensez que je pourrais..., murmura-t-elle.

Et elle ajouta, se parlant à elle-même :

– Je voudrais une tasse de café.

Puis, faisant un geste qui pouvait signifier tant pis, elle passa la main sur le capot de sa voiture et disparut à toute vitesse.

De nouveau, un barrissement m'écorcha les oreilles et M. Charbon s'éveilla en criant :

– Le cœur, vite! Le cœur!

Et il partit en courant dans la direction d'où provenait le barrissement. Je le suivis aussi vite que je pouvais; mais j'étais loin de courir aussi rapidement que lui. Après une heure de course, nous atteignîmes un poteau télégraphique qui oscillait bizarrement dans tous les sens. Un corbeau volait au-dessus du poteau, cherchant à s'y poser. Mais le poteau oscillait si vite qu'il n'y arrivait pas. Chaque fois que le corbeau réussissait à toucher si peu que ce fût le poteau, retentissait le barrissement qui m'avait tant intrigué et dans lequel M. Charbon voyait une manifestation du cœur dont nous avions résolu de nous emparer.

Mais, soit que le corbeau fût fatigué de ses tentatives vaines et répétées, soit que notre arrivée l'eût effrayé, il ne tarda pas à s'envoler et à disparaître. Presque aussitôt le poteau télégraphique cessa d'osciller. M. Charbon entreprit de se hisser au sommet dans l'espoir d'y trouver quelque indice qui nous permît de nous emparer du cœur. Il découvrit en effet un petit poisson en fer-blanc muni d'un hameçon. Mais dès qu'il eut touché le poisson, celui-ci diminua de moitié.

Benjamin Péret, photo de Man Ray.

– Le cœur est passé par là, dit M. Charbon, en me montrant le poisson.

– A quoi voyez-vous cela?

– Le poisson n'a-t-il pas diminué de volume? et, regardez cette ligne qui commence à apparaître sur son dos.

Une mince ligne noire se dessinait sur le dos du poisson. Elle fut bientôt d'un noir brillant et atteignit deux millimètres de largeur.

Nous considérâmes ce phénomène en silence. Soudain, M. Charbon poussa un cri : «Il m'a mordu!» Et il lâcha le poisson qui s'envola et disparut en moins d'une seconde.

M. Charbon se lamenta :

– Nous avons laissé échapper le cœur. Maintenant nous ne le reverrons plus ici et il sera plus difficile que jamais de le prendre ce soir; il se méfiera.

Après quelques instants de silence, il soupira et dit :

– Ainsi le petit escargot sort ses cornes après la pluie et prend son bain, ainsi le petit poisson qui n'était que notre cœur s'est envolé.

Il était environ quatre heures de l'après-midi, M. Charbon frappa trois fois la terre de son front. D'un nuage qui se trouvait à grande hauteur au-dessus de nous, une pluie de fraises s'abattit.

– Toujours le cœur! fit M. Charbon. Il est en sécurité maintenant et il se moque de nous.

Je regardai le sol autour de nous et je m'aperçus que les fraises y avaient dessiné des lettres. Je lus : La vie est courte.

Benjamin Péret,
Mort aux vaches et au champ d'honneur,
ch. IV, Arcanes, 1953

André Pieyre de Mandiargues, «Eve lucifuge»

Plus inquiétante, plus charnelle aussi, est la femme de Mandiargues... plus moderne?

Elle est massivement présente
Elle est la plus vivante et la plus noire
Au milieu de cette foule consumée
Entre tous ces hommes pauvrement recueillis
Ces femmes sauvages ces enfants mornes
Unis à l'ombre d'un théâtre froid
Où ils sont venus voir d'autres hommes
Mourir
D'autres femmes d'autres enfants
Mourir encore.
Ses cheveux ont l'éclat de la peau
Ses yeux brillent comme des scarabées
Ses genoux remuent une lave élémentaire
Qui roule sur la peluche cramoisie
L'or éteint les taches de charbon
Le crin bestial jailli hors du fauteuil
Au contact habituel de ses jambes.
Elle sait bien que la salive d'un ver
Gaine jusqu'en haut ses cuisses nues
Et son manteau de faux léopard
Exhale une atmosphère de bouc
Où dansent aussi des mouches roses
Comme à l'entour de la digitale pourpre
Vénéneuse et seule entre les simples de la forêt.
Sa croupe est trop large pour une femelle de l'homme
Quel bras pourrait la ceindre
Quel poing pourrait l'abattre
A quel jeu la plier
Par quel ressort de gomme
Sur quel velours grinçant quelle fourrure musquée
Devant quel miroir blême?
Quels mots l'apprêteraient enfin aux boues de l'homme?
Riant elle s'émeut d'une sueur chevaline
Qui dévore de feux sa tunique en viscose
Et son rire est un trophée de boucherie
Nourrie de cendre elle se sait carnivore
L'obscur l'épanouit.

L'Age de craie,
Gallimard, 1961

A la folie, à Freud et aux autres

«L'absence bien connue de frontières entre la non-folie et la folie ne me dispose pas à accorder une valeur différente aux perceptions et aux idées qui sont le fait de l'une ou de l'autre», écrit Breton dans Nadja. Il s'agit, dans la quête de l'inconscient, de créer un état qui n'ait plus rien à envier à l'aliénation mentale afin d'accéder poétiquement au monde réel.

Assemblage réalisé par des aliénés, photo parue dans *La Révolution surréaliste.*

Lettre aux médecins-chefs des asiles de fous

Cette lettre publiée dans «La Révolution surréaliste», ou du moins son idée initiale, est sans doute d'Antonin Artaud, même si certaines expressions laissent penser que d'autres surréalistes (peut-être Robert Desnos et le médecin Théodore Fraenkel) ont participé à sa rédaction.

Messieurs,
Les lois de la coutume vous concèdent le droit de mesurer l'esprit. Cette juridiction souveraine, redoutable, c'est avec votre entendement que vous l'exercez. Laissez-nous rire. La crédulité des peuples civilisés, des savants, des gouvernants pare la psychiatrie d'on ne sait quelles lumières surnaturelles. Le procès de votre profession est jugé d'avance. Nous n'entendons pas discuter ici la valeur de votre science, ni l'existence douteuse des maladies mentales. Mais pour cent pathogénies prétentieuses où se déchaîne la confusion de la matière et de l'esprit, pour cent classifications dont les plus vagues sont encore les seules utilisables, combien de tentatives nobles pour approcher le monde cérébral où vivent tant de vos prisonniers? Combien êtes-vous, par exemple, pour qui le rêve du dément précoce, les images dont il est la proie sont autre chose qu'une salade de mots?

Nous ne nous étonnons pas de vous trouver inférieurs à une tâche pour laquelle il n'y a que peu de prédestinés. Mais nous nous élevons contre le droit attribué à des hommes, bornés ou non, de sanctionner par l'incarcération perpétuelle leurs investigations dans le domaine de l'esprit.

Et quelle incarcération! On sait – on ne sait pas assez – que les asiles loin d'être des *asiles*, sont d'effroyables geôles, où les détenus fournissent une main-d'œuvre gratuite et commode, où les sévices sont la règle, et cela est toléré par vous. L'asile d'aliénés, sous le couvert de la science et de la justice, est comparable à la caserne, à la prison, au bagne.

Nous ne soulèverons pas ici la question des internements arbitraires, pour éviter la peine de dénégations faciles. Nous affirmons qu'un grand nombre de vos pensionnaires, parfaitement fous suivant la définition officielle, sont, eux aussi, arbitrairement internés. Nous n'admettons pas qu'on entrave le libre développement d'un délire, aussi légitime, aussi logique que tout autre succession d'idées ou d'actes humains. La répression des réactions antisociales est aussi chimérique qu'inacceptable en son principe. Tous les actes individuels sont antisociaux. Les fous sont les victimes individuelles par excellence de la dictature sociale; au nom de cette individualité qui est le propre de l'homme, nous réclamons qu'on libère ces forçats de la sensibilité, puisqu'aussi bien il n'est pas au pouvoir des lois d'enfermer les hommes qui pensent et agissent.

Sans insister sur le caractère parfaitement génial des manifestations de certains fous, dans la mesure où nous sommes aptes à les apprécier, nous affirmons la légitimité absolue de leur conception de la réalité, et de tous les actes qui en découlent.

Puissiez-vous vous en souvenir demain matin à l'heure de la visite, quand vous tenterez sans lexique de converser avec ces hommes sur lesquels, reconnaissez-le, vous n'avez d'avantage que celui de la force.

La Révolution surréaliste,
n° 3, 1925

Le cinquantenaire de l'hystérie (1878-1928)

Nous, surréalistes, tenons à célébrer ici le cinquantenaire de l'hystérie, la plus grande découverte poétique de la fin du XIXe siècle et cela au moment même où le démembrement du concept de l'hystérie paraît chose consommée. Nous qui n'aimons rien tant que ces jeunes hystériques, dont le type parfait nous est fourni par l'observation relative à la délicieuse X. L. (Augustine) entrée à la Salpêtrière dans le service du Dr Charcot le 21 octobre 1875, à l'âge de 15 ans et demi, comment serions-nous touchés par la laborieuse réfutation des troubles organiques, dont le procès ne sera jamais qu'aux yeux des seuls médecins celui de l'hystérie? Quelle pitié! M. Babinski, l'homme le plus intelligent qui se soit attaqué à cette question, osait publier en 1913 : «Quand une émotion est sincère, profonde, secoue l'âme humaine, il n'y a plus de place pour l'hystérie.» Et voilà encore ce qu'on nous a donné à apprendre de mieux. Freud, qui doit tant à Charcot, se souvient-il du temps où, au témoignage des survivants, les internes de la Salpêtrière confondaient leur devoir professionnel et leur goût de l'amour, où, à la nuit tombante, les malades les rejoignaient au dehors ou les recevaient dans leur lit? Ils énuméraient ensuite patiemment, pour les besoins de la cause médicale qui ne se défend pas, les attitudes passionnelles soi-disant pathologiques qui leur étaient, et nous sont encore humainement, si précieuses. Après cinquante ans, l'école de Nancy est-elle morte? S'il vit toujours, le Docteur Luys a-t-il oublié? Mais où sont les observations de Néri sur le tremblement de terre de Messine? Où sont les zouaves torpillés par le Raymond Roussel de la science, Clovis Vincent?

Aux diverses définitions de l'hystérie qui ont été données jusqu'à ce jour, de l'hystérie, divine dans l'Antiquité, infernale au Moyen Age, des possédés de Loudun aux flagellants de N.-D. des Pleurs (vive Madame Chantelouve!), définitions mythiques, érotiques ou simplement lyriques, définitions sociales, définitions savantes, il est trop facile d'opposer cette «maladie complexe et protéiforme appelée hystérie qui échappe à toute définition» (Bernheim). Les spectateurs du très beau film *La Sorcellerie à travers les âges* se rappellent certainement avoir trouvé sur l'écran ou dans la salle des enseignements plus vifs que ceux des livres d'Hippocrate, de Platon, où l'utérus bondit comme une petite chèvre, de Galien qui immobilise la chèvre, de Fernel qui la remet en marche au XVIe siècle et la sent sous sa main remonter jusqu'à l'estomac; ils ont vu grandir, grandir les cornes de la bête jusqu'à devenir celles du diable. A son tour le diable fait défaut. Les hypothèses positivistes se partagent sa succession. La crise d'hystérie prend forme aux dépens de l'hystérie même, avec son aura superbe, ses quatre périodes dont la troisième nous retient à l'égal des tableaux vivants les plus expressifs et les plus purs, sa résolution toute simple dans la vie normale. L'hystérie classique en 1906 perd ses traits : «L'hystérie est un état pathologique se manifestant par des troubles qu'il est possible de reproduire par suggestion, chez certains sujets, avec une exactitude parfaite et qui sont susceptibles de disparaître sous l'influence de la persuasion (contre-suggestion) seule.» (Babinski).

Nous ne voyons dans cette définition qu'un moment du devenir de l'hystérie. Le mouvement dialectique qui l'a fait naître suit son cours. Dix ans plus tard, sous le déguisement du pithiatisme, l'hystérie tend à reprendre ses droits. Le médecin s'étonne. Il veut nier ce qui ne lui appartient pas.

Nous proposons donc, en 1928, une définition nouvelle de l'hystérie :

L'hystérie est un état mental plus ou moins irréductible se caractérisant par la subversion des rapports qui s'établissent entre le sujet et le monde moral duquel il croit pratiquement relever, en dehors de tout système délirant. Cet état mental est fondé sur le besoin d'une séduction réciproque, qui explique les miracles hâtivement acceptés de la suggestion (ou contre-suggestion) médicale. L'hystérie n'est pas un phénomène pathologique et peut, à tous égards, être considérée comme un moyen suprême d'expression.

Aragon, Breton
La Révolution surréaliste, n° 11,
15 mars 1928

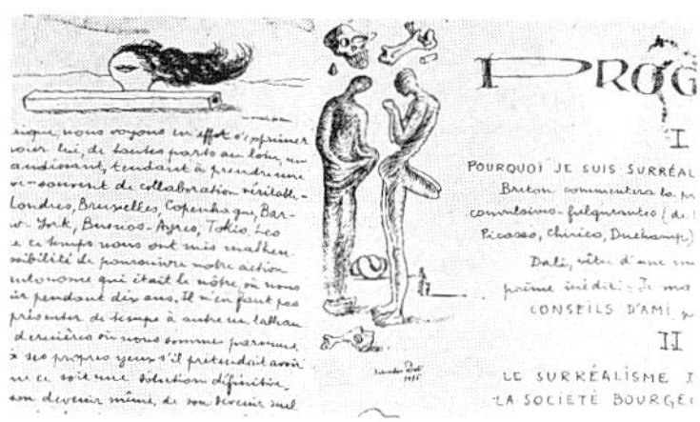

«La curiosité sacrilège qui fait l'angoisse de l'homme»

Les deux sœurs Papin, vingt-huit et vingt et un ans, ont assassiné leurs patronnes avec un acharnement particulièrement marqué sur le corps des victimes. Jacques Lacan analyse les motifs de ce qu'il nomme leur crime paranoïaque :

La pulsion agressive, qui se résout dans le meurtre, apparaît ainsi comme l'affection qui sert de base à la psychose. On peut la dire inconsciente, ce qui signifie que le contenu intentionnel qui la traduit dans la conscience ne peut se manifester sans un compromis avec les exigences sociales intégrées par le sujet, c'est-à-dire un camouflage de motifs qui est précisément tout le délire.

Mais cette pulsion est empreinte en elle-même de relativité sociale : elle a toujours l'intentionnalité d'un crime, presque constamment celle d'une vengeance, souvent le sens d'une punition, c'est-à-dire d'une sanction issue des idéaux sociaux, parfois enfin elle s'identifie à l'acte achevé de la moralité, elle a la portée d'une expiation (auto-punition). Les caractères objectifs du meurtre, son électivité quant à la victime, son efficacité meurtrière, ses modes de déclenchement et d'exécution varient de façon continue avec ces degrés de la signification humaine de la pulsion fondamentale. Ce sont ces mêmes degrés qui commandent la réaction de la société à l'égard du crime paranoïaque, réaction ambivalente, à double forme, qui fait la contagion émotionnelle de ce crime et les exigences punitives de l'opinion.

Tel est ce crime des sœurs Papin, par l'émotion qu'il soulève et qui dépasse son horreur, par sa valeur d'image

Les sœurs Papin, qui assassinèrent Mme Ancelin et sa fille, au Mans, en 1933.

atroce, mais symbolique jusqu'en ses plus hideux détails : les métaphores les plus usées de la haine : «Je lui arracherais les yeux», reçoivent leur exécution littérale. La conscience populaire révèle le sens qu'elle donne à cette haine en appliquant ici le maximum de la peine comme la loi antique au crime des esclaves. Peut-être nous le verrons, se trompe-t-elle ainsi sur le sens réel de l'acte. Mais observons à l'usage de ceux qu'effraie la voie psychologique où nous engageons l'étude de la responsabilité, que l'adage «comprendre, c'est pardonner» est soumis aux limites de chaque communauté humaine et que, hors de ces limites, comprendre (ou croire comprendre), c'est condamner.

Jacques Lacan,
«Motifs du crime paranoïaque»,
in *Minotaure,* n° 3-4

Freud, Breton et Myers

On sait de quelle manière Freud préserva ses distances à l'égard du surréalisme. Rappelons ces lignes fort connues de la troisième (26 décembre 1932) des lettres à André Breton, publiées par celui-ci à la fin des *Vases communicants* :

« [...] Bien que je reçoive tant de témoignages de l'intérêt que vous et vos amis portez à mes recherches, moi-même je ne suis pas en état de me rendre clair ce qu'est et ce que veut le surréalisme. Peut-être ne suis-je en rien fait pour le comprendre, moi qui suis si éloigné de l'art.»

A travers ces lignes l'on devine que Freud a probablement la conviction de n'avoir pas été compris lui-même par les surréalistes : en homme bien élevé, il met le malentendu à sa charge et déclare ne pas comprendre le surréalisme. [...]

Peu porté, encore une fois, à faire crédit au surréalisme, mais prêt à soumettre la cause à un nouvel examen, tel nous apparaît Freud dans une lettre à Stefan Zweig (20 juillet 1938) où il relate une rencontre avec Salvador Dali :

«[...] Jusqu'alors, semble-t-il, j'étais tenté de tenir les surréalistes, qui apparemment m'ont choisi comme saint patron, pour des fous intégraux (disons à quatre-vingt-quinze pour cent, comme pour l'alcool absolu). Le jeune Espagnol, avec ses candides yeux de fanatique et son indéniable maîtrise technique, m'a incité à reconsidérer mon opinion. Il serait en effet très intéressant d'étudier analytiquement la genèse d'un tableau de ce genre. Du point de vue critique, on pourrait cependant toujours dire que la notion d'art se refuse à toute extension lorsque le rapport quantitatif entre le matériel inconscient et l'élaboration préconsciente ne se maintient pas dans des limites déterminées. Il s'agit là, en tout cas, de sérieux problèmes psychologiques.» [...]

Le surréalisme – en faisant consciemment le jeu de l'inconscient – ne pouvait apparaître à Freud que comme une «folie», ou, plus exactement, comme une perversion fétichiste, puisqu'en élisant et privilégiant l'inconscient, la pensée surréaliste se fixait sur «l'objet partiel». Vice versa, nous voyons Breton s'irriter de voir persister chez Freud les distinctions, les frontières, les fins de non-recevoir héritées du rationalisme classique, sinon même du positivisme.

On ne saurait donc trop souligner ce qui, dans la doctrine surréaliste, ressortit à une psychologie différente du freudisme. Ces remarques sont d'autant plus nécessaires à l'heure où la psychanalyse triomphante ne laisse plus apercevoir avec assez de netteté les théories – parfois moins inofficielles – qui lui faisaient concurrence aux environs de 1920, et parmi lesquelles Breton et ses amis ont puisé au moins autant que chez Freud.

Relisons la fameuse définition du surréalisme insérée dans le *Premier Manifeste* :

«Automatisme psychique pur par lequel on se propose d'exprimer, soit verbalement, soit par écrit, soit de tout autre manière, le fonctionnement réel de la pensée. Dictée de la pensée, en l'absence de tout contrôle exercé par la raison, en dehors de toute préoccupation esthétique ou morale… Le surréalisme repose sur la croyance à la réalité supérieure de certaines formes d'association négligées jusqu'à lui, à la toute-puissance du rêve, au jeu désintéressé de la pensée. Il tend à ruiner définitivement tous les autres mécanismes psychiques et à se substituer à eux dans la résolution des principaux problèmes de la vie.» […]

Selon l'acception que lui confère André Breton, le recours à l'automatisme est un procédé libérateur, dont nous serions fondés à espérer le plus large bénéfice. […] Pareille affirmation est difficilement recevable pour la neuro-physiologie scientifique, telle qu'elle s'est développée dès la fin du XIXe siècle, sur la base assez généralement acceptée des travaux et des théories de Hughlings Jackson. […]

La pensée avec ses modulations, son ouverture au possible, sa souplesse réflexive, ses accélérations d'allure divinatoire, ne se développe que sur un fond d'automatismes intégrés et dominés. Céder à l'automatisme, c'est déchoir, c'est retomber dans un mode d'existence primitif où l'être, en proie aux déterminismes élémentaires, n'est capable que d'assez pauvres manifestations. […]

Il fallait donc que Breton pût se réclamer d'une autre théorie psychologiques – d'une théorie qui attribuât une valeur positive à ces phénomènes automatiques tenus pour gravement morbides par la tradition française, et négligés par Freud, ou considérés par lui comme de simples moyens. […]

Jean Starobinski,
La Relation critique,
Gallimard

La folie et la poésie, selon Artaud

Atteint, selon ses propres termes, d'une «effroyable maladie de l'esprit» (Correspondance avec Jacques Rivière), Artaud cherche sa pensée dans une écriture destructrice qui se veut au plus près de l'activité mentale. Les critères esthétiques ne sont plus de saison : chaque mot écrit est arraché à ce «nœud d'asphyxie centrale», cet «effondrement central de l'âme» qu'il éprouve physiquement, dans sa pensée même.

Je n'ai visé qu'à l'horlogerie de l'âme, je n'ai inscrit que la douleur d'un ajustement avorté.

Je suis un abîme complet. Ceux qui me croyaient capable d'une douleur entière, d'une belle douleur, d'angoisses remplies et charnues, d'angoisses qui sont un mélange d'objets, une trituration effervescente de forces et non pas un point suspendu.

– avec pourtant des impulsions mouvementées, déracinantes, qui viennent de la confrontation de mes forces avec ces abîmes d'absolu offert,

(de la confrontation de forces au volume puissant)

et il n'y a plus que les abîmes volumineux, l'arrêt, le froid, –

ceux donc qui m'ont attribué plus de vie, qui m'ont pensé à un degré moindre

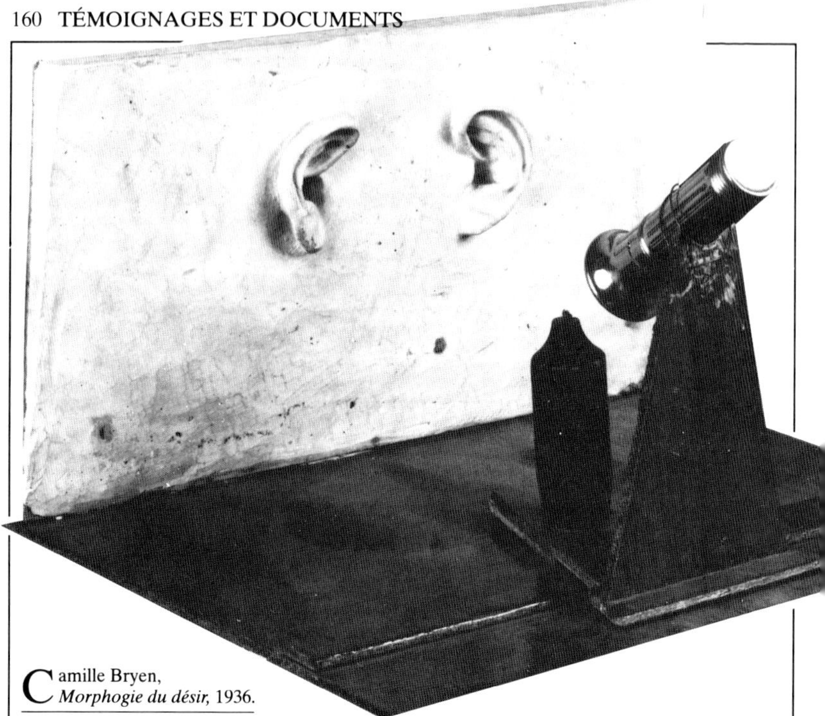

Camille Bryen, *Morphogie du désir,* 1936.

de la chute du soi, qui m'ont cru plongé dans un bruit torturé, dans une noirceur violente avec laquelle je me battais,

– sont perdus dans les ténèbres de l'homme. […]

Et je vous l'ai dit : pas d'œuvres, pas de langue, pas de parole, pas d'esprit, rien.

Rien, sinon un beau Pèse-Nerfs.

Une sorte de station incompréhensible et toute droite au milieu de tout dans l'esprit.

Et n'espérez pas que je vous nomme ce tout, en combien de parties il se divise, que je vous dise son poids, que je marche, que je me mette à discuter sur ce tout, et que, discutant, je me perde et que je me mette ainsi sans le savoir à PENSER, – et qu'il s'éclaire, qu'il vive, qu'il se pare d'une multitude de mots, tous bien frottés de sens, tous divers, et capables de bien mettre au jour toutes les attitudes, toutes les nuances d'une très sensible et pénétrante pensée.

Ah ces états qu'on ne nomme jamais, ces situations éminentes d'âme, ah ces intervalles d'esprit, ah ces minuscules ratées qui sont le pain quotidien de mes heures, ah ce peuple fourmillant de données, – ce sont toujours les mêmes mots qui me servent et vraiment je n'ai pas l'air de beaucoup bouger dans ma pensée, mais j'y bouge plus que vous en réalité, barbes d'ânes, cochons pertinents, maîtres du faux verbe, trousseurs de portraits, feuilletonistes, rez-de-chaussée, herbagistes, entolomogistes, plaie de ma langue.

Je vous l'ai dit, je n'ai plus ma langue, ce n'est pas une raison pour que vous persistiez, pour que vous vous obstiniez dans la langue.

Allons, je serai compris dans dix ans par les gens qui feront aujourd'hui ce que vous faites. Alors on connaîtra mes geysers, on verra mes glaces, on aura appris à dénaturer mes poisons, on décèlera mes jeux d'âmes.

Alors tous mes cheveux seront coulés dans la chaux, toutes mes veines mentales, alors on percevra mon bestiaire, et ma mystique sera devenue un chapeau. Alors on verra fumer les jointures des pierres, et d'arborescents bouquets d'yeux mentaux se cristalliseront en glossaires, alors on verra des cordes, alors on comprendra ce que c'est que la configuration de l'esprit, et on comprendra comment j'ai perdu l'esprit.

Alors on comprendra pourquoi mon esprit n'est pas là, alors on verra toutes les langues tarir, tous les esprits se dessécher, toutes les langues se racornir, les figures humaines s'aplatiront, se dégonfleront, comme aspirées par des ventouses desséchantes, et cette lubrifiante membrane continuera à flotter dans l'air, cette membrane lubrifiante et caustique, cette membrane à deux épaisseurs, à multiples degrés, à un infini de lézardes, cette mélancolique et vitreuse membrane, mais si sensible, si pertinente elle aussi, si capable de se multiplier, de se dédoubler, de se retourner avec son miroitement de lézardes, de sens, de stupéfiants, d'irrigations pénétrantes et vireuses,
alors tout ceci sera trouvé bien,
et je n'aurai plus besoin de parler.

Antonin Artaud,
Le Pèse-Nerfs,
Gallimard, 1927

Une grande ferveur pensante et surpeuplée portait mon moi comme un abîme plein. Un vent charnel et résonnant soufflait, et le soufre même en était dense. Et des radicelles infimes peuplaient ce vent comme un réseau de veines, et leur entrecroisement fulgurait. L'espace était mesurable et crissant, mais sans forme pénétrable. Et le centre était une mosaïque d'éclats, une espèce de dur marteau cosmique, d'une lourdeur défigurée, et qui retombait sans cesse comme un front dans l'espace, mais avec un bruit comme distillé. Et l'enveloppement cotonneux du bruit avait l'instance obtuse et la pénétration d'un regard vivant. Oui, l'espace rendait son plein coton mental où nulle pensée encore n'était nette et ne restituait sa décharge d'objets. Mais, peu à peu, la masse tourna comme une nausée limoneuse et puissante, une espèce d'immense influx de sang végétal et tonnant. Et les radicelles, qui tremblaient à la lisière de mon œil mental, se détachèrent avec une vitesse de vertige de la masse crispée du vent. Et tout l'espace trembla comme un sexe que le globe du ciel ardent saccageait. Et quelque chose du bec d'une colombe réelle troua la masse confuse des états, toute la pensée profonde à ce moment se stratifiait, se résolvait, devenait transparente et réduite.

Et il nous fallait maintenant une main qui devînt l'organe même du saisir. Et deux ou trois fois encore la masse entière et végétale tourna, et chaque fois, mon œil se replaçait sur une position plus précise. L'obscurité elle-même devenait profuse et sans objet. Le gel entier gagnait la clarté.

Antonin Artaud,
L'Ombilic des limbes, 1925,
Gallimard, 1927

La nuit, le rêve et la mort

La nuit et le jour, le rêve et la veille, la vie et la mort, doivent cesser d'être perçus comme d'éternels contraires. Explorer le nocturne, c'est suivre les trajectoires du rêve et partir en quête, une quête menant aux confins de la vie.

«Le Paysan de Paris» est une méditation sur le «merveilleux» quotidien de la ville où se mêlent récits, dialogues, poèmes, collages et aphorismes.

Parmi les forces naturelles, il en est une, de laquelle le pouvoir reconnu de tout temps reste en tout temps mystérieux, et tout mêlé à l'homme : c'est la nuit. Cette grande illusion noire suit la mode, et les variations sensibles de ses esclaves. La nuit de nos villes ne ressemble plus à cette clameur des chiens des ténèbres latines, ni à la chauve-souris du Moyen Age, ni à cette image des douleurs qui est la nuit de la Renaissance. C'est un monstre immense de tôle, percé mille fois de couteaux. Le sang de la nuit moderne est une lumière chantante. Des tatouages, elle porte des tatouages

Séance de rêve éveillé en 1924, photographie de Man Ray.

mobiles sur son sein, la nuit. Elle a des bigoudis d'étincelles, et là où les fumées finissent de mourir, des hommes sont montés sur des astres glissants. La nuit a des sifflets et des lacs de lueurs. Elle pend comme un fruit au littoral terrestre, comme un quartier de bœuf au poing d'or des cités. Ce cadavre palpitant a dénoué sa chevelure sur le monde, et dans ce faisceau, le dernier, le fantôme incertain des libertés se réfugie, épuise au bord des rues éclairées par le sens social son désir insensé de plein air et de péril. Ainsi dans les jardins publics, le plus compact de l'ombre se confond avec une sorte de baiser désespéré de l'amour et de la révolte.

Elle donne à ces lieux absurdes un sens qu'ils ne se connaissaient pas. A l'encontre de l'idée courante ce n'est pas pour le faste que Louis XIV fit construire Versailles, mais pour l'amour, qui a aussi sa majesté, avec les cachettes du feuillage taillé, les promenoirs des grottes, et le peuple dément des statues. Aujourd'hui l'hygiène tient lieu de pompe aux habitants des villes, et c'est en son nom que dans l'inconscience ils aménagent ces retraites de verdure qu'ils tiennent naïvement pour un refuge contre la tuberculose. Et puis, la nuit descend, et les parcs se soulèvent. Comme un homme qui s'endort dans le train se balance, et sa main pend, et bientôt tout ce grand corps qui oublie la vitesse du wagon va se plier dans l'immobilité du rêve, ainsi la moralité urbaine soudain vacille sous les arbres. Une espèce de langueur qui a l'accent et la grâce de l'inconnaissable franchit les petits ponts rustiques dont plusieurs ne sont point en véritable bois. C'est alors que les gens croient chercher le plaisir. Dans les plis de terrain où tout les sollicite, ils sont les jouets de la nuit, ils sont les marins de cette voilure en lambeaux, et voici que déjà tout un peu d'eux-mêmes naufrage. La grande clameur de l'imagination leur fait oublier le silence. Sur les eaux d'agrément, à la cheville nue des cascades, on voit glisser le cygne Et caetera. Ici commence une région d'éclipse. Ce bruit de chaînes qui tombent au premier pas vers le cœur sombre comme un jardin!

Il y a un moment où tout le monde est trop faible pour son amour, il y a un moment qui ressemble à une baie bien mûre, un moment qui est gorgé de soi-même. Par deux voies complices, le désir et le vertige se sont accrus, et quand ils confinent, quand ils se mêlent, par un bond, par un sursaut de tout le regard, je m'atteins au-delà de mes forces, au-delà des circonstances, qui ne sont plus ces quelques aspects luisants des choses, mais ma vie, et la vie de l'instinct de survivre, la pensée que je suis un être continuel, au-delà de tout ce que j'entreprends, de ma mémoire, je m'atteins, j'atteins au sentiment concret de l'existence, qui est tout enveloppé par la mort. Me voici dans l'excellence du destin. L'air est sauvage, et brûle aux yeux. Il faut que l'événement tourne à ma folie. Je sais contre la raison que ma folie a pour elle un pouvoir irrépressible, qui est au-dessus de l'humain. Ombre ou tourbillon c'est tout comme : la nuit ne reprend pas ses vaisseaux.

L'homme pris au piège des étoiles. Il se croyait un animal donné. Il se croyait captif des péripéties et des jours. Ses sens, son esprit, ses chimères, il ne prenait le temps de la réflexion que pour coordonner, et poursuivre, des idées qu'il avait eues, qu'il pensait tenir dans sa tête, d'un bout à l'autre, du souvenir au présent, comme un oiseau vivant entre les doigts des mains. Il attendait de soi sa conclusion, sa cohérence. Il s'organisait dans sa personne autour des épisodes liés de son sort. Il se confrontait, se suivait; il était lui-même son ombre, une hypothèse et son décours. Il voyait avec une lucidité enivrante le tracé des forces qui le dominaient. Il les comptait. Il se choyait surtout pour ses perspectives tranquilles. Or, une nuit enfin, la nuit l'a regardé, la nuit qui se regarde dans les jardins comme dans des miroirs, et qui s'y multiplie par la croix de leurs arbres, la nuit retrouve ici sa légende et son visage d'autrefois.

Louis Aragon,
Le Paysan de Paris,
Gallimard, 1926

Les espaces du sommeil

Robert Desnos s'était révélé, à l'intérieur du groupe surréaliste, par son aptitude aux diverses expérimentations par lesquelles Breton et ses amis essayaient de mettre au jour l'inconscient : rêve éveillé, sommeil hypnotique, écriture automatique... Et ces textes en portent les marques.

Dans la nuit il y a naturellement les sept merveilles du monde et la grandeur et le tragique et le charme.

Les forêts s'y heurtent confusément avec des créatures de légende et cachées dans les fourrés.

Il y a toi.

Dans la nuit il y a le pas du promeneur et celui de l'assassin et celui du sergent de ville et la lumière du réverbère et celle de la lanterne du chiffonnier.

Il y a toi.

Dans la nuit passent les trains et les bateaux et le mirage des pays où il fait jour.

Les derniers souffles du crépuscule et les premiers frissons de l'aube.

Il y a toi.

Un air de piano, un éclat de voix.

Une porte claque, un éclat de voix.

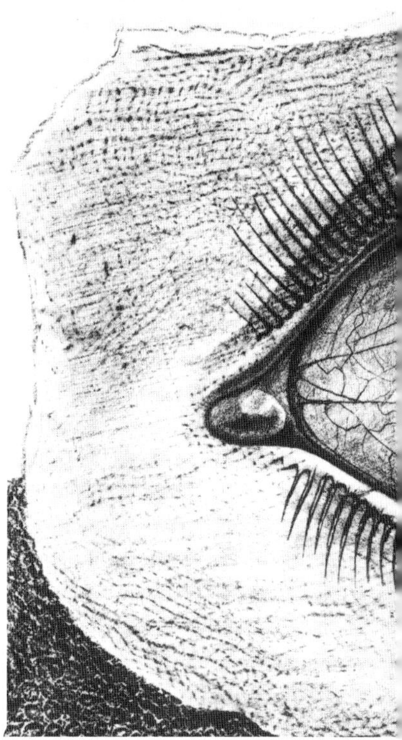

Une porte claque. Une horloge.

Et pas seulement les êtres et les choses et les bruits matériels.

Mais encore moi qui me poursuis ou sans cesse me dépasse.

Il y a toi l'immolée, toi que j'attends.

Parfois d'étranges figures naissent à l'instant du sommeil et disparaissent.

Quand je ferme les yeux, des floraisons phosphorescentes apparaissent et se fanent et renaissent comme des feux d'artifice charnus.

Des pays inconnus que je parcours en

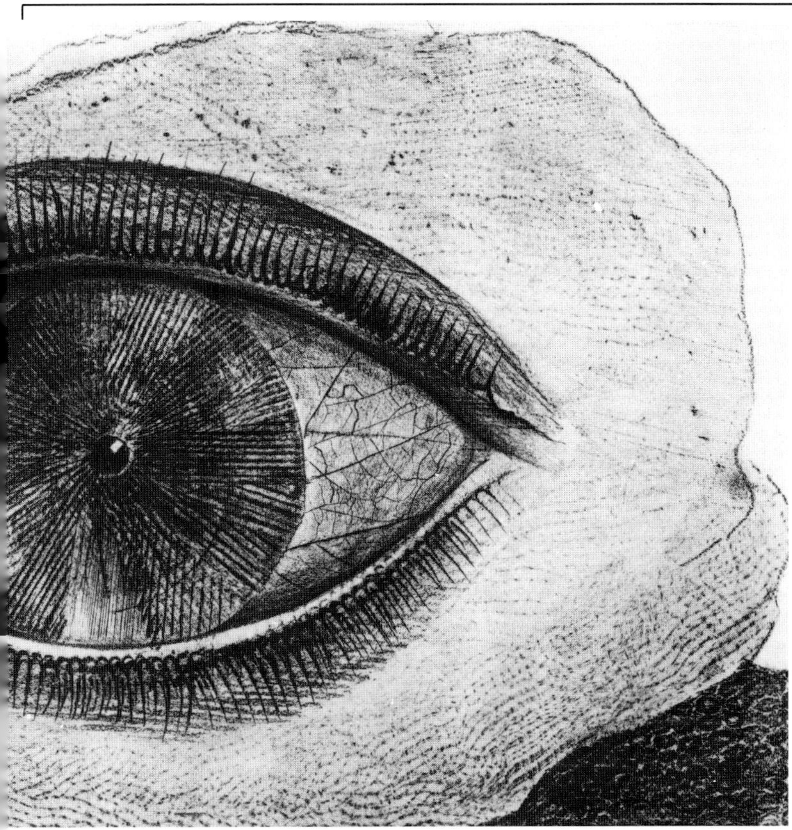

compagnie de créatures,

Il y a toi sans doute, ô belle et discrète espionne.

Et l'âme palpable de l'étendue.

Et les parfums du ciel et des étoiles et le chant du coq d'il y a 2 000 ans et le cri du paon dans les parcs en flammes et des baisers.

Des mains qui se serrent sinistrement dans une lumière blafarde et des essieux

Il y a toi sans doute que je ne connais pas, que je connais au contraire.

Mais qui, présente dans mes rêves, t'obstines à s'y laisser deviner sans y paraître.

Toi qui restes insaisissable dans la réalité et dans le rêve.

Toi qui m'appartiens de par ma volonté de te posséder en illusion mais qui n'approches ton visage du mien que mes yeux clos aussi bien au rêve qu'à la réalité.

Toi qu'en dépit d'une rhétorique facile où le flot meurt sur les plages,

où la corneille vole dans des usines en ruines,

où le bois pourrit en craquant sous un soleil de plomb,

Toi qui es la base de mes rêves et qui secoues mon esprit plein de métamorphoses et qui me laisses ton gant quand je baise ta main.

Dans la nuit, il y a les étoiles et le mouvement ténébreux de la mer, des fleuves, des forêts, des villes, des herbes, des poumons de millions et millions d'êtres.

Dans la nuit il y a les merveilles du monde.

Dans la nuit, il n'y a pas d'anges gardiens mais il y a le sommeil.

Dans la nuit il y a toi.

Dans le jour aussi.

Robert Desnos,
«A la mystérieuse», 1926,
Corps et biens, Gallimard, 1953

«Un ver de terre marque le centre du cercle»

Il s'envola au fond de la rivière.

Les pierres en bois d'ébène les fils de fer en or et la croix sans branche.

Tout rien.

Je la hais d'amour comme tout un chacun.

La mort respirait de grandes bouffées de vide.

Le compas traçait des carrés et des triangles à cinq côtés.

Après cela il descendit au grenier.

Les étoiles de midi resplendissaient.

Le chasseur revenait carnassière pleine de poissons sur la rive au milieu de la Seine.

Un ver de terre marque le centre du cercle sur la circonférence.

En silence mes yeux prononcèrent un bruyant discours.

Alors nous avancions dans une allée déserte où se pressait la foule.

Quand la marche nous eut bien reposés nous eûmes le courage de nous asseoir puis au réveil nos yeux se fermèrent et l'aube versa sur nous les réservoirs de la nuit.

La pluie nous sécha.

Robert Desnos,
«Langage cuit», 1923,
idem

Le Pont de la mort

René Crevel se suicide en 1935 après avoir tenté d'éviter la rupture entre les surréalistes et le Parti communiste. On trouva épinglée au revers de son veston une étiquette portant ce mot : «dégoûté». Poète, romancier, essayiste et pamphlétaire, il anima le groupe dès 1920 et explora, lui aussi, les confins du rêve, du réel, et de la vie...

Navigateur du silence, le dock est sans couleur et sans forme ce quai d'où partira ce soir le beau vaisseau fantôme, ton esprit. Autrefois tu te contentais d'allumer de faciles chansons et seul l'incendie des pianos mécaniques éclairait ta nuit. Dans la rue perpendiculaire une négresse assise sur le seuil de sa chambre à coucher, de sa chambre à travailler, dès que le passant l'avait dépassée, renonçait à sa majesté vénale, et dans le ruisseau, unique souvenir d'un Congo originel, ramassait à pleines mains des débris de légumes, des papiers gras. Et ce n'était pas seulement pour se venger de son indifférence qu'elle bombardait l'homme, mais cette reine devenue ménagère à la fin du compte se changeait en oiseau, voletait autour du promeneur, sa victime, roucoulait si gentiment que lui, oublieux des taches sur son veston, se demandait soudain si les colombes, au contraire d'une opinion professée, ne sont pas de couleur noire. Et elle, inspirée, tandis qu'elle nettoyait ce qu'elle-même avait gâté, trouvait de quoi séduire. Elle s'emparait de l'étranger, se pavanait à son bras et avec lui, revenue jusqu'à son taudis, montrait des dents si blanches que dames putains, ses collègues, frissonnaient dans leurs chiffons roses.

Les marins qui avaient assisté à tout ce manège riaient à grands coups. Ils étaient connaisseurs en bons tours et, par exemple, savaient comment, pour quelques centaines de francs, sous prétexte d'une traversée à prix réduit, on persuade aux Africains – qui apprendrait la peur de la chaleur aux fils du soleil? – de se laisser rôtir près d'une chaufferie. Le bateau rendu au port, il suffisait de déboulonner les plaques de tôle qui tenaient prisonniers ces passagers spéciaux. Simple histoire, des hommes bruns sont devenus des hommes bleus. Grâce à des pierres qui remplacent dans leurs pauvres poches l'arc-en-ciel plat des portefeuilles marocains, leur corps prend avec du poids une discrétion suffisante pour qu'on les laisse doucement, doucement glisser jusqu'au centre même de cette obscurité clapotante qui dans quelques heures, à l'aube, pour les poissons et les navigateurs, redeviendra la mer, la vie.

Or, quel soir? Enfin, les prostituées ont compris que les pieds n'étaient pas faits pour des tortures de velours noir mais pour une nudité de peau à même une nudité de sable. Alors les talons, sur lesquels, depuis des siècles, elles chaviraient, tous les talons se sont brisés, et des fleurs sans semence ont jailli du macadam. Parce que nul mensonge ne pouvait plus être toléré, fût-il celui si mince des semelles de ficelle, les voyous ont jeté plus loin que l'horizon leurs espadrilles. Eclatez couleurs. Les criminels ont les mains bleues. Et vous, filles, si vous voulez des bouches rouges, passez sur vos lèvres le doigt taché de vos dernières amours. Au fond des océans, tous les Africains crédules qui voulurent faire des voyages à bon compte et moururent près des chaufferies, ressuscitent. Sans doute bientôt seront-ils poissons, puisque déjà leurs jambes deviennent transparentes. Ecoutez leurs chansons sans mot, à la lumière des monstres électriques. Les hippocampes appuient sur leur nombril, comme sur le bouton d'une sonnette électrique. Est-ce pour le thé? Mais non. Des forêts d'eau, ils montent, points d'interrogation à tête de cheval, jusqu'aux yeux des savants européens qui éclatent dans leur peau terrestre. Le vaisseau fantôme écrit sa danse en plein ciel. Les murs s'écartent entre lesquels on voulut enchaîner les vents de l'esprit. Derrière les plis d'un velours trop lourdement paisible s'allume un soleil de soufre et d'amour. Les hommes du monde entier se comprennent par le nez. Un geyser imprévu envoie au diable des pierres dont on a tenté d'habiller le sol. Il y a un pont de la planète minuscule à la liberté.

Du pont de la mort, venez voir, venez tous voir la fête qui s'allume.

«Le Pont de la mort»
La Révolution surréaliste, n° 7, 1926

Ruine, dessin de Michel Leiris pour *Glossaire j'y sers mes doigts.*

Que faire de la civilisation, que dire dans la cité ?

Le poète est celui qui inspire, mais aussi celui qui agit en politique comme en art. Jamais ces deux aspects ne seront dissociés, et toujours leur conjugaison fournira les luttes et les exclusions qui parcourent l'histoire du groupe.

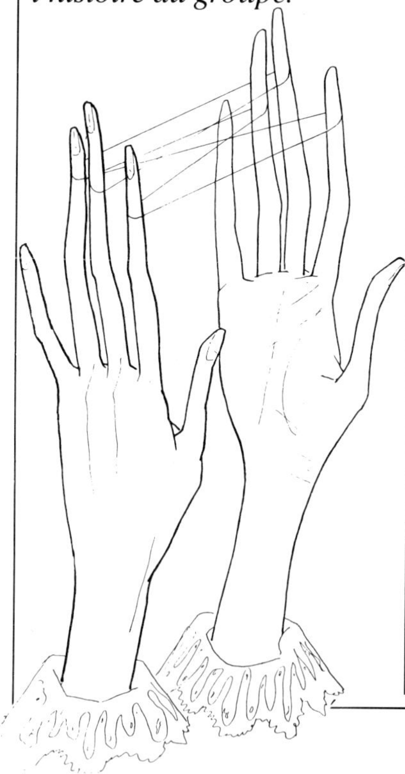

Paul Eluard, dans une conférence prononcée à Londres le 24 juin 1936, s'en remet à l'autorité suprême, Lautréamont, pour définir le rôle du poète dans la cité.

Poésie pure? La force absolue de la poésie purifiera les hommes, tous les hommes. Ecoutons Lautréamont : *La poésie doit être faite par tous. Non par un.* Toutes les tours d'ivoire seront démolies, toutes les paroles seront sacrées et l'homme, s'étant enfin accordé à la réalité, qui est sienne, n'aura plus qu'à fermer les yeux pour que s'ouvrent les portes du merveilleux. [...]

Le poète est celui qui inspire bien plus que celui qui est inspiré. Les poèmes ont toujours de grandes marges blanches, de grandes marges de silence où la mémoire ardente se consume pour recréer un délire sans passé. Leur principale qualité est non pas, je le répète, d'invoquer, mais d'inspirer. Tant de poèmes d'amour sans objet réuniront, un beau jour, des amants. On rêve sur un poème comme on rêve sur un être. La compréhension, comme le désir, comme la haine est faite de rapports entre la chose à comprendre et les autres, comprises ou incomprises.

C'est l'espoir ou le désespoir qui déterminera pour le rêveur éveillé – pour le poète – l'action de son imagination. Qu'il formule cet espoir ou ce désespoir et ses rapports avec le monde changeront immédiatement. Tout est au poète objet à sensations et, par conséquent, à sentiments. Tout le concret devient alors l'aliment de son imagination et l'espoir, le désespoir passent, avec les sensations et les sentiments, au concret.

On a pour mieux toucher un public, jusqu'à ce soir hypothétique, annoncé cette conférence sous le titre : La poésie surréaliste. J'aurais préféré : l'évidence poétique. Car si la poésie dont je parle s'exprime souvent par des mots, on ne saurait contester qu'aucun moyen d'expression lui soit refusé. Le surréalisme est un état d'esprit. [...]

Le surréalisme travaille à démontrer que la pensée est commune à tous, il travaille à réduire les différences qui existent entre les hommes, et pour cela, refuse de servir un ordre absurde, basé sur l'inégalité, sur la duperie, sur la lâcheté.

Que l'homme se découvre, qu'il se connaisse, et il se sentira aussitôt capable de s'emparer de tous les trésors dont il est presque entièrement privé, de tous les trésors aussi bien matériels que spirituels qu'il entasse, depuis toujours, au prix des plus affreuses souffrances, pour un petit nombre de privilégiés aveugles et sourds, à tout ce qui constitue la grandeur humaine.

La solitude des poètes, aujourd'hui, s'efface. Voici qu'ils sont des hommes parmi les hommes, voici qu'ils ont des frères. [...]

Depuis plus de cent ans, les poètes sont descendus des sommets sur lesquels ils se croyaient. Ils sont allés dans les rues, ils ont insulté leurs maîtres, ils n'ont plus de dieux, ils osent embrasser la beauté et l'amour sur la bouche, ils ont appris les chants de révolte de la foule malheureuse et sans se rebuter, essaient de lui apprendre les leurs.

Peu leur importent les sarcasmes et les rires, ils y sont habitués, mais ils ont maintenant l'assurance de parler pour tous.

Paul Eluard,
L'Evidence poétique, 1937,
Gallimard, 1968

Dès le premier numéro de «La Révolution surréaliste», le ton est donné. Il faut s'attaquer à toutes les oppressions sociales et faire confiance à l'expérience onirique pour guider les hommes dans cette lutte sans merci.

Le procès de la connaissance n'étant plus à faire, l'intelligence n'entrant plus en ligne de compte, le rêve seul laisse à l'homme tous ses droits à la liberté. Grâce au rêve, la mort n'a plus de sens obscur et le sens de la vie devient indifférent.

Chaque matin, dans toutes les familles, les hommes et les femmes et les enfants, S'ILS N'ONT RIEN DE MIEUX A FAIRE, se racontent leurs rêves. Nous sommes tous à la merci du rêve et nous nous devons de subir son pouvoir à l'état de veille. C'est un tyran terrible habillé de miroirs et d'éclairs. Qu'est-ce que le papier et la plume, qu'est-ce que la poésie devant ce géant qui tient les muscles des nuages dans ses muscles? Vous êtes là bégayant devant le serpent, ignorant les feuilles mortes et les pièges de verre, vous craignez pour votre fortune, pour votre cœur et vos plaisirs et vous cherchez dans l'ombre de vos rêves tous les signes mathématiques qui vous rendront la mort plus naturelle. D'autres et ce sont les prophètes dirigent aveuglément les forces de la nuit vers l'avenir, l'aurore parle par leur bouche, et le monde ravi s'épouvante ou se félicite. Le surréalisme ouvre les portes du rêve à tous ceux pour qui la nuit est avare. Le surréalisme est le carrefour des enchantements du sommeil, de l'alcool, du tabac, de l'éther, de l'opium, de la cocaïne, de la morphine; mais il est aussi le briseur de chaînes, nous ne buvons pas, nous ne fumons pas, nous ne prisons pas nous ne nous piquons pas et nous rêvons, et la rapidité des aiguilles des lampes introduit dans nos cerveaux la meilleure éponge défleurie de l'or. Ah! si les os étaient gonflés comme des dirigeables, nous visiterions les ténèbres de la mer Morte. La route est une sentinelle dressée contre le vent qui nous enlace et nous fait trembler devant nos fragiles apparences de rubis. Vous, collés aux échos de nos oreilles comme la pieuvre-horloge au mur du temps, vous pouvez inventer de pauvres histoires qui nous feront sourire de nonchalance. Nous ne nous dérangeons plus, on a beau dire : *l'idée du mouvement est avant tout une idée inerte*, et l'arbre de la vitesse nous apparaît. Le cerveau tourne comme un ange et nos paroles sont les grains de plomb qui tuent l'oiseau. Vous à qui la nature a donné le pouvoir d'allumer l'électricité à midi et de rester sous la pluie avec du soleil dans les yeux, vos actes sont gratuits, les nôtres sont rêvés. Tout est chuchotements, coïncidences, le silence et l'étincelle ravissent leur propre révélation. L'arbre chargé de viande qui surgit entre les pavés n'est surnaturel que dans notre étonnement, mais le temps de fermer les yeux, il attend l'inauguration.

Préface à
La Révolution surréaliste,
n° 1, 1924

Le Grand Jeu (1928-1930)

Aux frontières du surréalisme, Daumal, Gilbert-Lecomte et Vailland publient «Le Grand Jeu». Pour eux, la poésie révolutionnaire doit viser à créer une éthique nouvelle fondée sur une recherche expérimentale de la vérité, sans s'enfermer dans les recettes formelles, ni dans les idéologies dogmatiques.

Pour nous ôter le souci d'avoir encore, à l'avenir, à rectifier par des paroles de tels malentendus, une fois pour toutes nous précisons :

Que nous n'espérons rien;

Que nous n'avons aucune «aspiration» mais plutôt des expirations;

Que, techniciens du désespoir, nous pratiquons la déception systématique, dont les procédés connus de nous sont assez nombreux pour être souvent inattendus;

Que notre but ne s'appelle pas l'*Idéal*, mais qu'il ne s'appelle pas;

Qu'il ne faut pas faire passer notre frénésie pour de l'enthousiasme. (Non, Madame, ce n'est pas beau, la jeunesse).

Que si, comme on l'a finement remarqué, nous sommes dogmatiques, notre seul dogme est

LE CASSE-DOGME.

Notez donc : Définition : «... *le Grand Jeu* est entièrement et systématiquement destructeur...»

Maintenant nous faisons rapidement remarquer que le sens commun se fait du verbe détruire un obscur concept dont la

Roger Vailland.

seule exposition démontre le caractère absurde (fabriquer du *néant* en pilonnant *quelque chose*). Destruction, bien sûr, ne peut être qu'un aspect de transformation dont un autre aspect est création. (Parallèlement, il faut enlever au mot créer son absurde schéma : fabriquer quelque chose avec du *néant*). Bon. Il faut bien en finir avec ces enfantillages.

Nous sommes résolus à tout, prêts à tout engager de nous-mêmes pour, selon les occasions, saccager, détériorer, déprécier ou faire sauter tout édifice social, fracasser toute cangue morale, pour ruiner toute confiance en soi, et pour abattre ce colosse à tête de crétin qui représente la science occidentale accumulée par trente siècles d'expériences dans le vide : sans doute parce que cette pensée discursive et antimythique voue ses fruits à la pourriture en persistant à vouloir vivre pour elle-même et par elle-même alors qu'elle tire la langue entre quelques dogmes étrangleurs.

Ce qui jaillira de ce beau massacre pourrait bien être plus réel et tangible qu'on ne croit, une statue du vide qui se met en marche, bloc de lumière pleine. Une lumière inconnue trouera les fronts, ouvrant un nouvel œil mortel, une lumière unique, celle qui signifie : «non!»; s'il est vrai que nier absolument le particulier, c'est affirmer l'universel, ces deux points de vue sur le même acte étant aussi vrais l'un que l'autre, puisqu'ils sont pris sur la même réalité.

Cette réalité, qui n'est rien de formel, est essence en acte : conscience qui affirme et nie. L'essence universelle de la pensée est donc la négation de toute forme de pensée. Sans attribut distinct, cette négation ne peut qu'être une. Et par elle seule les formes apparaissent; elles ne sont rejetées à l'existence distincte que par cet acte unique de la conscience qui les nie être elle-même. (Voilà – changeons un peu – pour que l'on puisse *fonder des espoirs* sur notre philosophie).

Si les dogmes sont des formes de la pensée, la pensée universelle, qui est la vérité de tous les dogmes, est une négation de tous les dogmes. Et nécessairement notre pensée, qui veut être la pensée, doit remplir une fonction de casse-dogmes.

Cette fonction présente deux aspects :

I. Elle est destructrice dans le domaine des formes : aucun dogme ne peut échapper à sa critique. Et cette menace n'est pas vaine, car nous sommes entourés d'hommes qui veulent saisir la vérité dans une forme en ne tenant que la forme. Une tel homme, en nous approchant, risque sa vie. Nous avons tout lieu en effet de supposer que le dogme qu'il affirme est lié aux formes des fonctions vitales. (Elles sont communes à tous les hommes; par une erreur fréquente, on les croit universelles alors qu'elles sont seulement générales; il y a donc beaucoup de chances pour que le dogme soit fondé sur des mouvements vitaux qui, plus que tout autre chose, peuvent être les fantômes de l'universel). Notre fonction de casse-dogme s'attaquera par conséquent aux formes et à l'organisation de la vie humaine, lorsqu'il nous faudra faire apparaître le caractère relatif des formes de pensée qui sont leurs simples reflets.

II. Le second aspect du Casse-Dogme n'est plus DOGME mais CASSE et ne regarde que

SOI-MEME.

In abstracto, les surréalistes occupent une position historique qui est aussi celle du Grand Jeu. Parvenus à l'intelligence de la nécessité dialectique de la révolution, ils constatent que leur activité est l'aspect intellectuel de la force révolutionnaire dont le prolétariat est l'aspect physique. Leur but est donc : servir la révolution prolétarienne en décrivant «le fonctionnement réel de l'esprit». Leur rôle serait donc d'instaurer une connaissance de l'esprit régie par la dialectique, et capable d'anéantir les illusoires psychologies qui, profitant de l'absence d'une doctrine révolutionnaire dans leur domaine, continuent à couvrir notre humanité de sa moisissure.

Problème corrélatif : trouver les moyens de se faire entendre, non plus du public bourgeois snob et dilettante, mais des véritables penseurs révolutionnaires.

En fait, la doctrine psychologique cherchée n'existe pas encore. Les techniques surréalistes peuvent constituer d'excellents moyens d'investigation dans certains domaines, si elles sont prises comme de simples techniques. Malheureusement, l'écriture automatique, l'onirisme, etc., deviennent trop vite pour les surréalistes des *moyens de penser,* des *mécanismes pensants,* autrement dit des procédés pour dormir, pour ne pas avoir à penser. Le vice originel du surréalisme, qui est le vice humain universel, c'est cette recherche de la Machine à Penser. Il n'y a pas *moyen* de penser : je pense, immédiatement, ou je dors.

L'absence de cet unique criterium : la conscience jette dans les recherches surréalistes une certaine confusion. Parfois conscients de ce qu'est le «matérialisme dialectique» en son essence : la connaissance du monde comme étant celle d'une *matière* dont le mode d'existence est le *mouvement*, ils retombent trop souvent dans le vieux matérialisme («primat de la matière sur la pensée») qui n'est jamais qu'un dualisme boiteux (comme le vieil idéalisme, qui omet la matière, est un dualisme boiteux). Lorsque leur pensée chancelle, c'est toujours à ce matérialisme qu'ils se raccrochent : encore un moyen, un système étranger à eux et artificiel, un truc pour éviter de penser.

Notre rôle, qui devrait être le leur, est, essentiellement :

décrire la matière, qui est mouvement;

les divers modes du mouvement : les rythmes;

les divers aspects du concret : physique, biologique, psychologique, comme des modes de mouvement soumis à certains rythmes déterminés;

la dialectique comme activité rythmique dans tous les domaines, etc.

Aucun domaine de la connaissance humaine ne peut échapper à cette investigation : mais cela exige un perpétuel effort pour penser, pour penser dialectiquement et non pas selon une logique dialectique. Pour trop de «matérialistes», ce qui existe, en fait, et quoi qu'ils disent, ce n'est pas la matière, mais l'idée de matière : ils seront toujours en ce cas des idéalistes déguisés tant qu'ils n'auront pas saisi le rapport qui est entre le mouvement «idée de caillou» et le mouvement «caillou».

De même, nous jugeons très insuffisantes les critiques dites «matérialistes» de la religion, qui, au fond, ne sont presque toujours que des critiques sensualistes. [...]

Enfin, le manque d'unité et de sûreté dans la poursuite du réel (toujours le manque de conscience dans les recherches) a permis à presque tous les lecteurs des derniers numéros du *Surréalisme au service de la révolution* de trop faciles plaisanteries sur l'utilisation des loisirs des travailleurs dans la société future, etc. Nul des surréalistes, pris à part, n'est responsable de cela : mais le rapprochement d'une étude de T. Tzara et d'une «rêverie» de S. Dali suggère immanquablement des images regrettables, que nous ne voulons pas contribuer à colporter ici.

René Daumal,
Le Grand Jeu,
n° 4 (non paru), 1932

Comment accommoder le prêtre

L'oppression, c'est aussi la religion. Jean Koppen n'a de cesse de le répéter avec tout l'humour et toute la violence qui le caractérise.

L'abjection de nos contemporains est si absolue, et leur soumission à tout ce qui peut augmenter cette abjection si totale, qu'ils sont incapables de voir combien leur époque de «concorde entre *toutes* les forces répressives est répugnante. [...]

A notre époque de concorde», entre les ennemis de toutes les libertés, les prêtres, ces avilisseurs professionnels, ont toutes les facilités pour amener les hommes au degré d'abrutissement qui les rend si maniables, entre les mains des Foch, Poincaré, Chiappe, Citroën, pour faire aller les ouvriers, chaque dimanche, après six jours de prison, dans leurs églises, apprendre la résignation; dans leurs patronages, préparer la guerre; dans leurs syndicats, pratiquer la trahison; la plupart des ouvriers n'éprouvent vis-à-vis de la religion

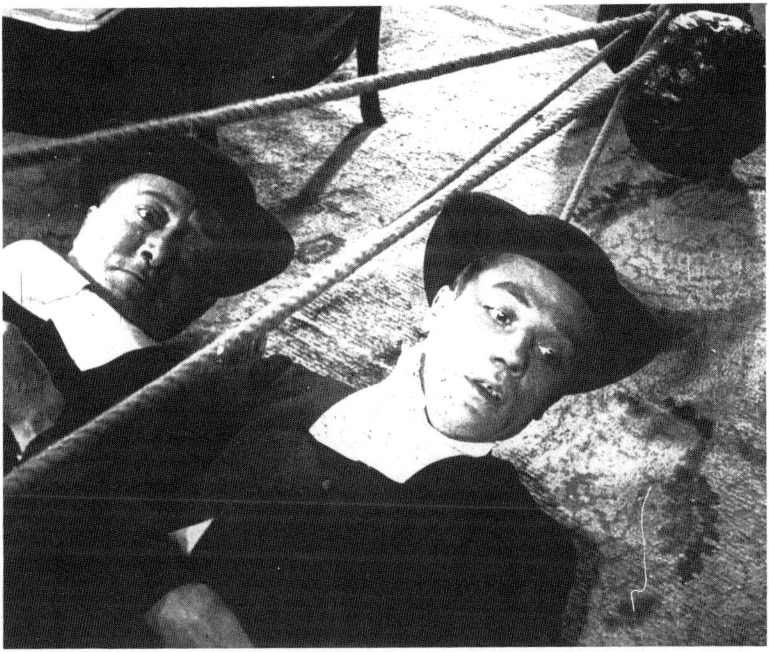

U*n chien andalou*, film de Luis Buñuel.

qu'une indifférence qui indique qu'il n'y aura pas de place pour elle dans l'Etat Ouvrier; mais vis-à-vis des principaux agents de leur asservissement, seule la haine la plus inexorable est efficace. D'ailleurs, tous ceux qui n'entravent pas l'action religieuse par tous les moyens et à chaque occasion, s'approcheront bientôt de la Sainte-Table. Il est plus facile de laisser aller, pour sa tranquillité, sa femme à la messe et ses enfants au patronage, mais ce n'est pas le moyen de faire comprendre aux prêtres que leur clientèle n'est faite que de leurs patrons et de leurs valets, de débiles mentaux et de cadavres et que tout ce qui est vivant vomit à leur face pourrie leur «Jésus», leur Dieu, leur Ciel.

Chaque fois que dans la rue vous rencontrez un serviteur de la Putain à Barbe de Nazareth, vous devez l'insulter sur ce ton qui ne lui laisse aucun doute sur la qualité de votre dégoût. D'ailleurs, si votre bouche ne déborde pas d'insultes à la vue d'une soutane, vous êtes digne d'en porter une.

Mais insulter les prêtres n'a pas d'autre but, mise à part la satisfaction morale que cela procure sur le moment, que de vous entretenir dans cet état d'esprit qui vous permettra, le jour où vous serez libres, d'abattre par jour, en vous jouant, deux ou trois tonnes de dangereux malfaiteurs.

En attendant ce jour, ces Messieurs ne doivent pas vivre en paix dans leurs repaires; il importe d'entretenir constamment autour d'eux une atmosphère de haine qui soit à la mesure de leur abjection et leur fasse prévoir (ils en veulent des martyrs) une épouvantable fin. [...]

Ces trois sacrilèges; insulter les prêtres, souiller les lieux saints, voler les objets sacrés, doivent être les trois principales actions habituelles

qu'accomplit un homme probe, quand son activité se tourne vers la religion; mais bien des moyens restent à sa disposition pour se défendre contre les malfaiteurs ecclésiastiques, des moyens variant entre la plaisanterie de mauvais goût et l'ignoble sacrilège et que chacun trouvera, selon ses dispositions pour la pratique de l'anticléricalisme. On peut, par exemple, comme cela se fit longtemps à Notre-Dame-des-Champs, tirer plusieurs fois dans la nuit la sonnette pour les Saints-Sacrements : à la fin le bedeau ne se dérange plus et quelques croyants, au désespoir de leur famille, crèvent sans être munis des Excréments de l'église. Dans le métro, à une heure d'affluence, si vous êtes à côté d'un prêtre, ne le prenez pas à partie immédiatement, mais au bout d'une ou deux stations, vous commencez à hurler, en lui foutant un coup de poing en pleine gueule : «Vieux porc, vous n'avez pas fini de me peloter!» La foule écoute; alors vous déclarez : «C'est la troisième fois cette semaine qu'un curé me fait des propositions, et dire qu'on envoie les enfants au catéchisme!» Vous pouvez ainsi insulter et même rosser un curé sans être lynché et, de plus, vous donnez à quelques personnes un exemple réel de l'ignoble hypocrisie des prêtres, ce qui peut, dans certaines circonstances, influencer les actes de ces personnes contre eux.

Tout ce qui est fait contre les curés étant bien fait, ce n'est que la volonté de leur nuire qui peut manquer; que tous ceux qui n'ont pas cette volonté aient la face couverte de nos crachats.

Jean Koppen
in *La Révolution surréaliste*,
n° 12, 15 décembre 1929

«Le Surréalisme, textes et débats»

Trotsky et Breton rédigèrent ensemble un manifeste «Pour un art révolutionnaire indépendant» : pour eux, l'œuvre d'art n'est pas le simple reflet du réel, elle enregistre les contradictions de son temps mais les dépasse aussi, et c'est par sa liberté qu'elle est révolutionnaire.

Il s'ensuit que l'art ne peut consentir sans déchéance à se plier à aucune directive étrangère et à venir docilement remplir les cadre que certains croient pouvoir lui assigner, à des fins pragmatiques extrêmement courtes. Mieux vaut se fier au don de préfiguration qui est l'apanage de tout artiste authentique, qui implique un commencement de résolution (virtuel) des contradictions les plus graves de son époque et oriente la pensée de ses contemporains vers l'urgence de l'établissement d'un ordre nouveau.

L'idée que le jeune Marx s'est faite du rôle de l'écrivain exige de nos jours un rappel vigoureux. Il est clair que cette idée doit être étendue, sur lc plan artistique et scientifique, aux diverses catégories de producteurs et de chercheurs. «L'écrivain, dit-il, doit naturellement gagner de l'argent pour pouvoir vivre et écrire, mais il ne doit en aucun cas vivre et écrire pour gagner de l'argent... L'écrivain ne considère aucunement ses travaux comme un moyen. Ils sont des buts en soi, ils sont si peu un moyen pour lui-même et pour les autres qu'il sacrifie au besoin de son existence à leur existence... La première condition de la liberté de la presse consiste à ne pas être un métier.» Il est plus que jamais de circonstance de brandir cette déclaration contre ceux qui prétendent assujettir l'activité intellectuelle à des fins extérieures à elle-même et, au mépris de toutes les déterminations historiques qui lui sont propres, régenter, en fonction de prétendues raisons d'Etat, les thèmes de l'art. Le libre choix de ces thèmes et la non-restriction absolue en ce qui concerne le choix de son exploration constituent pour l'artiste un bien qu'il est en droit de revendiquer, comme inaliénable. En matière de création artistique, il importe essentiellement que l'imagination échappe à toute contrainte, ne se laisse sous aucun prétexte imposer de filière. A ceux qui nous presseraient, que ce soit pour aujourd'hui ou pour demain, de consentir à ce que l'art soit soumis à une discipline que nous tenons pour radicalement incompatible avec ses moyens, nous opposons un refus sans appel et notre volonté délibérée de nous en tenir à la formule : *toute licence en art.*

André Breton, Léon Trotski
«Pour un art révolutionnaire indépendant»,
repris dans
La Clé des champs, Pauvert

La poésie telle que les femmes l'écrivent

Dans des temps peu disposés à pousser à l'expression féminine, Gisèle Prassinos, Joyce Mansour, Unica Zürn, Laure, Toyen ou Léonora Carrington ont élevé leur voix, originale et sûre, témoignant d'un imaginaire différent, d'un érotisme autre, d'une révolte aux accents neufs.

Le secret de Laure

« Au centre, au cœur d'une figure fondamentale de l'espace contemporain, se trouve une femme. Presque absente. Dissimulée sous un nom-Laure » (Jean-Pierre Faye). Sous ce simple pseudonyme furent publiés en 1977 les manuscrits laissés par Colette Peignot, une des personnalités les plus secrètes des années 1920-1930. Michel Leiris et Georges Bataille, furent profondément marqués par son exigence de révolte totale.

On attendait le défilé. J'ai vu les étendards et les drapeaux des petits garçons débiles et des vieillards cagneux (la badine à la main); j'ai vu les oriflammes et les oripeaux des prêtres en sueur (l'aisselle verte et puante), j'ai vu les scapulaires et les chapelets crasseux des jeunes filles, les enfants de Marie tremblantes : «Mon père j'ai eu de mauvaises pensées.» Tous braillaient, l'haleine pourrie; nous sommes l'espoua a a a re de la France. Trois vieilles hochinant de leurs cheveux gras découvraient d'entre leurs moustaches des râteliers tout pleins d'hostie rance.

Te voilà sous les espèces du drapeau, sainteté insane! Pourquoi ne pas sourire désabusée ou éclater de rire amusée... Mais non, je reste là, à cracher le sang de mes ancêtres qui te ressemblent. N'en finirai-je pas bientôt de rejeter ce lest pesant? Oui, il n'y a pas si longtemps, la Véronique me souriait avec son linge suintant le Christ, la Vierge et sa couronne vacillaient dans l'encens ainsi que les gros clous fixés au mur et les traînées de sang, la Sainte-Face pleurait ses larmes d'huile derrière une lampe rouge seul éclairage de la «chapelle des Sept Douleurs». C'était la retraite, l'heure de la méditation, j'avais sept ans, j'étais à genoux, tremblante. Bras et jambes brisés, je m'efforçais d'inventer des péchés tant les miens me paraissaient insignifiants, peu en rapport avec la gravité des mines, la sévérité des textes et des invocations. J'inventais… Le prêtre m'accueillit dans une pièce obscure où je pénétrai épouvantée et où il me confessa sur ses genoux. On me ramena en fiacre. La maison était loin : «*Entre Sainte-Anne et La Santé*», expliquait ma mère au cocher et je tremblais longtemps encore dans un capitonnage de feutre humide, redoutant la mort à chaque tournant des rues ruisselantes de pluie où le sabot du cheval glissait et dérapait.

Je dus avaler l'hostie moi aussi, honteuse de ne savoir comment m'y prendre et de poser des questions. «Surtout, ne lui fais pas toucher tes dents», m'avait dit ma mère. Quel affreux débat de langue et de bon dieu ensalivé! C'était à tel point long et raté que je commençai à douter que ce fût là… Dieu. L'idée ne me lâchait plus, impossible de penser à autre chose : je sanglotai. Voyant mon émotion, le prêtre et les parents se félicitèrent de ma piété extrême. Je laissais dire : pouvais-je avouer l'horreur de ce qui se passait? N'étais-je pas déjà en état de péché mortel? On parlait de ferveur… Pour la première fois, les sourires béats, les airs supérieurs des grandes personnes me parurent étranges, *douteux*. Cependant, j'étais fière d'être la seule enfant dont la première communion se passerait, comme le voulait ma mère, sans qu'aucune réjouissance matérielle vint troubler la sainteté de la journée.

Histoire d'une petite fille,
Ecrits de Laure,
Pauvert, 1977

Gisèle Prassinos (née en 1920)

Je sais que ma sœur sent la banane.

Ses grands cheveux, en frottant mon nez, ont une odeur ordinaire de dessert

manqué. Mais lorsqu'elle se tourne vers moi, et que sa bouche s'entr'ouvre pour me sourire, j'ai envie de mordre ses lèvres et sa langue, tellement cette senteur nouvelle me semble bonne.

Il y a, par-dessous, quelque chose qui craque et vous emporte.

Ma sœur va bientôt s'endormir; je prends ses bras pointus et les croise sur ses yeux, afin que la lumière perdue les ferme tout à fait. Mais elle me sourit toujours triomphalement, et l'odeur monte, si forte, que je pense soudain à tuer ma sœur pour la lui prendre.

J'ai enfoncé mon couteau en traversant sa jolie chemise; ses mains, au fond des draps, sont froides et blanches. Les miennes, trop vivantes, n'ont pas de force, mais je vois, blotti dans sa paume, un petit fruit foncé de fragments roses et brillants que je mets à fondre entre mes doigts.

in *Bellmer*,
numéro spécial de la revue
Obliques, 1975

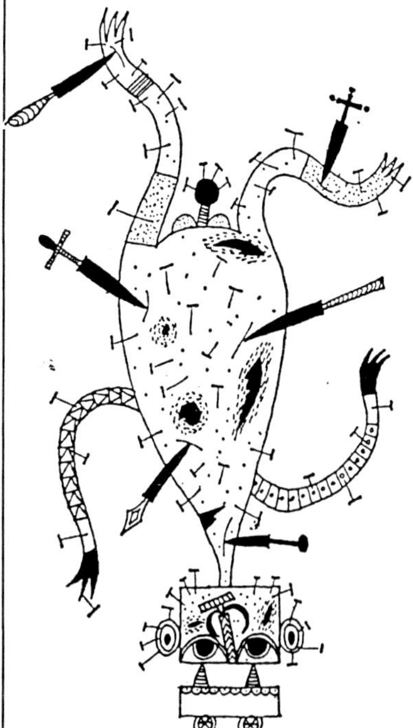

Joyce Mansour, 1958

«Je te tuerai», dit-il, car les seins de la femme se dressaient sous ses doigts. Une main glissa le long de sa cuisse et elle valsa dans l'eau comme une souris savante. Elle mordit le nez ponctué de pores dilatés, elle enfonça son genou dans le ventre moelleux, appela au secours, puis sombra dans une féroce jouissance sous l'œil de l'assassin. Son sexe éclairait les sables mouvants où tremblaient des bizarreries moustachues. Elle gémit d'abord, puis sa voix monta. Il écarta ses lèvres dans un sourire de gloire et leurs corps communiquèrent leur incandescence aux replis reptiliens des flots. Elle parla aux mamelons de l'assassin : «Je ne veux pas mourir, je te donne ma vie, mais, de grâce, pas encore aujourd'hui!» Sa langue courait hors de sa bouche, telle une limace. L'homme lâcha le cou meurtri et réfléchit. «Tu vivras près de moi dans ma chambre sur le port, tu me serviras et, un jour, je te tuerai. – J'accepte», dit Marie et la mer, devenue incertaine, l'entendit. «Sauve-toi, si tu peux», dit l'assassin, qui sauta dans sa barque et s'éloigna en ricanant. Marie but une gorgée, qui la suffoqua. Ses pieds aussi la faisaient souffrir, tant ils aspiraient à toucher terre. «La mer est une monstrueuse mécanique de mort», se dit-elle. Elle devint vague à son tour car son cœur se brisait. «Je vis», dit-elle. Et elle but.

Les Gisants satisfaits,
J.-J. Pauvert, 1958

Unica Zürn, 1970

Née à Berlin, Unika Zürn vécut en Allemagne puis à Paris. Elle consigna dans L'Homme-Jasmin le souvenir de ses internements psychiatriques, et se suicida en 1970.

Une nuit, au cours de sa sixième année, un rêve l'emmène derrière un haut miroir, pendu dans son cadre d'acajou au mur de sa chambre. Ce miroir devient une porte ouverte qu'elle franchit pour parvenir à une longue allée de peupliers menant tout droit à une petite maison. La porte en est ouverte. Elle entre et se trouve devant un escalier qu'elle monte. Elle ne rencontre personne. La voilà devant une table sur laquelle il y a une petite carte blanche. Quand elle la prend pour y lire le nom, elle s'éveille. Ce rêve lui fait une si forte impression qu'elle se lève pour pousser le miroir sur le côté. Elle trouve bien le mur mais pas de porte.

Prise d'un inexplicable sentiment de solitude elle se rend, le matin même, dans la chambre de sa mère – comme s'il était possible de retourner dans ce lit, là d'où elle est venue – pour ne plus rien voir.

Une montagne de chair tiède où l'esprit impur de cette femme est enfermé s'abat sur l'enfant épouvantée. Elle s'enfuit, abandonnant à tout jamais la mère, la femme, l'araignée! Elle est profondément blessée.

C'est alors que pour la première fois elle a la vision de l'Homme-jasmin! Immense consolation! Reprenant son souffle elle s'assoit en face de lui et le regarde. Il est paralysé! Quel bonheur! Jamais il ne quittera le fauteuil qu'il occupe dans son jardin, où, même en hiver, le jasmin fleurit.

Cet homme devient pour elle l'image de l'amour. Plus beaux que tous ceux qu'elle a jamais vus, *ces yeux-là sont bleus.*

Elle se marie avec lui. Le plus beau, c'est que personne n'en sait rien. Et c'est son premier, son plus grand secret.

La présence immobile de cet homme lui dispense deux leçons qu'elle n'oubliera jamais :

Distance.

Passivité.

Beaucoup plus tard on tourne en elle des clefs, l'une après l'autre, mais elle ne s'ouvrira pas. On se lasse vite de cette petite boîte inutilisable et on la jette. Car, dans les années qui viendront, elle ne verra, par-dessus l'épaule des hommes sur laquelle elle se penchera, rien que l'Homme-Jasmin. Elle restera fidèle à ses noces d'enfant.

L'Homme-Jasmin,
Gallimard, 1970

Du Théâtre de l'Œuvre au «Théâtre de la Cruauté»

Le surréalisme et le théâtre se rencontrent-ils aussi fortuitement que les parapluies et les machines à coudre? Il semble que les initiatives théâtrales des auteurs surréalistes résultent plus de leur personnalité individuelle que d'une démarche théorique collective.

Le Théâtre malgré lui

Il ne faut pas oublier que Breton lui-même a écrit des pièces de théâtre, en collaboration, qui témoignent donc de l'accord du groupe pour se manifester sur scène. Il est vrai que la plupart de ces sketches datent de l'époque de Dada, mais ils n'ont pas été reniés par leurs auteurs.

Cependant le théâtre surréaliste apparaît surtout comme le résultat d'initiatives individuelles, menées à bien en dehors du mouvement. Ce qui ne signifie pas que les œuvres ne reflètent pas une position surréaliste, on pourrait même dire une esthétique surréaliste, si la juxtaposition des deux termes n'avait pas quelque chose de choquant à propos d'hommes qui se sont placés en dehors de toute conception de cet ordre. Il n'empêche qu'Aragon, Desnos, Vitrac ont porté à la scène des thèmes surréalistes qu'il s'agira pour nous de retrouver à travers les œuvres souvent brèves, rarement représentées, difficiles à découvrir, égarées dans de petites revues, publiées à tirage confidentiel, sauf dans des cas exceptionnels. [...]

Comment reconnaître la lumière surréaliste au théâtre? Sera-ce comme pour Dada, dans le spectacle – provocation? En partie seulement, car ce critère n'est pas applicable à des œuvres non représentées. Ce sera plutôt à une certaine manière qu'auront les auteurs de se prendre à bras le corps avec les problèmes du langage, comme firent d'ailleurs les dadaïstes, à exploiter les possibilités de l'automatisme verbal, à produire les images les plus arbitraires sans que leur volonté intervienne dans le choix des réalités brutalement rapprochées par le Verbe. Ce sera aussi dans la présence ou la quête du Merveilleux, dans l'irruption des puissances du rêve, dans l'éclatement de l'humour. On ne s'attachera pas à chercher le visage du personnage surréaliste, puisqu'aussi bien le «héros» a disparu avec la mort du théâtre psychologique, et que seuls demeurent des gestes et des mots dépourvus de réalité charnelle, mais libérant les flots dévastateurs de la poésie.

Henri Béhar,
Etudes sur le théâtre dada et surréaliste,
«Les Essais», Gallimard

«Beau comme la rencontre d'un parapluie et d'une machine à coudre sur une table de dissection»

Variation sur cette fameuse phrase de Lautréamont, «Vous m'oublierez» a été représenté à la Salle Gaveau, le 27 mai 1920, au cours d'une manifestation dada. La distribution était la suivante : MM. André Breton (Parapluie); Philippe Soupault (Robe de Chambre); Paul Eluard (Machine à Coudre); T. Fraenckel (Un inconnu).

I

PARAPLUIE, ROBE DE CHAMBRE

R.d.c. : Allons, allons, quoi? Où vous voudrez. Dites-moi : quel est donc cet arbre, ce jeune léopard que j'ai caressé l'autre jour en rentrant?

P. : A bonnet blanc, bonnet et demi. Comme je plains les coureurs cyclistes étendus à cette heure dans les flaques d'eau du printemps!

R.d.c. *lui met la main sur l'épaule* : Quel est donc cet arbre, ce jeune léopard que j'ai caressé l'autre jour en rentrant?

P. : L'indulgence, père Robe de Chambre, est-il rien de plus beau que l'indulgence? Rappelons-nous la physique amusante : une seule expérience réussit toujours, celle des rides qui se creusent et des cheveux qui blanchissent.

R.d.c. *ouvre la fenêtre et crie* : Quel est donc cet arbre, ce jeune léopard que j'ai caressé l'autre jour en rentrant?

P. : Vous prendrez froid sans couvertures. Quel affreux, quel inconfortable voyage! Les cheminées et les sirènes défilent à pas de loup, que les temps sont changés! Je vous le disais bien : un bol de ciel couleur de camomille est moins sucré que le regard de votre petite nièce.

On frappe.

R.d.c. : La table n'est pas louée.

II

LES MEMES, MACHINE A COUDRE

M. à c. *entre* : Il fait un temps magnifique. Parapluie, les rayons du soleil sont pour rien. *(A Robe de Chambre.)* Tu es là, chéri?

R.d.c. : Quel est donc cet arbre, ce jeune léopard que j'ai caressé l'autre jour en rentrant?

Sauf indications contraires, Machine à Coudre se tient immobile au milieu de la scène.

P. *à l'oreille de Machine à Coudre* : La vierge est prête? Tout ne peut pas se chanter sur l'air des lampions, si des marguerites jaunes tourbillonnent, fleurs de loterie, à la place des yeux qui se ferment.

M. à c. *croise les mains* : Veux-tu des ficelles ou des oranges? Mon beau singe m'a fait cadeau d'une paire de bretelles et ce n'est pas tout. Eléphants des grands magasins, accourez avec vos lanternes sourdes. Le soleil n'est pas couché. Robe de Chambre! Tu es là, chéri?

Robe de Chambre cherche de tous côtés un objet inconnu.

P. : Vous avez perdu quelque chose. Qu'est-ce que l'acacia? un animal crevé

sous un meuble. Que cessent de ronfler ces toupies souvenirs d'enfance! Robe de Chambre m'inquiète. Quelle épingle va-t-il encore voir briller dans les raies du plancher?
R. de c. : Quoi?
M. à c. : Tais-toi, lapin. Parapluie, écoute-moi. Je n'ai rien à te dire. Tu es beau, tu es bête, tu es… Parapluie. As-tu regardé dehors ce qui se passe?
P. : Le quartier Montparnasse a conservé sa physionomie paisible, avec ses artistes, ses philosophes dont les cheveux gris extravaguent sous le chapeau de forme haute. Au quartier Latin on rencontre encore parfois des rêveurs amoureux de beaux livres et de belles estampes. Montmartre est toujours aussi bruyant et la rue de Rivoli avec les Magasins du Louvre est redevenue le quartier des touristes, des nouveaux riches en quête de luxe, et des lunes de miel classiques. *(Il agite les bras.)* Jette-moi une miette de pain, tu vois bien que je suis un oiseau de passage.
M. à c. : Essuie tes lunettes, Parapluie. Tu n'as pas vu comme je suis belle aujourd'hui. Mes cheveux se penchent sur la rivière et mes lèvres sont de longs poissons venimeux. Le Créateur… […]
R. de c. et P., *ensemble* : Elle va encore parler pendent une heure. C'est insupportable.
M. à c. : Je n'ai pas voulu te faire de peine, Parapluie. Maintenant, je te vois triste, qu'ai-je fait, mon Dieu?
R. de c. : Oh! assez. Fais-la taire, Parapluie. Si elle ne s'en va pas, qu'elle sorte.
M. à c. : Laissez-moi placer un mot.
R. de c. : Mais la chambre va déborder si tu places encore un mot. Va parler aux arbres et aux réverbères, mais laisse-nous tranquilles, toupie.
M. à c. : Toupie!
Elle s'en va en répétant le mot toupie.

III

LES MEMES, MOINS MACHINE A COUDRE

On entend une chanson […].
Parapluie se bat les flancs à la manière des cochers qui ont froid.
A plusieurs reprises Robe de Chambre se passe le pouce sous le menton.
P. : Je me rappelle en ce moment sous une forme très vive une visite que j'ai faite il y a un an dans un château de la Loire. Cette visite avait duré deux heures. Aujourd'hui je la refais facilement en imagination : j'entre par l'immense porte, je traverse dans leur ordre les cours, les galeries, les salles, les chapelles superposées, je revois leurs fresques et leurs décorations originales; je m'oriente assez bien dans le dédale de ce château jusqu'à ma sortie; mais il m'est impossible de me représenter la durée de cette visite comme égale aux deux heures qui s'étaient écoulées.
Robe de Chambre va s'agenouiller pour prier. Silence.
Devant la scène, Parapluie vient agiter un drapeau rouge de garde-barrière.

RIDEAU

«L'Etoile de mer»

Ecrite en 1927, cette pièce de Robert Desnos ne fut jamais représentée. De ses personnages, qui évoluent dans un monde où l'irrationnel est roi, le poète précise dans sa dédicace à André Breton qu'ils ne sont pas «figés», pouvant échanger nombre de leurs traits : «C'est la conséquence de cet état d'incertitude où, le personnage idéal restant le même, il emprunte tour à tour des enveloppes humaines différentes, mais présentant plusieurs points de ressemblance.» Dans cette pièce, «si toutefois on peut appeler pièce la réunion de situations en apparence dénuées de lien», ajoute Desnos, «les créateurs de l'imagination, les phantasmes, les illusions se mêlent aux créatures réelles» et *«les événements se présentent* [...] *dégagés de toute condition de temps et d'espace».*

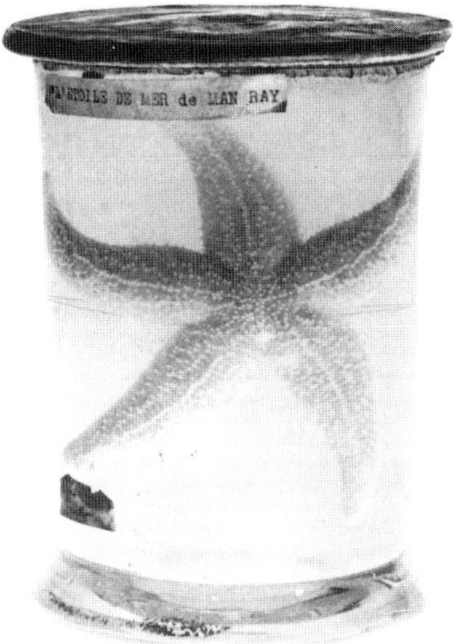

Le barman, *au chasseur* : Que fais-tu ici?
Le chasseur : Ne parlez pas si haut. Je viens chercher une étoile, une belle étoile de mer à cinq branches. Une magnifique étoile de mer encore toute salée et charnue. Presque vivante. Je viens...
Le barman : Tu n'es pas un peu malade?
Le chasseur : Chut! Pas si haut. Je vais la voler sans qu'il me voie.
Le barman : Je vais te tirer les oreilles. *(Hurlant :)* Galopin!
Ils sortent en se bousculant.
Le barman, *refermant la porte* : Misère! Tout ça pour une épave...
Silence.
Maxime, *seul* : Cinq doigts, cinq sens, cinq branches, Fabrice!
Fabrice, *entrant* : Maxime?
Maxime, *debout* : C'est juste. Donne-moi ta main, tes mains... *(Il lui baise les mains.)*... Deux étoiles.
Fabrice : Toujours le même!
Maxime : Toujours... Fabrice, je te donne ce que j'ai de plus cher au monde. Une étoile de mer. Cinq branches, cinq doigts, cinq sens...
Il lui donne l'étoile.
Fabrice : Comme elle est jolie! Si délicate, si charnue. Elle sent le sel. Elle est comme une chatte. Elle sent aussi les profondeurs marines. Comme elle est jolie...
Maxime : Je te la donne.
Fabrice : Oui, Maxime, et je t'en remercie. Mais que veux-tu que j'en fasse? Je risque de l'abîmer en dansant, de briser ses pointes fragiles. Non, garde-là. Elle est mieux chez toi. Ne te fâche pas. *(Elle la pose sur la cheminée)*. J'aime mieux la savoir là. Je viendrai la voir. Ne te fâche pas. Tu es toujours le même. Je reviendrai la voir. Je te le jure.
Maxime : Elle sera toujours là.
Il ouvre la fenêtre. On entend le bruit d'une auto dans la rue.
Maxime : Elle sera toujours là.
Il prend l'étoile et la jette par la fenêtre.
Fabrice : Toujours le même.
Maxime : Toujours. Au revoir, ma pauvre chérie.
Fabrice sort.
Maxime, *seul* : Ça n'est pas tout de même complètement imbécile.
Entre le sergent de ville.
Sergent de ville : Monsieur, je viens de trouver, en bas, sur le trottoir, sous votre fenêtre, en passant, votre étoile de mer. Je vous la rapporte.
Maxime : C'est juste. Merci!
Le sergent de ville sort. Entrent les trois buveurs.
Ensemble : Monsieur!
Maxime : Encore vous! Je vous croyais arrêtés.
Ensemble : Non. Nous avons trouvé...

Maxime : Quoi encore?
Ensemble : ... L'étoile de mer.
Ils lui donnent chacun une étoile de mer.
Maxime : C'est juste, merci!
Ils sortent, sauf Maxime. Le chasseur entre.
Le chasseur : Monsieur, monsieur, monsieur, je vous apporte votre étoile... votre étoile de mer.
Entrent douze garçons de café porteurs de plateaux surchargés d'étoiles de mer. Il y en a des centaines qu'ils déposent un peu partout : sur les meubles, sur la cheminée, etc.
Le chasseur : Voilà.
Maxime : Merci!
Le barman, *entrant* : Misère de misère! Quelle nuit! Quelle nuit! Ah! Elles sont toutes là. Qu'elles y restent. Impossible de marcher dans les rues encombrées d'étoiles de mer. Maintenant, sortons.
Le barman, le chasseur et les garçons de café sortent.
Maxime, *seul* : C'est juste.
Arthur, *entrant* : Eh bien! Ça va être commode de faire le ménage maintenant.

L'Etoile de mer, 2, 1927,
Gallimard, 1978

«Victor ou les Enfants au pouvoir»

Avec Antonin Artaud, Roger Vitrac fut le fondateur du Théâtre Alfred-Jarry. Après la cabale des surréalistes contre la représentation du «Songe ou Jeu de rêve» de Strindberg en juin 1928, la Comédie des Champs-Elysées accepte trois représentations de «Victor ou les Enfants au pouvoir» en décembre suivant. La brochure alors publiée, Le Théâtre Alfred-Jarry et l'hostilité publique déclaraient : «Victor ou les Enfants au pouvoir, drame bourgeois en trois actes de Roger Vitrac. Ce drame, tantôt lyrique, tantôt ironique,

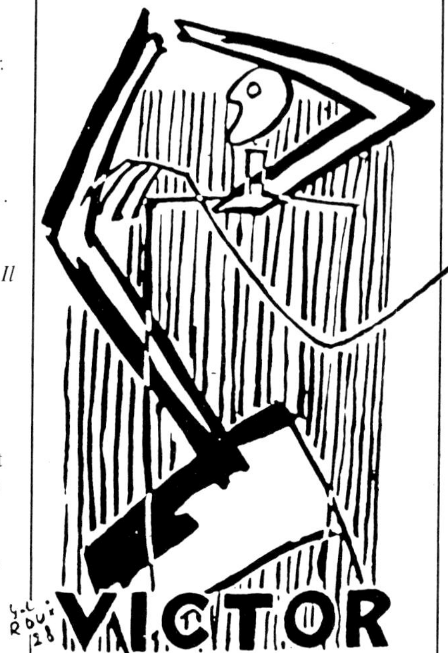

tantôt direct, était dirigé contre la famille bourgeoise, avec comme discriminants : l'adultère, l'inceste, la scatologie, la colère, la poésie surréaliste, le patriotisme, la folie, la honte et la mort.»
Victor, le jour de ses neuf ans, effraie sa famille, révèle des vérités qu'on aimerait voir cachées, étonne, scandalise et tombe gravement malade (acte III, sc. XVIII). Ayant trouvé les ressorts de «l'Uniquat», il ne pourra les révéler et mourra avant.

Emilie : Victor! Victor! Mon Totor bien-aimé, mon chéri, mon fils! Car toi, du moins, tu l'es mon fils. Totor, fils d'Emilie et de Charles, je t'en supplie, réponds-moi. Oh, mon Dieu! Marie, Joseph et tous les anges, déliez-lui au moins la langue, et qu'il parle, et qu'il réponde aux appels d'une mère dans la

détresse. Victor! Mon Victor! Il se tait. Il est mort. Es-tu mort? Si tu étais mort, je le sentirais. Rien n'est sensible comme les entrailles d'une mère.
Victor se retourne en gémissant.
Ah! ah! tu bouges. Tu n'es donc pas mort. Alors, pourquoi ne réponds-tu pas, dis? Tu le fais exprès, tu nous persécutes, tu veux que je me torde les bras, que je me roule à terre. C'est cela que tu veux, hein? Puisque tu remues ton grand corps il ne t'en coûterait pas plus de remuer ta petite langue. Il t'en coûterait moins. Tu ne peux pas parler? Tu ne veux pas parler? Une fois, deux fois? Victor! Une fois, deux fois, trois fois? Tiens, tête de têtu.
Elle le gifle.
Victor : Si c'est pas malheureux, battre un enfant malade, un enfant qui souffre. Une mère qui gifle un enfant qui va mourir, qu'est-ce que c'est maman?
Emilie : Pardon, pardon, Victor! Je ne m'appartenais plus. Mais pourquoi aussi ne pas répondre?
Victor : Qu'est-ce que c'est qu'une mère qui brutalise son fils moribond?
Emilie : Il fallait répondre, Totor, répondre mon petit.
Victor : Eh bien, je réponds… qu'une mère qui fait cela, c'est un monstre.
Emilie : Pardon, Victor! Je t'ai si souvent pardonné, tu peux bien après cette soirée, après cette nuit maudite, après toute la vie, tu peux bien… Mon Totor, songe que si tu allais mourir…
Victor : Tu crois que je vais mourir?
Emilie : Non, bien sûr! Je ne sais pas ce que tu as. Que peux-tu avoir? Non, ne t'inquiète pas. Mourir, mais mon petit, ce n'est pas possible. Tu es si jeune!
Victor : On meurt à tout âge.
Emilie : Tu ne mourras pas, je ne veux pas que tu meures, je veux seulement que tu me pardonnes.
Victor : Allons, allons, bonne mère. Primo, je vais mourir, secondo, parce qu'il faut que je meure, et tertio, il faut donc que je te pardonne. Tu es pardonnée.
Il lui donne sa bénédiction. Emilie sanglote et lui baise convulsivement la main.
Victor : Il est des enfants précoces, dont la précocité confine au génie. Il est des enfants géniaux.
Emilie : Quoi?
Victor : … Mais écoute! Hercule, dès le berceau, étranglait des serpents. Moi, j'ai toujours été trop grand pour qu'un tel prodige puisse vraisemblablement m'être attribué. Pascal, avec des ronds et des bâtons, retrouvait les propositions essentielles de la géométrie d'Euclide. Le petit Mozart, avec son violon et son archet, étonnera longtemps les visiteurs de la galerie de sculpture du Luxembourg. Le petit Frédéric jouait simultanément vingt parties d'échecs et les gagnait. Enfin, plus fort que tous, Jésus, dès sa naissance, était proclamé le Fils de Dieu. De tels précédents sont pour accabler le fils de Charles et d'Emilie Paumelle, lequel doit mourir à neuf ans très précis.
Emilie : Mon chéri!
Victor : Très précis. Que me restait-il, je te le demande, dans le petit domaine familial tout encombré de mes prix d'excellence, que me restait-il?
Emilie : Mais, le travail, l'affection des tiens, et tu es fils unique.
Victor : Tu l'as dit, il me restait d'être fils unique. Unique. Aidé par la nature, j'ai neuf ans et j'ai deux mètres, je compris dès l'âge de cinq ans, j'avais alors un mètre soixante, que je devais me destiner à l'UNIQUAT.
Emilie : A quoi?
Victor : A l'Uniquat. J'ai cherché en silence, j'ai travaillé en secret, et j'ai trouvé.

Emilie : Tu as trouvé? Il délire.
Victor : Oui, Euréka! j'ai trouvé les ressorts de l'Uniquat.
Emilie : Pauvre enfant! Et quels sont-ils?
Victor : Les ressorts de l'Uniquat… Oh ce serait si facile si j'avais une feuille de papier et un crayon.
Emilie : Veux-tu que j'aille t'en chercher?
Victor : Non, non c'est inutile. Je n'aurais pas la force d'écrire.
Emilie : Alors?
Victor : Cela ne fait rien, je vais essayer tout de même de t'expliquer. Les ressorts de l'Uniquat…

Victor ou Les Enfants au pouvoir,
acte III, scène XVIII,
Gallimard, 1928

Artaud, «Le Théâtre et son double»

Le théâtre moderne se réfère constamment à Artaud et principalement à son ouvrage théorique, «le Théâtre et son double» (1938). Ce texte, loin d'être un simple recueil de recettes théâtrales, permet à tout auteur, metteur en scène, acteur, de réfléchir sur l'attitude à tenir sur le théâtre.

Avoué ou non avoué, conscient ou inconscient, l'état poétique, un état transcendant de vie, est au fond ce que le public recherche à travers l'amour, le crime, les drogues, la guerre ou l'insurrection.

Le Théâtre de la Cruauté a été créé pour ramener au théâtre la notion d'une vie passionnée et convulsive; et c'est dans ce sens de rigueur violente de condensation extrême des éléments scéniques qu'il faut entendre la cruauté sur laquelle il veut s'appuyer.

Cette cruauté qui sera, quand il le faut, sanglante, mais qui ne le sera pas systématiquement, se confond donc avec la notion d'une sorte d'aride pureté morale qui ne craint pas de payer la vie le prix qu'il faut payer.

1° Au point de vue du fond c'est-à-dire des sujets et des thèmes traités :

Le Théâtre de la Cruauté choisira des sujets et des thèmes qui répondent à l'agitation et à l'inquiétude caractéristiques de notre époque.

Il compte ne pas abandonner au cinéma le soin de dégager les Mythes de l'homme et de la vie moderne. Mais il le fera d'une manière qui lui soit propre, c'est-à-dire que, par opposition avec le glissement économique, utilitaire et technique du monde, il remettra à la mode les grandes préoccupations et les grandes passions essentielles que le théâtre moderne a recouvertes sous le vernis de l'homme faussement civilisé.

Ces thèmes seront cosmiques, universels, interprétés d'après les textes les plus antiques, pris aux vieilles cosmogonies mexicaine, hindoue, judaïque, iranienne, etc.

Renonçant à l'homme psychologique, au caractère et aux sentiments bien tranchés, c'est à l'homme total, et non à l'homme social, soumis aux lois et déformé par les religions et les préceptes qu'il s'adressera.

Et dans l'homme il fera entrer non seulement le recto mais aussi le verso de l'esprit; la réalité de l'imagination et des rêves y apparaîtra de plain-pied avec la vie.

En outre, les grands bouleversements sociaux, les conflits de peuple à peuple et de race à race, les forces naturelles, l'intervention du hasard, le magnétisme de la fatalité, s'y manifesteront soit indirectement, sous l'agitation et les gestes de personnages grandis à la taille de dieux, de héros ou de monstres, aux dimensions mythiques, soit directement, sous la forme de manifestations matérielles obtenues par des moyens scientifiques nouveaux.

Ces dieux ou héros, ces monstres, ces forces naturelles et cosmiques seront interprétés d'après les images des textes sacrés les plus antiques, et des vieilles cosmogonies.

2° Au point de vue de la forme

En outre, cette nécessité pour le théâtre de se retremper aux sources d'une poésie éternellement passionnante et sensible pour les parties les plus reculées et les plus distraites du public, étant réalisé par le retour aux vieux Mythes primitifs, nous demanderons à la mise en scène et non au texte le soin de matérialiser et surtout actualiser ces vieux conflits, c'est-à-dire que ces thèmes seront transportés directement sur le théâtre et matérialisés en mouvements, en expressions et en gestes avant d'être coulés dans les mots.

Ainsi nous renoncerons à la superstition théâtrale du texte et à la dictature de l'écrivain.

Et c'est ainsi que nous rejoignons le vieux spectacle populaire traduit et senti directement par l'esprit, en dehors des déformations du langage et de l'écueil de la parole et des mots.

Nous comptons baser le théâtre avant tout sur le spectacle et dans le spectacle nous introduirons une notion nouvelle de l'espace utilisé sur tous les plans possibles et à tous les degrés de la perspective en profondeur et en hauteur, et à cette notion viendra s'adjoindre une idée particulière du temps ajoutée à celle du mouvement :

Dans un temps donné, au plus grand nombre de mouvements possibles, nous joindrons le plus grand nombre d'images physiques et de significations possibles attachées à ces mouvements.

Les images et les mouvements employés ne seront pas là seulement pour le plaisir extérieur des yeux ou de l'oreille, mais pour celui plus secret et plus profitable de l'esprit.

Ainsi l'espace théâtral sera utilisé, non seulement dans ses dimensions et dans son volume, mais, si l'on peut dire, dans ses dessous.

Le chevauchement des images et des mouvements aboutira, par des collusions d'objets, de silences, de cris et de rythmes, à la création d'un véritable langage physique à base de signes et non plus de mots. [...]

Si, dans le théâtre digestif d'aujourd'hui, les nerfs, c'est-à-dire une certaine sensibilité physiologique, sont laissés délibérément de côté, livrés à l'anarchie individuelle du spectateur, le Théâtre de la Cruauté compte en revenir à tous les vieux moyens éprouvés et magiques de gagner la sensibilité. [...]

Et, de même qu'il n'y aura pas de place inoccupée dans l'espace, il n'y aura pas de répit, ni de place vide dans l'esprit ou la sensibilité du spectateur. C'est-à-dire qu'entre la vie et le théâtre, on ne trouvera plus de coupure nette, plus de solution de continuité. Et qui a vu tourner la moindre scène de film, comprendra exactement ce que nous voulons dire.

Nous voulons disposer, pour un spectacle de théâtre, des mêmes moyens matériels qui, en éclairage, en figuration, en richesses de toutes sortes, sont journellement gaspillés pour des bandes, sur lesquelles tout ce qu'il y a d'actif, de magique dans un pareil déploiement, est à jamais perdu.

Second Manifeste du Théâtre de la cruauté, 1933,
repris dans
Le Théâtre et son double,
Gallimard, 1938

La peinture : un laboratoire à ciel ouvert

«Le surréalisme est parti, en peinture, de la conviction que l'apparition de facteurs entièrement nouveaux dans la vie psychique et aussi le perfectionnement de certaines techniques modernes, rendaient caduque l'ambition de reproduire ce qui tombe sous la vue.» (Breton, «Perspective cavalière»)

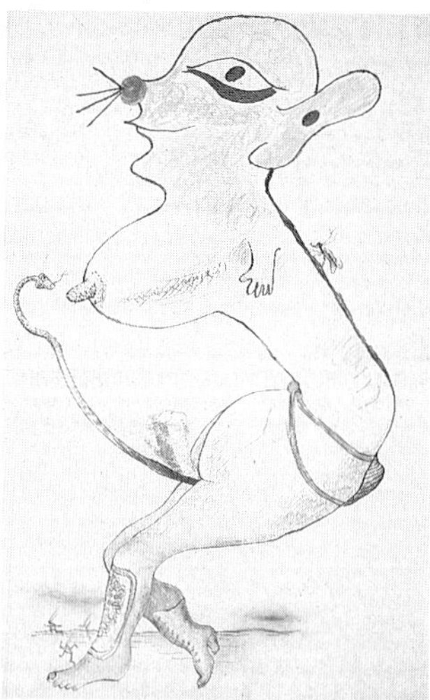

«Le surréalisme et la peinture»

C'est ainsi qu'il m'est impossible de considérer un tableau autrement que comme une fenêtre dont mon premier souci est de savoir sur quoi *elle donne*, autrement dit si, d'où je suis, «la vue est belle», et je n'aime rien tant que ce qui s'étend devant moi *à perte de vue*. Je jouis à l'intérieur d'un cadre de *n figure, paysage ou marine* d'un spectacle démesuré. Que viens-je faire là, qu'ai-je à dévisager si longuement cette personne, de quelle tentation durable suis-je l'objet? Mais c'est un homme, paraît-il, qui me fait cette proposition! Je ne me refuse pas à le suivre où il veut me mener. C'est seulement ensuite que je juge si j'ai bien fait de le prendre pour guide et si l'aventure dans laquelle il m'a entraîné était digne de moi. [...]

Une conception très étroite de l'*imitation*, donnée pour but de l'art, est à l'origine du grave malentendu que nous voyons se perpétuer jusqu'à nos jours. Sur la foi que l'homme n'est capable que de reproduire avec plus ou moins de bonheur l'image de ce qui le touche, les peintres se sont montrés par trop conciliants dans le choix de leurs modèles. L'erreur commise fut de penser que le modèle ne pouvait être pris que dans le monde extérieur, ou même seulement qu'il y pouvait être pris. Certes la sensibilité humaine peut conférer à l'objet d'apparence la plus vulgaire une distinction tout à fait imprévue; il n'en est pas moins vrai que c'est faire un piètre usage du pouvoir magique de figuration dont certains possèdent l'agrément que de le faire servir à la conservation et au renforcement de ce qui existerait sans eux. [...]

L'œuvre plastique, pour répondre à la nécessité de révision absolue des valeurs réelles sur laquelle aujourd'hui tous les esprits s'accordent, se référera donc à un *modèle purement intérieur*, ou ne sera pas. [...]

On a dit qu'il ne saurait y avoir de peinture surréaliste. Peinture, littérature, qu'est-ce là, ô Picasso, vous qui avez porté à son suprême degré l'esprit, non plus de contradiction, mais d'évasion! Vous avez laissé pendre de chacun de vos tableaux une échelle de corde, voire une échelle faite avec les draps de votre lit, et il est probable que, vous comme nous, nous ne cherchons qu'à descendre, à monter de notre sommeil. Et ils viennent nous parler de la peinture, ils viennent nous faire souvenir de cet expédient lamentable qu'est la peinture!

André Breton,
in *La Révolution surréaliste,* n° 4

La responsabilité des peintres comme de tous ceux à qui est échu en redoutable partage d'empêcher, dans le mode d'expression qu'ils servent, la survivance du signe à la chose signifiée, à l'heure actuelle cette responsabilité me paraît lourde et en général assez mal supportée. L'éternité est pourtant à ce prix. [...]

Je ne puis m'empêcher de m'attendrir sur la destinée de Georges Braque. Cet homme a pris des précautions infinies. De sa tête à ses mains il me semble voir un grand sablier dont les grains ne seraient pas plus pressés que ceux qui dansent dans un rayon de soleil. Parfois le sablier se couche sur l'horizon et alors le sable ne coule plus. C'est que Braque «aime la règle qui corrige l'émotion» alors que je ne fais, moi, que nier violemment cette règle. Cette règle où la prend-il? Il doit encore y avoir une quelconque idée de Dieu là-dessous [...]

Rien ne m'a donné mieux à réfléchir que l'attitude de Giorgio de Chirico telle

qu'elle s'est définie au cours de ces dernières années.

André Breton,
in *La Révolution surréaliste,* n° 6

Dans ce domaine de la peinture où, par suite, il ne faut pas être trop difficile (comme dans celui de la vie, il faut être facile, mais alors facile!) je continuerai malgré tout à compter sur Francis Picabia. Nos différends sont d'un autre ordre, et pour très graves que je les tienne, je pense que Picabia a éprouvé avec une violence particulière le dégoût des tractations auxquelles aujourd'hui toute œuvre picturale donne lieu, qu'il les a déjouées en ce qui concerne la sienne avec une très grande énergie et que ce qu'il a donné, en appât, de lui-même était ce à quoi il tenait le moins, ce dont, à beaucoup près, il ne se sentait pas le plus riche. [...]

Derain, pour ne plus le citer, Derain pour ses admirateurs actuels eût alors été difficile à saisir. Selon lui, l'addition et la soustraction, en arithmétique, étaient vaines. Tout dans la nature et par exemple l'arbre en se couvrant de feuilles procédait et ne savait procéder que par la multiplication. [...]

Quand Max Ernst vint, ces différentes données étaient outrageusement simplifiées. Il apportait avec lui les morceaux irreconstituables du labyrinthe. C'était comme le jeu de patience de la création : toutes les pièces, invraisemblablement distraites les unes des autres, ne se connaissant plus aucune aimantation particulière les unes pour les autres, cherchaient à se découvrir de nouvelles affinités. Une pluie diluviale, douce et certaine comme le crépuscule, commençait à tomber. A l'emploi de plus en plus parcimonieux des mots, alors qu'on niait la couleur pour ne plus reconnaître que deux tons : le froid et le chaud, qu'il était question de ne plus s'entendre que sur ce que veulent dire : fenêtre, chemin, ciel, reliés tout au plus par une sorte d'écran, comme au cinéma, Max Ernst opposait un vocabulaire étendu vraiment à tous les mots, quitte à se passer de la signification de plusieurs d'entre eux et, scandale, de ce qui leur confère une valeur plus ou moins émotive. [...]

J'aime m'assurer qu'il souffre des mêmes choses que moi, que la cause obscure à laquelle nous nous dévouons, pour lui pas plus que pour moi, n'est gagnée. Ce qui l'émeut m'émeut et ce qui l'atteint, parfois me surpasse. Tout ce qu'il a délié du serment absurde de paraître ou de ne pas paraître à la fois, tout ce sur quoi se sont ouvertes ou fermées ses mains est autant que je voudrais voir ainsi que j'ai vu. [...] S'il arrive à Max Ernst, tel ou tel jour, de nous faire souvenir plus gravement de *cette vie* (et de nous émouvoir d'autant plus qu'il nous en fait souvenir) nous saurons du moins par quel admirable couloir nous y rentrons comme nous rentrerions dans une vie antérieure. Il ne sera pas trop tôt. [...]

Presque en même temps que Max Ernst, mais dans un esprit assez différent, à première vue quelque peu contraire, Man Ray est parti, lui aussi, de la donnée photographique mais, loin de se fier à elle, de n'utiliser qu'après coup selon le but qui est le sien le lieu commun de représentation qu'elle nous propose, il s'est appliqué d'emblée à lui ôter son caractère positif, à lui faire passer cet air arrogant qu'elle avait de se donner pour ce qu'elle n'est pas. [...] Aussi jugerais-je vain de distinguer dans sa production ce qui est portraits photographiques, photographies dites fâcheusement abstraites et œuvres picturales proprement dites. Aux confins de ces trois sortes de choses qui sont signées de son nom et qui répondent à une même démarche de son esprit, je sais trop bien que c'est toujours la même apparence, ou inapparence, qui est cernée.

Les femmes très élégantes et très belles qui exposent jour et nuit leurs cheveux aux terribles lumières de l'atelier de Man Ray n'ont certes pas conscience de se prêter à une démonstration quelconque. [...]

J'aime André Masson et c'est pure condescendance envers mes gardiens si parfois je simule moi-même autre chose que la folie furieuse. […]

C'est à trop juste titre que Masson se méfie de l'art où plus que partout ailleurs les pièges se déplacent dans l'herbe et où les pas de tout être qui tient à rester libre ou à n'aliéner sa liberté qu'à bon escient, sont comptés. Je le soupçonne et c'est, me semble-t-il, le plus bel éloge que je puisse lui adresser, d'avoir comme nul homme fait sienne, et de vivre moralement sur cette autre phrase de *Marginalia* : «Que certains êtres aient pu planer ainsi au-dessus du niveau de leur époque, c'est là un fait qui n'est douteux pour personne : mais si nous voulions, en fouillant l'histoire, découvrir la trace de leur existence, il nous faudrait mettre de côté toutes les biographies de personnages proclamés "honnêtes et grands" et rechercher minutieusement les quelques souvenirs laissés par les malheureux morts en prison, dans les asiles d'aliénés ou sur l'échafaud.»

André Breton,
in *La Révolution surréaliste,* n° 9-10

L'art moderne et le principe du plaisir

Comment l'art moderne, basé sur la traduction plus ou moins directe de phantasmes inconscients, peut-il se communiquer? Ceci revient à se demander si l'inconscient est communicable dans le domaine esthétique (nous savons que dans la vie journalière, comme le montrent des rêves, des paroles, des actions qui se répondent, les Inconscients de deux personnes peuvent se comprendre parfaitement).

L'art traditionnel utilisait toujours, entre l'art et le public, un intermédiaire: l'imitation du monde extérieur ou des symboles conventionnels compris de tous. L'art moderne qui supprime tous les intermédiaires, prétend tout de même toucher le spectateur. Il n'est pas inutile de rappeler que l'imitation de la réalité n'est pas comprise dans la définition de l'artiste que je donnais plus haut d'après les psychanalystes les plus autorisés. Au contraire : j'ai déjà prouvé dans un autre article (paru dans la *Revue française de psychanalyse*, 1929, n° 2) que l'artiste moderne, avec son mépris de l'objet ou de la représentation du monde extérieur, est plus près de cette définition que l'artiste traditionnel. En effet, on ne peut soutenir que l'imitation ou l'information (théorie de Tolstoï) soient des buts de la peinture, par exemple, qui ne peut lutter de précision avec la photographie, le cinéma, etc. Historiquement et ethniquement d'ailleurs, c'est loin d'être le cas. On sait aujourd'hui que l'expression est la caractéristique primordiale de l'art, ce qui ne signifie d'ailleurs pas que cette expression ne doive pas se socialiser (théorie de Croce), sans quoi elle ne serait plus de l'art; or la socialisation entraîne la communication. Disons pourtant une fois pour toutes qu'il n'y a aucune raison pour que la communication de son expression par l'artiste suppose de la part du public une compréhension, une correspondance entre ses rêveries ou idées de celles de l'artiste, soit consciente, soit inconsciente. Le spectateur doit accepter cette perte d'une partie de son «avant-plaisir». Que lui restera-t-il alors? Ses propres phantasmes, auxquels l'œuvre d'art servira de tremplin, et qui lui procureront une ample quantité de «plaisir final». L'œuvre agit en effet sur le public moins comme l'aimant communique au fer ses propriétés que comme la mèche allumée provoque l'explosion de la poudre.

J. Frois-Wittmann
Minotaure, n° 3-4, 1933

«Je me souviens de Tanguy dormant dans les hautes branches d'un arbre»

– Si Tanguy était une couleur?
– Ce serait un jaune très frais, très éclatant, me répond une voix;
– Si c'était un animal?
– Ce serait un girafeau.
– Si c'était un parfum?
– Ce serait une excellente eau de Cologne.
– Si c'était une langue?
– Ce serait le danois.
– Si c'était un fruit?
– Ce serait une prunelle.
– Si c'était une invention?
– Ce serait une brouette.
– Si c'était une rue de Paris?
– Ce serait la rue d'Amsterdam.
– Si c'était un oiseau?
– Ce serait un pic-vert.
– Si c'était une boisson?
– Ce serait le muscadet.
– Si c'était un complexe?
– Ce serait le complexe d'auto-d'accusation.
– Si c'était un lieu de villégiature?
– Ce serait un village au bord du lac d'Annecy.
– Si c'étaient des chaussures?
– Ce seraient des sandales.
– Si c'était un moyen de locomotion?
– Ce serait le bateau à voile.
– Si c'était un bijou?
– Ce seraient des pendants d'oreilles érotiques.
– Si c'était un outil?
– Ce serait une clef anglaise.
– Si c'était une époque de la vie humaine?
– Ce serait la dix-huitième année.
– Si c'était un élément?
– Ce serait l'air.
– Si c'était un légume?
– Ce serait un céleri.
– Si c'était un style architectural?
– Ce serait celui des habitations lacustres.
– Si c'était une pierre précieuse?
– Ce serait l'aigue-marine.
– Si c'était un coquillage comestible?
– Ce serait l'anatife.
– Si c'était une perversion?
– Ce serait le sadisme.
– Si c'était un gâteau?
– Ce serait un éclair au café.
– Si c'était une heure du jour?
– Ce serait 4 ou 5 heures du matin.
– Si c'était une plante exotique?
– Ce serait le cierge du Mexique.
– Si c'était une machine?
– Ce serait le laminoir.
– Si c'était un poisson?
– Ce serait une torpille.
– Si c'était un objet de toilette?

– Ce serait la brosse à cheveux.
– Si c'était un mode d'éclairage?
– Ce serait un réverbère.
– Si c'était un animal mythologique?
– Ce serait la licorne.
– Si c'était un poème?
– Ce serait un poème de *Calligrammes : Arbre*.
– Si c'était un sculpteur?
– Ce serait le premier sculpteur des statues de bois de l'île de Pâques.
– Si c'était un meuble?
– Ce serait un escabeau.
– Si c'était un peuple primitif?
– Ce serait les Jivaros.
– Si c'était une maladie mentale?
– Ce serait la cyclothymie.
– Si c'était un gibier?
– Ce serait la sarcelle.
– Si c'était un supplice?
– Ce serait celui de la goutte d'eau.
– Si c'était un écrivain?
– Ce serait Maturin.
– Si c'était un monument de Paris?
– Ce serait le génie de la Bastille.
– Si c'était une superstition?
– Ce serait celle du sel renversé.
– Si c'était une religion?
– Ce serait celle du fétichisme comportant des sacrifices humains.
– Si c'était une épice?
– Ce serait la muscade.
– Si c'était une caresse?
– Cela consisterait à encadrer le visage avec les deux mains.
– Si c'était une plante aquatique?
– Ce serait le sagittaire.
– Si c'était une robe?
– Ce serait une robe drapée en filet.
– Si c'était un animal domestique?
– Ce serait l'âne.
– Si c'était une civilisation disparue?
– Ce serait la civilisation maya.

Qui ne voit maintenant se dessiner la silhouette d'Yves Tanguy, entouré d'un vol de libellules? *Je vous attends*, dit-il du haut de cette grande carrière d'où s'échappent des milliers d'Horus, couleur de tranches de sodium. Et vos grands pieds ne feront que des petits os pour manger le riz des Chinois. Mais, venez vite contempler votre image future avant que les tourbillons de la trombe n'aient dispersé dans le ciel blond platine vos cœurs et vos foies dont les boutons d'or se pourlèchent déjà les babines.

Benjamin Péret,
in *Cahiers d'art*,
vol. X, n° 5-6, 1935

Miro, «à qui le surréalisme doit la plus belle plume de son chapeau»

En 1941, Breton exprime à l'égard de Mirò un enthousiasme mitigé :

Sa production, écrit-il d'abord en 1941, atteste une innocence et une liberté qui n'ont pas été dépassées. […] Le seul revers de telles dispositions de la part de Mirò est un certain arrêt de la personnalité au stade enfantin, qui le garde mal de l'inégalité, de la profusion et du jeu et intellectuellement assigne des limites à l'étendue de son témoignage.

Quant à Miro :

Il m'est difficile de parler de ma peinture, car elle est toujours née dans un état d'hallucination, provoqué par un choc quelconque, objectif ou subjectif, et duquel je suis entièrement irresponsable.

Quant à mes moyens d'expression, je m'efforce d'atteindre de plus en plus le maximum de clarté, de puissance et d'agressivité plastique c'est-à-dire de provoquer d'abord une sensation physique pour arriver ensuite à l'âme.

Joan Miro,
in «Emancipation de la peinture»,
Minotaure, n° 3-4

Fascinateurs fascinés : les surréalistes et le cinéma

«Il suffit à un homme enchaîné de fermer les yeux pour qu'il ait le pouvoir de faire éclater le monde.»

Octavio Paz

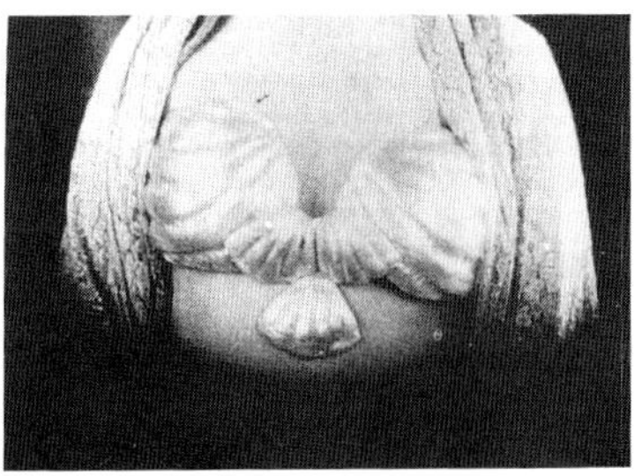

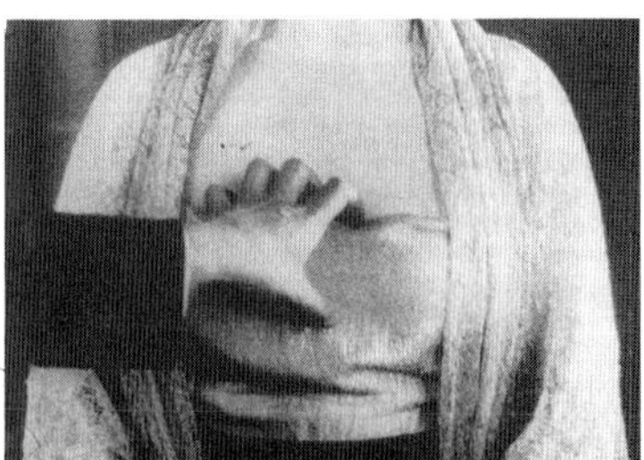

«Le seul mythe résolument moderne»

Film-rêve, film-vertige... Défendant collectivement Chaplin, les surréalistes louèrent cet art insolite parce qu'il faisait apparaître «les ombres des grandes réalités». Les œuvres qui furent alors suscitées, en cette perspective, et qui se voulurent surréalistes, semblent en général hors de proportion avec l'ambition qui leur donna naissance. Du moins constituent-elles des références indispensables, dont il fallait mesurer la portée et les véritables audaces, quitte à constater que c'est en marge du surréalisme véritable que se constituèrent bientôt les authentiques chefs-d'œuvre, qui en manifestaient l'esprit (Vigo illustre cela assez bien).

Inutile de le dissimuler : l'intérêt de la relation Cinéma-Surréalisme est ailleurs. Car nul ne se peut complaire sans quelque démission dans la célèbre caverne où ne défilent que les ombres du monde qui nous environne. Le vrai pouvoir du cinéma commence lorsque, quittant la caverne, il tente d'explorer le multiple visage des objets et des êtres, libérant aussi bien des structures abstraites et «essentielles» du langage que des faux prestiges de la magie. Il s'agit d'être au monde, finalement; et il est manifeste que certaines orientations surréalistes, certaine soif de surréel devenue soif de tout le réel, aident le cinéma à cette authentique naissance.

Georges-Albert Astre
«Surréalisme et Cinéma»
in *Etudes cinématographiques,* n° 38-39

Les poètes découvrent le cinéma

Dans les dernières années de l'avant-guerre seulement – on devrait presque dire dans les derniers mois – se dessine une orientation nouvelle. Le signe le plus clair en est donné par l'apparition dans la revue dont Apollinaire est l'animateur, *Les Soirées de Paris*, d'une «chronique cinématographique». Il n'y avait pas, jusqu'alors, de critique des films, ni dans les journaux, ni dans les publications périodiques. Aussi la création de cette rubrique, tenue par Maurice Raynal, représente-t-elle une innovation capitale : le cinématographe avait-il sa place dans une revue d'avant-garde, vouée au cubisme et aux recherches des jeunes poètes? Le choix des films évoqués dans ces pages n'est pas moins important. C'est par exemple, dans le numéro du 15 décembre 1913 : *L'Ile d'épouvante*, drame, *Le Secret d'Andrinople*, film danois, *Polydore savetier*, comique, *Bienfait n'est jamais perdu*, qui se passe pendant la guerre de Sécession, et les comiques de F.-C. Buny. Ou dans celui qui est daté de juillet-août 1914 et qui parut peu de temps avant le commencement de la guerre : *Les Ravages de l'alcool*, *Eros*, fantaisie grecque en couleurs, *Rêves d'opium*, et *Fantômas* – dont Maurice Raynal dit : «Rien que dans ce film, touffu, compact et concentré, que de génie éclate !» [...]

Non que Maurice Raynal élabore une esthétique du cinéma; mais il regarde un film dans une disposition différente, où n'intervient plus seulement la magie du réel; il n'est pas obsédé par la fidélité de la reproduction et c'est pourquoi il est sensible à une autre magie des images, celle qui émane au plus haut point de *Fantômas*. [...]

Il faudra attendre la guerre, et la formation d'une nouvelle avant-garde pour qu'apparaisse à l'égard du cinéma une véritable fascination. On sait comment, à partir de 1916 et surtout de 1917, de jeunes poètes se réunirent autour d'Apollinaire : Reverdy, avec sa revue *Nord-Sud*, Pierre Albert-Birot, fondateur de SIC, Aragon, Philippe Soupault, Paul Dermée... De Nantes, André Breton commence avec le poète d'*Alcools* une longue correspondance. [...]

Tandis qu'à Nantes André Breton et Jacques Vaché courent de salle en salle, ivres d'images, à Paris Philippe Soupault découvre Charlot. Bientôt, en janvier 1918, il donnera dans SIC une *Note I sur le cinéma*, qui mérite d'être citée. [...]

« Dès maintenant apparaît pour ceux qui savent voir la richesse de ce nouvel art. Sa puissance est formidable parce qu'il renverse toutes les lois naturelles : il ignore l'espace, le temps, bouleverse la pesanteur, la balistique, la biologie, etc. Son œil est plus patient, plus perçant, plus précis. Il appartient alors au créateur, au poète, de se servir de cette puissance et de cette richesse jusqu'alors négligées, car un nouveau serviteur est à la disposition de son imagination.

Et sans pourtant vouloir dépasser les limites de cette note, je propose à ceux qui ont les moyens matériels de le réaliser ce premier essai.

POEME CINEMATOGRAPHIQUE.
INDIFFÉRENCE.

Je gravis une route verticale. Au sommet s'étend une plaine où souffle un vent violent. Devant moi des rochers se gonflent et deviennent énormes. Je penche la tête et je passe au travers. J'arrive dans un jardin aux fleurs et aux herbes monstrueusement grandes. Je m'assieds sur un banc. Apparaît brusquement à mon côté un homme qui se change en femme, puis en vieillard. A ce moment apparaît un autre vieillard qui se change en enfant puis en femme. Puis bientôt et peu à peu une foule disparate d'hommes, de femmes, etc. gesticule, tandis que je demeure immobile. Je me lève et tous disparaissent, je m'installe à la terrasse d'un café, mais tous les objets, les chaises, les tables, les fusains dans les tonneaux, se groupent autour de moi et me gênent, tandis que le garçon tourne autour de ce groupe avec une rapidité uniformément accélérée; les arbres abaissent leurs branches, les tramways, les autos passent à toute vitesse, je m'élance et saute par-dessus les maisons. Je suis sur un toit en face d'une horloge qui grandit, grandit tandis que les aiguilles tournent de plus en plus vite. Je me jette du toit et sur le trottoir j'allume une cigarette.» [...]

Aragon n'est pas moins attiré par cet art avec lequel il faut compter désormais, et un de ses premiers poèmes imprimés dans *Nord-Sud*, en mai 1918, est «Charlot mystique».

Quand Tristan Tzara transporte Dada à Paris après l'armistice, ce mouvement d'intérêt se poursuit. Telle note, telle chronique de la revue *Littérature* en portent la trace, et l'on sait quels espoirs André Breton mettait alors dans le développement du cinéma.

Pourtant, on ne réalisa aucun «poème cinématographique», selon l'expression qu'avait utilisée Philippe Soupault. Dans l'orbite de Dada, ce ne sont pas des écrivains, ce sont des peintres qui, en Allemagne, s'exprimèrent par le film. En France, l'impulsion donnée par Louis Delluc, lui-même venu d'horizons littéraires bien différents, oriente le cinéma vers d'autres horizons. Il faudra attendre 1924 pour voir apparaître *Entr'acte*; encore l'inspirateur de ce petit chef-d'œuvre, Picabia, est-il avant tout un peintre.

Beaucoup de raisons peuvent sans doute expliquer cette carence – et au premier chef le prix de revient d'un film. Mais on peut aussi se demander si, quelle qu'ait été la séduction exercée sur eux par le cinéma, quelle qu'ait été leur perspicacité à son propos, ces jeunes poètes étaient prêts à l'utiliser comme leur langage propre. Ils ont le mérite d'avoir proclamé les noces de la poésie et du cinéma. Mais le cinéma les a ravis, il ne les a pas inspirés.

Michel Décaudin,
idem

Du cinéma comme langage surréaliste

Comment douter que le film se présente, aux yeux des surréalistes, sous forme de moyen d'exploration, possédant la vertu précieuse qu'avait devinée Antonin Artaud, préconisant avec son scénario *La Coquille et le clergyman* (1927) un cinéma qui présenterait des «situations purement visuelles». Au moyen du film, le surréaliste peut compter nous transporter, à l'exemple de tel tableau de Max Ernst, «à l'intérieur de la vue». C'est-à-dire que la célèbre dichotomie posée par le surréalisme entre contenu manifeste et contenu latent se traduira ici sous une forme aiguë : dans le cinéma surréaliste se communique directement une vision dépaysante, fonctionnant au profit de celui-ci.

Nulle part mieux que dans le film ne s'explique l'affirmation de Breton : «Le surréalisme est ce qui sera.» Car nulle

part la pensée surréaliste ne nous parvient sous une forme si pure : les images du film surréaliste évoquent moins le monde connu que celui qu'il nous reste à connaître. C'est que l'image cinématographique n'affirme pas; elle démontre. Elle ne persuade pas; elle impose au spectateur des conclusions qu'il ne peut combattre qu'«a posteriori», une fois quittée la salle, la lumière du jour regagnée. Le cinéma est ainsi capable de faire vivre à son public, par le choc visuel prévu par Artaud, un moment surréaliste. Et ce ne sont pas là des mots vides de sens : avant d'être philosophie, éthique, esthétique, le surréalisme est expérience vécue. [...]

Tout comme son poème, le scénario d'un surréaliste constitue un acte de provocation. «Le poète – et c'est une fois de plus Eluard qui parle – est celui qui inspire bien plus que celui qui est inspiré.» Mais au moment d'inspirer, il s'inspire. C'est la signification en surréalisme du jeu analogique, tel que l'entend Buñuel qui a avoué que son *Chien andalou* reflète «un automatisme psychique conscient».

«A d'autres – font observer Breton et Schuster au nom du surréalisme – le soin de nourrir l'âme d'aliments de première nécessité, qui ne sont pas rares, quoique indispensables à sa médiocrité stagnante. J'ai voulu lui imposer des mets luxueux et étranges, venus des antipodes ou des abîmes.» Pas plus que tout autre forme d'écriture surréaliste, le scénario ne demande au réel son autorité. C'est dire que la valeur symbolique du miroir dans la chambre de l'héroïne de *L'Age d'or* se fait comprendre sans difficulté : «Gros plan du miroir [lit-on] qui ne reflète en aucune façon ni elle ni la pièce, mais un beau ciel avec des nuages blancs, ovales, se traînant paresseusement dans le couchant. Au premier plan, la silhouette sèche d'un arbre agité par le vent.» Cette image nous parvient de l'autre face du monde dont parle Péret.

J.H. Matthews,
idem

«Un chien andalou»

La publication de ce scénario dans *La Révolution surréaliste* est la seule que j'autorise. Elle exprime, sans aucun genre de réserve, ma complète adhésion à la pensée et à l'activité surréalistes. *Un Chien andalou* n'existerait pas si le surréalisme n'existait pas.

«Un film à succès», voilà ce que pense la majorité des personnes qui l'ont vu. Mais que puis-je contre les fervents de toute nouveauté, même si cette nouveauté outrage leurs convictions les plus profondes, contre une presse vendue ou insincère, contre cette foule imbécile qui a trouvé «beau» ou «poétique» ce qui, au fond, n'est qu'un désespéré, un passionné appel au meurtre.

Luis Buñuel,
in *La Révolution surréaliste*,
n° 12, 15 décembre 1929

L'affaire de «L'Age d'or»

«L'Age d'or», réalisé par Luis Buñuel, sur un scénario écrit en collaboration avec Salvador Dali, fut présenté en novembre 1930 à Paris, au studio des Ursulines. Le film, violemment anti-chrétien, qui tournait en dérision toutes les valeurs morales (famille, patrie, interdits de toute espèce), attira bien sûr les foudres de la censure. Mais le 3 décembre, la Ligue des patriotes et la Ligue anti-juive firent irruption dans la salle, saccageant écran et fauteuils, et l'exposition qui se tenait dans le hall. Le film fut saisi le 11 décembre. L'interdiction a été levée... en 1980.

Lettre ouverte à M. Paul Ginesty, Président de la censure

«Monsieur le Président,

Un scandale sans précédent se déroule chaque soir au Studio 28, et cela avec l'acquiescement du service de censure que vous présidez.

Un film intitulé *L'Age d'or*, auquel je défie quelque technicien autorisé de reconnaître la moindre valeur artistique, multiplie en spectacle public les épisodes les plus obscènes, les plus répugnants, les plus pauvres.

La Patrie, la Famille, la Religion, y sont traînées dans l'ordure : un ostensoir est posé près du ruisseau, frôlé par les jambes de femmes haut troussées. Le Christ y est représenté, sur un air de paso-doble, comme «le principal organisateur de la plus bestiale des orgies, avec huit merveilleuses filles, huit splendides adolescents, etc. ». [...]

Tous ceux qui ont sauvé la grandeur de la France, tous ceux qui respectent les religions même s'ils sont athées, tous ceux qui ont le culte de la famille, de l'enfance, de l'avenir d'une race à qui le monde doit sa lumière, tous ces Français qu'on nous a choisis pour défendre contre l'empoisonnement des bas spectacles, vous demandent ici ce que vous pensez désormais du maintien de la Censure, des sévérités malencontreuses, des blâmables indulgences qui sont depuis quelques mois les seules manifestations d'activités des fonctionnaires que cette Censure nous coûte?

Souffrez que l'opinion publique vous pose ici une question précise : quel est, parmi vos collaborateurs, le responsable de cette extorsion du visa ministériel? Le pays a le droit de savoir. [...]

Richard-Pierre Bodin,
Le Figaro, 7 décembre 1930

Aspect social, éléments subversifs

Extrait du manifeste publié en 1931 par les surréalistes pour justifier «L'Age d'or» :

Il faudra chercher un cataclysme déjà lointain pour trouver à quoi comparer les temps modernes. Il faudra sans doute se reporter à l'écroulement du monde ancien. La curiosité qui nous pousse vers ces époques de grand trouble assez semblables, toutes réserves faites, à celle où nous vivons, aimerait à retrouver de ce temps-là autre chose que l'histoire. Hélas, le christianisme est tout rempli de son ciel où il n'y a rien que nous n'ayons déjà vu au plafond du ministère de l'Intérieur ou sur les rochers au bord de la mer. C'est pourquoi les traces authentiques laissées sur la rétine humaine par l'aiguille d'un grand sismographe mental revêtiront toujours, à moins de disparaître avec tout le reste dans l'anéantissement de la société capitaliste, une importance exceptionnelle, pour ceux à qui il importe avant tout de déterminer le point critique où les «simulacres» prennent la place des réalités, il y va de la volonté des hommes que le soleil se couche une fois pour toutes. Projeté à un moment où les banques sautent, où les révoltes éclatent, où les canons commencent à sortir de l'arsenal, *L'Age d'or* devrait être vu de tous ceux que n'inquiètent pas encore les nouvelles que la censure laisse imprimer dans les journaux. C'est un complément moral indispensable aux alarmes boursières, dont l'effet sera très direct, justement à cause de son caractère surréaliste. Il n'y a pas, en effet, d'affabulation dans la réalité. Les premières pierres se posent, les convenances prennent figure de dogme, les flics cognent comme il se fait tous les jours, comme tous les jours aussi, différents accidents se produisent au sein de la société bourgeoise, accueillis par la complète indifférence. Ces accidents à propos desquels on remarquera que dans le film de Buñuel, ils apparaissent philosophiquement purs, affaiblissent la capacité de résistance d'une société en putréfaction, qui essaie de se survivre en utilisant les prêtres et les policiers comme seuls matériaux de soutien. Le pessimisme final issu du sein même de la classe dirigeante par la désintégration de son optimisme, devient à son tour une puissante force de décomposition de cette classe, prend la valeur d'une négation, en s'affirmant aussitôt dans l'action anti-religieuse, donc révolutionnaire puisque «la lutte contre la religion est aussi la lutte contre le monde». Le passage du pessimisme de l'état à l'action est déterminé par l'Amour, principe du mal dans la démonologie bourgeoise, qui demande qu'on lui sacrifie tout : situation, famille, honneur, mais dont l'échec dans l'organisation sociale introduit le sentiment de révolte. Un processus semblable peut s'observer dans la vie et l'œuvre du marquis de Sade, contemporain de *L'Age d'or* et de la monarchie absolue, interrompues par l'implacable répression physique et morale de la bourgeoisie triomphante. Ce n'est donc pas par hasard que le film sacrilège de Buñuel est un écho des blasphèmes hurlés par le divin marquis à travers les grilles de ses prisons. Il reste évidemment à montrer le devenir de ce pessimisme dans la lutte et le triomphe du prolétariat qui est la décomposition de la société en tant que classe particulière. A l'époque de la «prospérité», la valeur d'usage sociale de *L'Age d'or* doit s'établir par la satisfaction du besoin de destruction des opprimés et peut-être aussi par la flatterie des tendances masochistes des oppresseurs. En dépit de toutes les menaces d'étouffement, ce film servira très utilement, pensons-nous, à crever des cieux toujours moins beaux que ceux qu'il nous montre dans un miroir.

Maxime Alexandre,
Aragon, André Breton, René Char,
René Crevel, Salvador Dali, Paul Eluard,
Benjamin Péret, Georges Sadoul, André
Thirion, Tristan Tzara, Pierre Unik,
Albert Valentin

BIBLIOGRAPHIE

– Abastado, Claude, *Introduction au surréalisme*, Bordas, 1971.
– Alexandrian, Sarane, *Le Surréalisme et le rêve*, Connaissance de l'inconscient, Gallimard, 1974.
– Baron, Jacques, *Anthologie plastique du surréalisme*, Filipacchi, 1980.
– Baron, Jacques, *L'an I du surréalisme*, Denoël, 1969.
– Bédouin, Jean-Louis, *La Poésie surréaliste*, Seghers, 1964.
– Béhar, Henri, *André Breton le grand indésirable*, Calmann-Lévy, 1990.
– Béhar, Henri, *Etude sur le théâtre dada et surréaliste*, Les Essais, Gallimard, 1967; Idées, Gallimard, 1979.
– Béhar, Henri, et Carassou, Michel, *Le Surréalisme,* textes et débats, Le Livre de poche, Librairie générale française, 1984.
– Béhar, Henri, *Les Pensées d'André Breton*, Centre de recherches sur le surréalisme, L'Age d'homme, 1988.
– Biro, Adam, et Passeron, René (sous la direction de), *Dictionnaire du surréalisme et de ses environs,* PUF, 1982.
– Bonnaud-Lamotte, D., et Rispail, J.-L. (sous la direction de), *Intellectuels des années trente entre le rêve et l'action*, Editions du CNRS, 1989.
– Bonnet, Marguerite, *Les Critiques de notre temps, Breton*, Garnier, 1974.
– Bounoure, Vincent, *La Civilisation surréaliste*, Payot, 1976.
– Brochier, Jean-Jacques, *L'Aventure des surréalistes, 1914-1940*, Stock, 1977.
– Caillois, Roger, *La Nécessité d'esprit*, Bibliothèque des sciences humaines, Gallimard, 1981.
– Dachy, Marc, *Le Journal du dadaïsme*, Skira, 1980.
– Dumas, Marie-Claire, *Robert Desnos ou l'exploration des limites*, Klincksieck, 1980.
– Gracq, Julien, *André Breton*, Corti, 1948.
– Hocke, Gustav René, *Labyrinthe de l'art fantastique, les racines du surréalisme*, Denoël-Gonthier, 1957-1967.
– Hugnet, Georges, *L'Aventure dada (1916-1922),* Seghers, 1957, 1971.
– Jean, Marcel, et Meizi, Arpad, *Histoire de la peinture surréaliste*, Seuil, 1959.
– Kovacs, Yves (ensemble réalisé par), *Surréalisme et cinéma,* I et II, Etudes cinématographiques, n° 38-39, 1965.
– Nadeau, Maurice, *Histoire du surréalisme*, Seuil, 1964.
– Nouvelle Revue Française (La), *André Breton et le mouvement surréaliste*, 15e A., n° 172, avril 1967, réédité en 1990.
– Obliques, *La Femme surréaliste*, 1975.
– Penrose, Roland, *Quatre-Vingts Ans de surréalisme*, 1900-1981, Editions Cercle d'art, 1983.
– Picon, Gaëtan, *Le Journal du surréalisme*, Skira, 1976.
– Pierre, José, *Le Surréalisme*, Editions Rencontre, Lausanne, 1967.
– Pierre, José, *Tracts surréalistes et déclarations collectives*, 2 tomes, Le Terrain vague, Losfeld, 1982.
– Seghers, Pierre, *La Résistance et ses poètes*, Seghers, 1974.
– Starobinski, Jean, *L'Œil vivant II, La relation critique*, essai, Le Chemin, Gallimard, 1970.
– Thirion, André, *Révolutionnaires sans révolution*, Lafont, 1972.

TABLE DES ILLUSTRATIONS

COUVERTURE

1er plat, le tour : photomontage créé pour le n° 12 de *La Révolution surréaliste*; de gauche à droite et dans le sens des aiguilles d'une montre : Maxime Alexandre, Louis Aragon, André Breton, Luis Buñuel, Jean Caupenne, Paul Eluard, Marcel Fourrier, René Magritte, Albert Valentin, André Thirion, Yves Tanguy, Georges Sadoul, Paul Nougé, Camille Goemans, Max Ernst, Salvador Dali. Reproduction aux éditions J.-M. Place, Paris.
1er plat, le centre : *Deux enfants sont menacés par un rossignol*, huile sur bois par Max Ernst, 1924. Museum of Modern Art, New York.
Dos Dessin pour le Jeu de Marseille, Paracelse, le mage de connaissance. Coll. part., Paris.
4e plat «Le Monde entier parle du surréalisme», page 4 de couv. du n° 1 de *La Révolution surréaliste*. Coll. part.

OUVERTURE

CHAPITRE I

sommeil, dessin de Paul Eluard. Coll. part.
38 *Les Vacances de Hegel* par René Magritte, 1958. Galerie Isy Brachot, Bruxelles.
39h *Space Writing*, photographie par Man Ray. Archives Treillard, Paris.
39b Phrase de J. Rigaud dans ☆ *de l'humour noir*. Bibl. Jacques-Doucet, Paris.

CHAPITRE II

40 Couverture du n° 1 de *La Révolution Surréaliste*, décembre 1924. Coll. part.
41 Cercueil d'Anatole France, 1924. Archives Roger-Viollet, Paris.
42h Fantômas, Dante et Jules Verne, gravure de Max Ernst in *La Femme 100 têtes*. Bibl. nat., Paris.
42b *Un cadavre*, tract surréaliste distribué à l'occasion des funérailles d'Anatole France. Bibl. Jacques-Doucet, Paris.
42-43 *L'Enigme d'Isidore Ducasse*, photographie par Man Ray. M.N.A.M.
43 Jacques Prévert devant le 54, rue du Château en 1925. Archives Gallimard, Paris.
44 *Vive la mère Ubu*, lithographie par Max Ernst, in *Décervelages*. Bibl. nat., Paris.
45h Antonin Artaud dans le rôle de Marat dans *Napoléon* d'Abel Gance. Cinémathèque française, Paris.
45b Antonin Artaud, portrait par Man Ray. M.N.A.M.
46 *Ubu imperator* par Max Ernst, 1923. M.N.A.M.
47 Dessin de Picasso pour *Ubu enchaîné*. Bibl. Jacques-Doucet, Paris.
48 Couverture de *L'Immaculée Conception* (détail) par Breton et Eluard, avec dessin de Dali.
48-49 Cadavre exquis, André Breton. M.N.A.M.
49h Paul Eluard en *Nourrice des étoiles*, collage photo par André Breton.
49b *L'Œil sans yeux, la femme 100 têtes garde son secret*, collage de Max Ernst, 1929. Bibl. nat., Paris.
50 *La Sieste* par Joan Miró, 1925. M.N.A.M.
50-51 *Femmes étranglant des oiseaux*, dessin par André Masson, 1931. M.N.A.M.
51 *Peintre et modèle*, collage de Jacques Prévert. Bibl. nat., Paris.
52 *Deux enfants sont menacés par un rossignol*, huile sur bois par Max Ernst, 1924. Museum of Modern Art, New York.
53g *Loplop présente une jeune fille* par Max Ernst, 1930. M.N.A.M.
53dh Max Ernst, portrait par Man Ray. M.N.A.M.
54-55 *C'est le chapeau qui fait l'homme*, collage sur papier par Max Ernst, 1920. Museum of Modern Art, New York.
56 Dessin extrait d'*Histoire naturelle*, Max Ernst, 1926. Bibl. nat., Paris.
57hg *L'Etoile de mer*, fragment du scénario de Man Ray sur le poème de Desnos. Cinémathèque française, Paris.
57hd *Le Cadeau*, ready-made par Man Ray, 1921-1961. M.N.A.M.
57b Rayogramme 4 (*Champs délicieux*) par Man Ray, 1922. M.N.A.M.
58h Breton, Rivera et Trotsky au Mexique en 1938. Coll. part.
58b Page de titre de *Légitime Défense*, André Breton, 1926.
58-59 Titre de la revue *Clarté* n° 6, 1927.
59b Titre du tract *La Révolution d'abord et toujours.*
60hg Lita Grey vers 1920. Collection Sirot-Angel, Paris.
60hd Charlie Chaplin vers 1920. Collection Sirot-Angel, Paris.
60b Fragment de la première page du tract *Permettez !*, 1927, adressé aux notables de Charleville. Coll. part.
61h René Daumal, portrait par Josef Sima. Musée des Beaux-Arts de Reims.
62 Roger Gilbert-Lecomte, portrait par Josef Sima. Musée des Beaux-Arts de Reims.
62-63 Détail d'ouverture du *Second Manifeste du surréalisme*, paru dans le n° 12 de *La Révolution surréaliste*, décembre 1929. Reproduction aux éditions J.-M. Place.
63 Roger Vailland, photo Harlingue-Viollet.
64h *A l'heure de l'Observatoire - Les Amoureux* par Man Ray, 1932-1934. Archives Treillard, Paris.
64b Dali, Gala, Eluard et Nusch à Cadaquès en 1931. Coll. part.
65h Titre manuscrit par Eluard : *L'Amour de la poésie*, 1929. Coll. part.
65m Dessin tiré de l'édition originale de *Nadja*. Archives Gallimard, Paris.
65b *Je ne vois pas la femme cachée dans la forêt*, photomontage de René Magritte pour *La Révolution surréaliste* n° 12, décembre 1929. Réédition J.-M. Place.
66g «Et nous aussi nous serons mères car...», gravure de J.-J. Lequeu, 1793.
66d Dessin préparatoire à *La Mémoire de la femme-enfant* par Dali, 1932. Coll. Picasso.
67 Gisèle Prassinos lisant ses textes, photo par Man Ray. Archives Treillard, Paris.
68 *L'Importance des merveilles par Magritte*, 1927. Coll. A. Lude.
68-69 *Suicide*, portrait de Kiki de Montparnasse par Man Ray. Archives Treillard, Paris.
69 Meret Oppenheim sur une presse litho, photographie par Man Ray. M.N.A.M.
70h Luis Buñuel,

CHAPITRE III

103 *Intérieur hollandais* par Joan Miró, 1928. Simon Guggenheim Fund, Museum of Modern Art, New York.
104g Programme de l'Exposition internationale du surréalisme à Paris, janvier 1938.
104d Couverture du catalogue de l'Exposition internationale du surréalisme à Londres par Max Ernst, 1936. Bibl. nat., Paris.
105h *Le Rire sans ride de Newton* par W. Takahaki. Bibl. Jacques-Doucet, Paris.
105b «Je suis un gant du ciel», dessin par Jean Cocteau, extrait de *Maison de santé*, 1926. Bibl. nat., Paris.

CHAPITRE IV

106 L'As de connaissance du Jeu de Marseille, dessin par André Breton. Coll. part., Paris.
107 «La Lampe dans l'horloge», dessin-dédicace à Jorge Camacho par André Breton, 1948. Coll. part., Paris.
108 Oscar Dominguez à la villa Air-Bel, photo par André Gomes.
108-109 Dessin collectif par André Breton, Wilfredo Lam et Jacqueline Lamba, Marseille, 1942. M.N.A.M.
110g Villa Air-Bel, pendant la vente aux enchères, photo par André Gomes.
110hd La Religieuse portugaise, figure du Jeu de Marseille d'après le dessin d'André Masson. André Dimanche éditeur, Marseille.
110bd Paracelse, le mage de connaissance, figure du Jeu de Marseille. A. Dimanche éditeur, Marseille.
111hg Pancho Villa, figure du Jeu de Marseille. A. Dimanche éditeur, Marseille.
111bg Freud, figure du Jeu de Marseille. A. Dimanche éditeur, Marseille.
111d Aimé Césaire, photographie.
112h Peggy Guggenheim en août 1926, portrait par Alfred Courmes. Musée Franco-américain, Blérancourt.
112b *Jungle* (détail), par Wilfredo Lam, 1943. Inter American Fund, Museum of Modern Art, New York.
113 *Jack l'éventreur*, poème-objet par André Breton en 1942. M.N.A.M.
114 *Dreams That Money Can Buy*, 1944, séquence du film de Hans Richter. Cahiers du Cinéma, Paris.
114-115 *Vénus endormie* par Paul Delvaux, 1944. Tate Gallery, Londres.
115 *Boîte à hibou* par Joseph Cornell, 1945. M.N.A.M.
116-117 *Perspective, Madame Récamier* par René Magritte, 1950. Coll. part.
118hg L'homme carbonisé, plan du film *Guernica* d'Alain Resnais, 1950. Cinémathèque française, Paris.
118b René Char en 1945, photo. Archives Gallimard, Paris.
118-119 *Guernica* par Picasso, 1937.
120 *Kiotosmorama* par Asger Jorn.
121h *Deux Femmes* par Karel Appel, 1966.
121b *Au pays de l'encre* par Pierre Alechinsky, 1959. M.N.A.M.
122 *Le Sphynx vert* par Léonor Fini.
122-123 Benjamin Péret et Leonora Carrington au Mexique. Bibl. Jacques-Doucet, Paris.
123 *L'Avant-Printemps* par Toyen, 1945. M.N.A.M.
124 Dessin de Leonora Carrington pour *La Justice des oiseaux*. Bibl. Jacques-Doucet, Paris.
124-125 *Mardi* par Leonora Carrington.
126 *Table-paysage* par Arshile Gorky, 1945. M.N.A.M.
127 *Mon tombeau* par Clovis Trouille. Archives Shark, Paris.
128 *Ceci n'est pas une pipe* par René Magritte, 1962. Coll. part.

TÉMOIGNAGES ET DOCUMENTS

129 Couverture de *Quest-ce que le surréalisme?* de André Breton, par René Magritte.
130 Tristan Tzara, masque par Marcel Janco, 1919. M.N.A.M.
132 *L.H.O.O.Q.*, la Joconde retouchée par Marcel Duchamp.
134 Louis Aragon vers 1918.
136-137 Le groupe Dada en 1920, photo par Man Ray. Archives Treillard, Paris.
138 «Parfois je crache avec plaisir sur le portrait de ma mère», dessin à la plume par Dali, 1929. M.N.A.M.
139 *Le Cerveau de l'enfant* par Giorgio de Chirico, 1914. Staten Konst Museen, Stockholm.
141 *Le Réveil du cerveau de l'enfant* par André Breton, paru en 1950 dans *L'Almanach surréaliste du demi-siècle*, édition spéciale de la *Nef*.
143 Dessin automatique par André Masson, 1925. M.N.A.M.
146 Ann Harding dans le film *Peter Ibbetson* de Henri Hattaway, 1935. Cinémathèque française, Paris.
150 *L'Aurore* (détail) par Paul Delvaux, 1937. Fondation Peggy Guggenheim, Venise.
152 Benjamin Péret, portrait par Man Ray. M.N.A.M.
154 Partie supérieure d'un assemblage réalisé par des aliénés. Coll. part.
156 Dessin de Dali pour le prospectus *Cycle systématique de conférences*. Bibl. Jacques-Doucet, Paris.
157 Les sœurs Papin lors de leur procès. photo Harlingue-Viollet.

160 *Morphologie du désir*, objet à fonctionnement, par Camille Bryen, 1934-1937. M.N.A.M.
162 Séance de rêve éveillé en 1924, photographie par Man Ray. M.N.A.M.
164-165 *The Wheel of Light* par Max Ernst, 1926. Bibl. nat., Paris.
167 «Ruine», dessin de Michel Leiris pour *Glossaire j'y serre mes gloses.*
168 Dessin de Man Ray pour *Les Mains libres* de Paul Eluard. Archives Treillard, Paris.
170 Portrait de Roger Vailland.
173 Plan de *Un chien andalou* de Luis Buñuel. Cinémathèque française, Paris.
176 *Le Palais à quatre heures du matin,* objet de Giacometti photographié, accompagné de Kiki de Montparnasse, par Man Ray. Archives Treillard, Paris.
177 *Le Déjeuner en fourrure*, objet, par Meret Oppenheim, 1936. Museum of Modern Art, New York.
178 Dessin de Gisèle Prassinos pour *Mon cœur les écoute*, Liasse, A l'Imprimerie Quotidienne, 1982.
179 *Figures sur une terrasse* par Léonor Fini. Coll. part.
180 Gouache de S. Férat pour *Les Mamelles de Tirésias* de Guillaume Apollinaire. M.N.A.M.
183 *L'Etoile de mer*, image du film de Man Ray, 1928, d'après le poème de Robert Desnos. Cinémathèque française, Paris.
184 Affiche de 1928 pour *Victor ou les enfants au pouvoir.*
188 Cadavre exquis par Joan Miró, 1927. M.N.A.M.
189 *Le Songe du poète* par Giorgio de Chirico, 1914. Fondation Peggy Guggenheim, Venise.
191 *Mon portrait au torrent* par André Masson, 1945. M.N.A.M.
194 *La Coquille et le clergyman*, trois plans du film de Germaine Dulac, 1928. Cinémathèque française, Paris.
196 *Fantômas*, plan du film de Feuillade. Cinémathèque française, Paris.
199 *L'Age d'or*, trois plans du film de Luis Buñuel. Cinémathèque française, Paris.

INDEX

A - B

C - D

CRÉDITS PHOTOGRAPHIQUES

André Dimanche éditeur, Marseille 110bd, 110hd, 111bg, 111hg. André Gomes, Paris 108, 110g. Archives Explorer, Paris 80b, 81. Archives Marc Dachy, Paris 15b. Archives Roger-Viollet, Paris 41, 63, 79, 84b, 88b, 96, 111d, 157, 170. Archives Roger–Viollet, Paris/© SPADEM 112h. Archives Treillard, Paris/© A.D.A.G.P.- Man Ray Trust 20h, 24h, 30b, 36bd, 39h, 64h, 67, 68-69, 72h, 73g, 95hd, 136-137, 168, 176. Bibliothèque nationale, Paris 28, 51, 93h, 93b, 104d.Bibliothèque nationale, Paris/©A.D.A.G.P. 42h, 44, 49b, 56, 164-165. Bibliothèque nationale, Paris/© SPADEM 82, 105b. Cahiers du Cinéma, Paris 87b, 114. Cinémathèque française, Paris 45h, 57hg, 70b, 71m, 118hg, 146, 173, 183, 194, 196, 199. Collection Sirot–Angel, Paris 60hd, 60hg. Collection Skira, Genève/© A.D.A.G.P. 83. Droits réservés dos et 4e de couv., 10, 13, 14b, 14h, 15h, 16, 17h, 17b, 18-19, 20b, 21, 24b, 24m, 25b, 25h, 26, 27, 34b, 36h, 36b, 37b, 39b, 40, 42b, 43, 47, 48, 49h, 58h, 58b, 58-59, 59b, 60b, 62-63, 64b, 65b, 65h, 65m, 66g, 70-71, 72b, 74h, 76g, 76d, 77h, 80h, 80-81, 84h, 85h, 88h, 94h, 97, 104g, 105h, 106, 107, 118b, 122-123, 124, 129, 134, 141, 156, 167, 178, 184. Edimédia, Paris 12, 73d, 124-125, 127. Edimedia, Paris/© SPADEM 122, 179. Jacques Faujour/Musée national d'Art moderne (Georges-Pompidou), Paris 26-27, 28-29, 154. Fondation Peggy Guggenheim, Venise/© A.D.A.G.P. 150. Fondation Peggy Guggenheim, Venise/© SPADEM 101h, 189. Galerie André–François Petit, Paris/© A.D.A.G.P. 87h, 98h. Galerie Isy Brachot, Bruxelles/© A.D.A.G.P. 38. Galerie Jacques Bénador, Genève/© A.D.A.G.P. 78. Giraudon, Paris 18. Giraudon, Paris/© A.D.A.G.P. 1, 3, 6, 7, 68. Lauros-Giraudon, Paris 120, 180. Lauros-Giraudon, Paris/© A.D.A.G.P. 11, 22-23, 37h, 90, 91, 92, 116-117. Lauros–Giraudon, Paris/© SPADEM 32, 118-119, 121h. Musée national d'Art moderne, Paris 46, 48-49, 108-109, 113, 115, 160. Musée national d'Art moderne, Paris/© A.D.A.G.P. 8-9, 30-31, 33h, 33b, 34-35, 35b, 50, 53g, 74b, 74-75, 100g, 101b, 121b, 126, 130, 138, 188. Musée national d'Art moderne, Paris/© A.D.A.G.P.- Man Ray Trust 42-43, 45b, 53hd, 57hd, 57b, 69, 70h, 71h, 77b, 98b, 100d, 152, 162. Musée national d'Art moderne, Paris/© SPADEM 50-51, 85b, 99, 123, 143, 191. Musée des Beaux-Arts de Reims 61h, 62. Museum of Modern Art, New York/© A.D.A.G.P. 1er plat de couv., 52, 54-55, 86, 103, 177. Museum of Modern Art, New York/© SPADEM 112b. Photothèque des Musées de la Ville de Paris/© A.D.A.G.P. 19h. Photothèque Magritte–Giraudon, Paris/© A.D.A.G.P. 128. Réunion des Musées nationaux, Paris 29, 30h, 31, 89. Réunion des Musées nationaux, Paris/© A.D.A.G.P. 66d. Rijksmuseum, Amsterdam 102. Sipa-Icono, Paris/© A.D.A.G.P. 2, 4-5. Staten Konst Museen, Stockholm/© SPADEM 139. Tate Gallery, Londres 94b, 95hg. Tate Gallery, Londres/© A.D.A.G.P. 114-115.

REMERCIEMENTS

Les Editions Gallimard remercient M. François Chapon et la Bibliothèque Jacques-Doucet, Mme Elisa Breton, M. Jorge Camacho, Mme Aube Elléouët, Mme Dominique Eluard, les Editions Jean-Michel Place et M. Lucien Treillard, à qui ce livre doit de précieux documents.

COLLABORATEURS EXTÉRIEURS

Odile Zimmermann a assuré la recherche et le suivi rédactionnel de cet ouvrage.